DIE CHRONIK DER SEELENVERWANDTEN - BUCH EINS

Einem HIGHLANDER Vertrauen

KEIRA MONTCLAIR

PROLOG

Irgendwo im Himmel …

SIE HATTE KEINE Ahnung, warum sie hier war, an diesem Ort der Engel, der Götter und der Reinheit des Herzens. Kein Teil dieser Beschreibung passte zu ihrem vergangenen Leben.

Catherine folgte den Anweisungen ihres Führers und nahm die Menge der Menschen um sich herum zur Kenntnis, ohne jedoch das Wort an jemanden zu richten.

»Deine führenden Engel werden dich im Diamantraum erwarten.« Die Frau zeigte auf eine Treppe und wies ihr den Weg, den sie nehmen sollte.

Catherine nickte der Frau zu und folgte ihren Anweisungen. Die Treppe war breit genug, um den Großteil der Eingangshalle einzunehmen, und sie verlief im oberen Bereich nach rechts. Die Balustrade glitzerte von Juwelen – Diamanten, Rubine, Saphire und Smaragde, die den Blick auf sich zogen und berührt werden wollten –, doch als sie die Hand ausstreckte, um sie mit den

Fingerspitzen zu berühren, verschmolzen sie alle zu einem glitzernden Bild.

Alles in diesem Gebäude war aus irgendeiner Schattierung von Blau, ihrer Lieblingsfarbe. Die Eingangshalle war in einem Blaugrün gestrichen, und als sie die Treppe erklomm, erblickte sie die Decke der Anderswelt. Sie war himmelblau mit einem Kuppelfenster in der Mitte und Wattewolken überall. Auf dieser Ebene waren mehrere Türen geöffnet und zeigten eine Auswahl verschiedener Blautöne – einem wunderschönen Zartblau, einem Marineblau und einem Königsblau.

Der Himmel war genau so, wie sie ihn sich vorgestellt hatte.

Sie hatte keine Schwierigkeiten, ihr Ziel zu finden, mit dem Eingang für alle geöffnet, also trat sie durch die Türöffnung und entdeckte einen großen flauschigen Sessel im hinteren Bereich des Raumes. Seufzend ließ sie sich so leise wie möglich darauf nieder. Sie wünschte, sie könnte sich an all ihre früheren Leben erinnern, doch das Einzige, worauf sie sich besinnen konnte, war das Leben, das sie gerade verlassen hatte. Es war ein kräftezehrendes Leben in Amerika im Jahre 1812 gewesen. Krieg und Tod bettelten darum, aus ihren Gedanken verbannt zu werden, und die schrecklichen Erinnerungen traten immer wieder an die Oberfläche ihrer Gedanken. Sie wünschte, sie hätte ein angenehmeres Ziel in ihrem nächsten Leben, was auch immer dies sein würde.

Sie war erschöpft. Das Ende ihres letzten

Lebens war sowohl erschöpfend als auch erregend
gewesen. Die Menschen wurden am Ende eines
jeden Lebenszyklus einer »Lebensrückschau«
unterzogen, so jedenfalls hatte der Engel, der
sie durch diese Erfahrung geleitet hatte, es
ausgedrückt. Dies war ebenso erschöpfend wie
ihr Tod gewesen. Es stimmte, sie hatte es genossen,
die Glanzpunkte ihres letzten Lebens zu sehen,
die Teile, die gut verlaufen waren, doch die
Erinnerung an all ihre Fehler und Versäumnisse
hatte sie vollkommen ausgelaugt, sodass sie heute
nur daran interessiert war, den Tag zu verschlafen.

Wenn sie nur die Erlaubnis dazu bekäme.
Wie sie sich wünschte, dass sie alles im Himmel
verstehen würde, doch die Engel und andere
Wesen verhielten sich weiterhin geheimnisvoll.

Schnell füllte sich der Raum mit etwa vierzig
Personen, wobei es sich um eine Mischung aus
Männern und Frauen handelte, die allesamt
moderne Kleidung trugen und größtenteils
recht gut aussehend waren. Ihre eigene Kleidung
repräsentierte nicht das Leben, das sie gerade
gelebt hatte. Die hohen Schuhe an ihren Füßen
waren eindeutig nur aus dieser Welt und sie trug
eine einfache weiße Bluse und einen engen
schwarzen Rock. Viele waren ähnlich gekleidet.

Sobald die Türen sich schlossen, schritt eine
Frau mit dunkler Haut und einem strahlenden
Lächeln zur Vorderseite des Raums und nahm
ihren Platz hinter einem Podium ein. Catherine
holte tief Luft und hoffte auf gute Neuigkeiten.
Sie konnte sicherlich eine Verbesserung zu ihrem

letzten Lebenszyklus gebrauchen. Wohin würde sie dieses Mal gehen?

»Guten Tag und herzlichen Glückwunsch.« Die Frau hielt inne und nahm sich einen Augenblick Zeit, um alle nacheinander anzuschauen. »Mein Name ist Evangeline und ich bin hier, um Ihnen zu sagen, das jeder von Ihnen befördert worden ist. Sie haben Gottes Erwartungen in Sie übertroffen, also werden Sie für Ihre nächsten Leben mit einer anderen Aufgabe betraut.«

»Ehe ich Ihnen Ihre nächsten Missionen beschreibe, lassen Sie mich mit der Ankündigung anfangen, dass Sie nun nur noch einen Schritt davon entfernt sind, ein Leitengel zu werden. Sie alle haben in Ihren Leben den moralischen Kodex aufrecht erhalten, der Ihnen eingepflanzt wurde, und Sie werden für Ihre Errungenschaften belohnt werden.«

Catherine genoss den Stolz auf das Erreichte, der in ihr erblühte. Sie hatte es endlich geschafft. Sie würde vorankommen und obwohl sie nicht genau wusste, was das bedeutete, erfreute es sie.

»Aber Sie haben einen letzten Schritt zu meistern. Sie werden Ihre nächsten Leben mit Ihrem Seelenpartner verbringen. Diese Person wird mit Ihnen durch jedes Leben gehen. Gleichwohl Sie vielleicht nicht jeden Tag zusammen sein werden, werden Sie mehr als die Hälfte Ihres Lebens zusammen verbringen. Ihre Herausforderung in jedem Leben ist die folgende: Sie müssen Ihren Seelenpartner finden, Sie müssen sich fortpflanzen und Sie müssen die Welt etwas lehren, solange Sie sich dort aufhalten.

Es ist Ihre Aufgabe, die Welt mit jedem Leben zu einem besseren Ort zu machen, und das wird immer wichtiger, je weiter Sie voranschreiten. Was immer sie tun, muss es etwas sein, das viele Menschen betrifft.«

Allein das Wort »Seelenpartner« hatte Catherines Aufmerksamkeit geweckt. Das Konzept eines Seelenpartners war ihr verständlich. Sie waren sozusagen aus dem gleichen Holz geschnitzt. Seelenpartner glaubten in viele gleiche Dinge und sie fühlten sich auf unerklärliche Weise zueinander hingezogen. Unweigerlich. Seelenpartner waren glücklicher, wenn sie zusammen waren als getrennt und ihre Verbindung zueinander konnte durch nichts zerstört werden.

Evangeline hielt für einen Augenblick inne und dann meinte sie: »Das ist alles. Sie werden innerhalb der nächsten Tage in Ihre neuen Leben versetzt werden. Fragen?«

Mehrere Hände wurden gehoben. Evangeline nickte der Frau in der ersten Reihe zu. »Ja?«

»Wie werden wir wissen, wo wir unsere Seelenpartner finden?«

»Gute Frage. Ihr Seelenpartner ist jetzt hier und Sie werden einige Tage zusammen verbringen, um sicherzustellen, dass Sie miteinander vertraut sind, ehe Sie gehen. Wir werden dafür sorgen, dass Sie sich in jedem Leben treffen.« Sie schmunzelte.

Catherine ließ den Blick durch den Raum schweifen und sie bemerkte, das alle anderen das Gleiche taten – in der offensichtlichen Hoffnung, ihren Seelenpartner in diesem Raum zu finden.

»Wir treffen uns einfach?«, fragte jemand.

»Ja. Sie werden sich treffen, aber es wird nicht leicht für Sie. Es wird mehrere Herausforderungen geben, wenn wir es so ausdrücken wollen. Sie müssen tun, was immer Sie können, um dagegen anzukämpfen und ein gemeinsames Leben aufzubauen. Das wird Ihr Hauptaugenmerk sein. Natürlich werden Sie sich nach Ihrer Wiedergeburt Ihrer Mission nicht mehr ständig bewusst sein – oder der Identität Ihres Seelenpartners. Ihre vergangenen Leben bleiben immer im Verborgenen, bis Sie wieder in den Himmel zurückkehren. Nur durch Intuition und Folgeleistung Ihrer Leitengel und Ihres Schutzengels werden Sie Ihren Weg kennen. Wie immer wird Ihr Erfolg davon abhängen, ob Sie der Führung Ihres Engels folgen oder dagegen ankämpfen.«

»Warum ist das ein Schritt weiter? Dies klingt schwieriger als mein letztes Leben.« Ein dünner Mann zu Catherines Linken hatte die Frage gestellt.

»Eine weitere großartige Frage, auf die die Antwort einfach ist. Das beste Leben auf Erden ist das Leben eines Menschen zusammen mit seinem Seelenverwandten. Sobald Sie sich mit dem Ihren verbinden, und sich Ihren Herausforderungen stellen, wird Ihr Dasein, nun ja, paradiesisch sein, wenn Sie mir meine Ausdrucksweise erlauben.«

Eine weitere Hand hob sich zaudernd. »Wann treffen wir unsere Seelenpartner?«

»Wenn es keine weiteren Fragen mehr gibt, werde ich Sie nun losschicken, damit Sie sich treffen.« Sie schaute sich im Raum um. »Oh, und Sie werden einen Schutzengel haben, der mit Ihnen durch jedes Leben reist. Sie werden verschiedene Leitengel treffen, aber Ihr Schutzengel bleibt bei Ihnen. Es ist einer für Sie und einer für Ihren Seelenverwandten, gleichwohl sie in jedem Leben verschiedene Formen annehmen können.«

Sie wartete auf weitere Fragen, doch es kamen keine. Es schien, als ob Catherine nicht die Einzige war, die es nicht abwarten konnte, ihren Seelenpartner kennenzulernen. Die Schmetterlinge in ihrem Bauch waren zum Leben erwacht.

»Nur zu. Ihr Seelenpartner ist in diesem Raum und Sie werden keine Schwierigkeiten haben, herauszufinden, welche Person zu Ihnen gehört. Sie werden es wissen, sobald Sie in der Nähe sind.«

Catherine entfernte sich von der Stelle, an der sie gestanden hatte, und fing an, sich von Stuhl zu Stuhl zu bewegen, wobei sie bereits einige Paare bemerkte, die sich umarmten und einander begrüßten. Sie nahm jede Person in Augenschein, an der sie vorbeikam, doch sie fühlte sich zu niemandem besonders hingezogen. Sie ging weiter, bis sich Wärme in ihr ausbreitete, die in ihrer Brust aufkeimte und nach außen strahlte. Er war nahe, dessen war sie sich sicher. Einige weitere Schritte führten sie zu einem großen Mann mit dunklem Haar, das gerade lang genug war, um auf seinen Hemdkragen zu stoßen. Er besaß blaue Augen, die direkt bis in ihre Seele zu schauen schienen und das war ein sicheres

Zeichen, dass er ihr Seelenverwandter war.

Sein Blick traf den ihren. »Bist du es?« Er streckte die Hand nach ihr aus, nicht um sie zu schütteln, sondern um sie zu umfassen. Seine Berührung sandte ein Kribbeln durch sie. »Du musst es sein. Ich … ich kann deinen Geist durch mich hindurchfluten fühlen und es ist fast, als ob du mich markieren würdest.« Bei diesem merkwürdigen Phänomen leuchteten seine Augen auf.

»Das fühle ich auch. Es ist, als ob du dich durch mich hindurch bewegst und mich kennenlernen und vervollständigen würdest.« Diese letzte Empfindung war anders als alles, was sie je erlebt hatte. »Ja, das bin ich. Das muss ich sein.«

Nach einem Augenblick, nachdem er seine Antwort gefunden hatte, zog er sie an sich und schlang die Arme um sie.

»Hier gehöre ich her. Genau hierher. Mit deinen Armen um mich. Fühlst du dich ebenso?«

Ihre Worte brachen in einem heiseren, fremden Tonfall aus ihr heraus. Sie schaute zu ihm auf und wünschte, sich alles an diesem Mann einzuprägen. Sie wollte ihn in ihrem Leben. In jedem Leben. Es war genau richtig.

Hinter ihr drang eine Stimme durch den Nebel, der sie beide umgab, zu ihr. »Ach, Graeme und Catherine, ihr habt einander gefunden.«

Der Engel klopfte ihnen auf die Schultern und meinte: »Zusammen werdet ihr unschlagbar sein.«

KAPITEL EINS

Die schottischen Highlands im 15. Jahrhundert

CATHERINE HASSTE IHREN Ehemann. Sie saß auf ihrem Stuhl – der Rücken gerade und die Hände vor ihr im Schoß gefaltet –, wobei sie den Blick von dem Mann vor ihr abwandte, der sie anblaffte.

»Das ist alles deine Schuld. Wenn du mehr eine Frau wärst, würde ich keine Potenzstörungen haben, aber du, du …««

Das Gesicht von Henry Merrill hatte einen allzu vertrauten Ton von Scharlachrot angenommen und seine braunen Augen und das dunkle Haar wirkten im Kontrast dazu dunkler. Obwohl seine Züge attraktiv waren, war er zu kalt und grausam, um als attraktiver Mann zu gelten. Worin würde seine Bestrafung dieses Mal bestehen?

»Antworte mir. Warum?«

»Mylord, es ist unsere Tochter. Ich fürchte …««

Er ließ die Hand auf den Tisch niedersausen, um sie mitten im Satz zu unterbrechen. »Sie interessiert mich nicht. Isbeil ist ein Weib. Und was sind Weiber wert, Catherine?«

Sie kniff die Augen zusammen und wünschte sich ein Wunder, durch das er einfach verschwinden würde. Sie hasste ihn jeden Tag mehr und mehr.

Er beugte sich über sie in ihrem Stuhl und kniff sie ins Kinn, um ihren Blick zu seinem zu heben. »Was sind Weiber wert?«

Sie starrte in seine grausamen braunen Augen.

»Nichts«, flüsterte sie.

»Du bist nichts wert – genau wie unsere Tochter. Nichts.«

Obwohl ihr Ehemann in Schottland lebte, war er ein geborener Engländer – und trotzdem er zur Bestrafung nach Schottland verbannt worden war, hielt er immer noch an den Traditionen seiner alten Heimat fest. Niemals ließ er eine Gelegenheit aus, die schottische Sprache zu verspotten und zu verunglimpfen, aber ihr Vater hatte sie an den wohlhabenden Schurken verkauft, sobald er den rechten Preis für sie geboten hatte.

»Ich habe Geschäfte, um die ich mich kümmern muss«, presste der grausame Mann hervor und ließ seine Hand sinken, damit er sich weiter ankleiden konnte. »Es ist deine Aufgabe, mein Begehren für dich zu wecken und wieder hast du versagt. Du kannst noch nicht einmal eine Aufgabe erfüllen, die für eine gewöhnliche Hure einfach genug ist. Auf diese Weise werde ich nie den Erben bekommen, den ich brauche.«

»Aye, Mylord.« Sie hielt den Blick auf ihre weißen Hände gesenkt, die sie in ihrem Schoß verschlungen hatte.

Er setzte sich auf einen Stuhl und bellte

Befehle, während er einen Fuß hob und in ihre Richtung zeigte. »Sobald du damit fertig bist, mich anzukleiden, wirst du deinen Platz vor der Feuerstelle in der Halle einnehmen. Dort wirst du knien, bis deine Bestrafung vorbei ist.«

Sie beeilte sich, seine Stiefel zu holen, und half ihm, sie über die geschwollenen Füße zu ziehen. In dem Wissen, dass sie für ihre nächste Handlung bezahlen würde, sprach sie ihre Bitte aus, als sie die Stiefel für ihn schnürte, ohne sich beherrschen zu können. »Isbeil ist krank und sie darf ihre Kammer im Keller nie verlassen. Bitte erlaube mir, mich um sie zu kümmern. Ich vollende meine …«

Er holte mit seiner Hand aus und traf sie mit dem Handrücken auf der Wange, und die Wölbung seines Rings kratzte über ihre zarte Haut. »Ich habe dir keine Erlaubnis erteilt, das Wort zu ergreifen. Nein, du wirst nicht zu ihr gehen. Du wirst deine Bestrafung verbüßen, bis ich sage, dass du fertig bist.«

»Aye, Mylord.« Sie kämpfte die Tränen zurück, die ihr aus den Augen zu treten drohten, und weigerte sich, ihm zu zeigen, wie sehr er sie verletzt hatte. Als sie geendet hatte, ihm beim Ankleiden behilflich zu sein, folgte sie ihm die Treppe hinunter und zur Feuerstelle hinüber, wobei sie den Kopf gesenkt hielt, sodass sie die Blicke nicht sah, die ihr von allen zugeworfen wurden. Manche ergötzten sich an der Art und Weise, wie er sie behandelte und andere empfanden Mitgefühl. So oder so war es oft genug passiert, dass sie wusste, was sie zu erwarten hatte.

Catherine stand wie immer da und wartete, bis ihr Ehemann die Kiste neben der Feuerstelle auf der Suche nach der Form von Bestrafung durchsucht hatte, der er heute den Vorzug gab. Er zog eines der Dinge heraus, die nach seinen Anweisungen gefertigt worden waren. Letztlich hatte er sich für das mit Kieselsteinen gefüllte Gefäß entschieden. Es gab schmerzhaftere Optionen – eine Tasche, die er vor jedem Gebrauch mit frischen Nesseln füllte und ein anderes Gefäß, das er mit Spänen aus der Hütte des Waffenschmieds füllte. Sie betete, dass es heute kniend passierte. Auf diesen schmerzhaften Objekten zu stehen, machte ihr anschließend das Laufen tagelang unmöglich.

Er setzte sich vor sie und sagte: »Knie dich hin, bis ich dir sage, dass du fertig bist. Denke darüber nach, was du getan hast und korrigiere dein Verhalten.«

Er beschuldigte sie immer für seine Unfähigkeit, nachdem er ihre Brüste und ihre zarte Haut malträtiert hatte. Er bellte ihr Befehle zu und sie tat stets, was er von ihr verlangte. Wie konnte sie ihr Verhalten korrigieren? Sie hatte sich um ihre Tochter Sorgen gemacht, also hatte sie die Ablenkung als Entschuldigung angeführt, aber hauptsächlich, weil sie keine andere kannte. Sie tat ihr Bestes, um sauber und gepflegt zu bleiben. Was wollte er noch von ihr?

An ihren finsteren Tagen gestand sie sich selbst ein, dass er *dies* vielleicht wollte. Dass er sie leiden sehen wollte.

Er schüttelte den Kopf und schaute sie aus

verengten Augen an. »Wie konnte ich je geglaubt haben, dass du das Geld wert bist, das ich für dich bezahlt habe? Aye, du bist ansehnlich und gut geformt, aber du hast mir nicht die Söhne geschenkt, die ich brauche. Ist das von einer Frau zu viel verlangt? Gebäre mir zwei Söhne und ich gebe dir alles, was du willst.«

Sie kniete sich vorsichtig hin und wusste aus Erfahrung, dass die Art und Weise, wie sie auf den Kieselsteinen landete, darüber entscheiden würde, wie schmerzhaft ihre Zeit werden würde.

»Genug. Knie dich hin!«

Sie tat, was er ihr befahl und fluchend entfernte er sich von ihr.

Auf eine gewisse Weise war sie erfreut.

Niemand würde sie belästigen und ihr sagen, was sie zu tun hätte, oder sie gar während ihrer Bestrafung ansprechen, was ihr viel Zeit zum Nachdenken verschaffen würde.

Sie musste ihre Flucht planen. Ihrem Ehemann zum Trotz würde sie ihre Tochter retten.

Graeme MacGregor stand mit straffen Schultern und gerecktem Kinn in der Sommerbrise der Highlands und hing seiner Lieblingserinnerung an seinen einzigen Lebenszweck nach, der darin bestand, sein Land zu schützen. Als Laird des MacGregor Clans war es seine Aufgabe, seinen Clan zu führen, seine Vorfahren zu ehren und für Schottland zu kämpfen.

Seine Vorfahren zu ehren. Allein dieses Gelöbnis lud eine weitere Verpflichtung auf seine breiten

Schultern, doch es war eine, die er mit Stolz erfüllt trug.

Vergeltung. Vergeltung für den Tod seiner Eltern und seines ältesten Bruders. Die Erinnerung an den Tag, an dem er seine Familie durch die Hand von Henry Merrill hatte sterben sehen, war für immer in sein Gedächtnis eingegraben. Erst seine Mutter, dann sein ältester Bruder und schließlich sein Vater. Hilflos hatte er zugesehen, wie sein Vater gebrüllt und gekämpft hatte, als er versuchte, sich von seinen Häschern zu befreien, um seine Frau zu retten …

Und er hatte zugehört. Er hatte die Geräusche und Worte gehört, die er vergessen wollte. Worte, die seitdem jeden Tag in seinem Verstand widerhallten.

Henry Merrill würde den Tag bereuen, an dem er sich Graeme MacGregor zum Feind gemacht hatte.

Er nahm die Schönheit der majestätischen Bergrücken der Highlands in sich auf, die sich vor ihm erstreckten, und ließ sich von dem Anblick beruhigen. Diese Gipfel erinnerten ihn an das Gelöbnis, das er am Grab seines Vaters abgelegt hatte. Ihr Clan würde ebenso glorreich sein wie der höchste Gipfel. Er war fest entschlossen, dies wahr zu machen.

Er schaute über die Schulter, als er seinen Bruder hinter sich rascheln hörte.

»Graeme, was ist deine Entscheidung?«, fragte Conn. Mit neunzehn war Conn zwei Jahre jünger als er, und sein jüngster Bruder Rory war erst elf.

Graeme schaute zu den Gipfeln zurück und

atmete die liebliche Morgenluft ein, lauschte, und endlich fühlte er es. Die Erhabenheit des Sees an diesem Morgen und die Brise, die ihn lockte und beinahe seinen Namen in einer kleinen Melodie sang.

Wie so oft sprachen die Gipfel zu ihm. Dieser Tag würde ein besonderer Tag werden. »Wir gehen heute. Die Berge sagen mir, dass unsere Zeit gekommen ist. Bereite dich und unsere Männer vor. Wir werden in einer Stunde aufbrechen.« Der Tag brach gerade an und er bevorzugte, in den frühen Morgenstunden gleich nach Anbruch der Dämmerung zu reisen. Er vernahm ein Händeklatschen nach seiner Verkündung und er wusste, dass dies von seinem jüngsten Bruder Rory kam, der es nicht abwarten konnte, aufzubrechen.

Er und die MacGregor Krieger würden durch die Moore und Täler bis zum Land der Merrills reisen, um es auszukundschaften und mehr Informationen zu sammeln, die sie brauchten, um die Merrills anzugreifen und ihren Anführer umzubringen. Er würde den Merrill Clan ebenso niederstrecken wie Merrill es mit den MacGregors gemacht hatte.

Sobald sie alle Informationen gesammelt hatten, die sie bei ihrem Erkundungsgang in Erfahrung bringen wollten, würden seine beiden Brüder und er ihren Angriff sorgfältig planen. Dann würde Graeme seine zweihundert Highland Krieger bereitmachen. Es hatte ihn Jahre gekostet, ihre Streitmacht aufzubauen und für das Gelöbnis auszubilden, das er sieben Jahre zuvor abgelegt hatte. Damals war er ein junger Bursche von vierzehn gewesen und es hatte ihn viel Geduld gekostet, zu warten, bis sie bereit waren.

Endlich war dieser Moment gekommen.

Er drehte sich zu Conn und lächelte. »Dies ist unser Tag.«

»Wie lange hast du diese merkwürdigen Vorahnungen schon?«, fragte sein Bruder Rory.

Er steuerte auf die Stallungen zu, um sein Pferd bereit zu machen. »Seit dem Angriff. Du kannst mir vertrauen, wenn die Berge mich wissen lassen, dass dies ein ganz besonderer Tag ist.«

»In welcher Weise? Wir werden die Merrills nicht heute angreifen. Dies ist unsere letzte Chance, Informationen zu sammeln.«

»Aye, und für Tomag, die Männer auf dem Übungsplatz fertig zu machen. Wir müssen hart arbeiten und bereit sein. Mach dir keine Sorgen.« Tomag war Graemes Stellvertreter und er hatte ihm bei der Ausbildung der Männer für den bevorstehenden Kampf zur Seite gestanden.

Er drehte sich von seinen Brüdern weg und winkte ihm zu, um das kleine Kontingent bereitzumachen, während er selbst einige letzte Vorbereitungen vornahm.

Ehe sie aufbrachen, musste er ihren anderen Bruder besuchen.

Graeme ging jeden Tag zu Boyd. Sie beide hatten zugesehen, wie Merrill ihre Eltern und ihren Bruder an jenem schicksalhaften Tag umgebracht hatten. Conn und Rory waren im Hauptturm gewesen. Der brutale Angriff im Burghof hatte Boyd derart traumatisiert, dass er seitdem in seiner Kammer geblieben war. Moyra, ihre Vorsteherin des Haushalts, war seine ergebene Pflegerin.

Vor diesem Jahr hatte Boyd nach dem Angriff kein einziges Wort gesprochen, aber endlich war er so weit aus diesem Trauma erwacht, dass er mit einem Menschen sprach: Graeme. Ihre Unterhaltungen konzentrierten sich auf eine Sache – die Merrills umzubringen.

Niemand sonst wusste von Boyds Fortschritten. Graeme wagte es nicht, seinen Bruder aufzuregen, nicht einmal indem er Conn und Rory einweihte.

Der Angriff hatte alle traumatisiert, die Zeugen geworden waren. Viele der MacGregor Krieger waren umgebracht worden, aber einige waren auf Jagd gewesen und erst nach der Tragödie wieder zurückgekehrt. Henry Merrill und seine Männer hatten willkürlich getötet und alle Krieger niedergestreckt, ehe sie auch manche der Clanangehörigen abgeschlachtet hatten, die auf den Feldern arbeiteten. Andere waren unangetastet geblieben. Graemes Mutter war die einzige Frau, die umgebracht worden war. Merrill hatte keine Erklärung abgegeben, warum er einige verschont hatte und andere nicht – mit Ausnahme von Graeme. Er hatte sichergestellt, Graeme zu sagen, warum er *sein* Leben verschont hatte.

Er klopfte an eine Tür und trat ein, denn er wusste, dass er von Boyd keine Antwort bekommen würde. Er fand seinen Bruder in seiner Kammer umhergehend vor. »Boyd? Stimmt etwas nicht?«

Sein Bruder blieb stehen und drehte sich zu Graeme um. »Heute?«

Graeme nickte und nahm die zarte Statur seines Bruders und seine blasse Haut zur Kenntnis. »Heute findet unser letzter Erkundungsgang statt. Wir werden dies innerhalb von zwei Wochen abgeschlossen haben.« Er war so klein für einen Jungen von vierzehn, jedoch verließ er niemals die vermeintliche Sicherheit seiner Kammer. Graeme hatte versucht, Boyd zu überzeugen, ihn auf die Übungsplätze zu begleiten, und mit einem Schwert zu üben, doch der Junge hatte sich geweigert. Der Junge, der einst vor nichts Angst hatte, fürchtete sich nun vor allem. Das allein wäre Grund genug für Graeme, Vergeltung zu suchen.

Boyds Augen leuchteten auf und er fragte: »Vielleicht in einer Woche?«

»Wahrscheinlich in zwei Wochen.« Boyd machte ein langes Gesicht, doch Graeme wusste, wie er ihn aufheitern konnte. »Es kommt auf die Präzision an, um dies richtig zu machen. Wenn wir das nicht tun, können wir einige unserer Männer verlieren. Du weißt, dass wir vorsichtig sein müssen.«

Boyd holte tief Luft und lächelte. »Sei vorsichtig. Ich vermisse Mama und Papa.«

»Wir alle vermissen sie. Arbeite du an deinen Buchstaben. Du weißt, dass Mama wollte, dass wir alle lesen können. Sie sagte, es sei für die Söhne eines Lairds wichtig, in der Lage zu sein, die Botschaften zu lesen, die ihnen überbracht werden.«

Er nickte und hielt den Beweis seiner Arbeit hoch. »Rory und Moyra arbeiten jeden Tag mit mir.«

»Gut. Das freut mich. Ich könnte eines Tages deine Hilfe brauchen, wenn du ein wenig älter bist.«

Boyd nickte und dann flüsterte er: »Geh. Dies ist ein überaus wichtiger Tag. Das fühle ich auch. Ich wusste, dass du mit Neuigkeiten zu mir kommen würdest.«

Graeme sinnierte einen Augenblick lang über seine Aussage nach und dann nickte er zustimmend. Manchmal wusste Boyd Dinge, das war nicht zu leugnen.

Graeme hatte sich umgedreht, um zu gehen, als sein Bruder ihn erneut aufhielt.

»Bring die Kleinen nicht um.«

Graeme riss den Kopf zu Boyd zurück. »Was? Du willst nicht, dass alle Merrills umgebracht werden?«

Boyd schüttelte den Kopf.

»Unser Clan hat das Blut aller Merrills gefordert, und Frauen und Kinder sind keine Ausnahme.«

Boyd starrte auf seine Füße und etwas ging ihm im Kopf umher. An der Art und Weise, wie er auf der Innenseite seiner Wange kaute, konnte Graeme erkennen, wie schwierig dieser Prozess für ihn war. Oft hatte er sich gefragt, wie Boyd wohl ohne diese Tragödie in ihrem Leben geworden wäre. Würde er trotzdem anders sein?

Der Junge hob seinen Blick zu Graeme und flüsterte. »Ich habe gelernt, dass das falsch ist. Die

Kinder haben nichts mit uns zu tun. Wir sollten sie leben lassen. Die Frauen vielleicht auch.«

»Das hast du erfahren? Wo? Wie?« Dies verstieß gegen alles, was sein Clan verlangte, alles, was er ihnen versprochen hatte. Sie wollten den Merrill Clan auf dieselbe Weise vernichten, wie Graemes Familie vernichtet und die Krieger der MacGregors rücksichtslos abgeschlachtet worden waren.

»In meinem Schlaf. Es ist mir einfach so gekommen. Ich kann es nicht erklären. Ich weiß nur, dass es falsch wäre. Bringe die Merrills und seine Krieger um. Verschone die anderen.«

Graeme wusste nicht, was er zu Boyd sagen sollte. Obwohl ein kleiner Teil von ihm mit seinem Bruder übereinstimmte, wusste er, was seine Leute wollten. Wie konnte er darauf hoffen, sie nach sieben Jahren umzustimmen? »Ich kann nicht sagen, dass du dich irrst. Ich werde darüber nachdenken. Das ist alles, was ich dir versprechen kann, Boyd. Unsere Männer, unser Clan dürstet nach Vergeltung. Ich muss jetzt gehen. Die anderen warten.«

»Gott sei mit euch. Beschütze Rory und Conn.«

Graeme nickte und verließ die Kammer.

Er überquerte den Hof und bei diesen neuen Gedanken von Boyd umwölkte sich sein Verstand. Er wusste nicht, was er daraus machen sollte. Sein Bruder hatte bewiesen, dass er Dinge wusste, obwohl er sich nicht erklären konnte, wie das passieren konnte, wenn er in seiner Kammer blieb und mit niemand anderem als Graeme sprach. Sein Bauchgefühl sagte ihm jedoch, auf Boyds Vorahnungen zu vertrauen.

Diese Entscheidung musste nicht heute gefällt werden und er entschied, sie zu verschieben, bis er von der Erkundungsmission zurückkäme. Er wollte – nein, er verlangte – für ihren endgültigen Angriff äußerste Präzision.

Sobald er bei den Ställen ankam, beruhigte der Geruch der Pferde sein Blut. Er holte tief Luft und trat ein.

Die erste Regel für jeden großen Krieger bestand darin, für sein Pferd zu sorgen – im Austausch dafür würden sie für dich sorgen. Ehe sie aufbrachen, würde er einen Leckerbissen für sein Pferd suchen und es gründlich abreiben, und ihm gut zureden, damit es leistungsbereit wäre. Er blieb bei dem Fass mit den Leckerbissen neben der Tür stehen und nahm einige für seine Lieblingspferde heraus.

Als er die Gasse zwischen den Boxen hindurchging, blieb er bei der Box seiner Lieblingsstute stehen und schob sich das Ende einer Karotte zwischen die Zähne, die er der bronzefarbenen Schönheit hinhielt. Das Pferd begrüßte ihn mit einem Schnauben und trottete zu ihm herüber, um seinen Hals zu liebkosten, ehe sie vorsichtig in die Karotte biss und sich dann zurückzog, um eifrig ihren Leckerbissen zu verzehren. Ihre Possen brachten ihn zum Lachen. Sie war ein prächtiges Tier und sie hatte mit seinem Hengst zwei Fohlen hervorgebracht, die er anbetete. Er rief sie und sie kehrte an seine Seite zurück, damit er ihr den Hals klopfen konnte, ehe er sich zu dem größten Stall am Ende auf den Weg mache, der für seinen Stolz und seine Wonne reserviert war, Starlight.

Er vernahm das Wedeln von Starlights Schweif, ehe er den Stall seines Freundes betrat. Starlight richtete sich etwas stolzer auf, als Graeme eintrat, und er warf den Kopf mit einem Wiehern zurück, als er seinen Herrn begrüßte. Er scharrte mit seinem Vorderhuf auf dem Boden, wie er es so oft in Erwartung seines morgendlichen Leckerbissens tat, der aus einem süßen Apfel bestand, den er am liebsten in zwei Hälften zerteilt verspeiste. Graeme hielt die Frucht hoch und teilte sie mit seinem Messer in zwei Teile, von denen er ein Stück dem Tier reichte, das es ihm abnahm und mit einer Wonne verzehrte, als ob es sich um das allerköstlichste Mahl handelte. Starlights wache Augen trafen auf Graemes als er auf seine zweite Hälfte wartete. Diese kaute er ein bisschen langsamer, während Graeme ihn tätschelte und sein Fell rieb, während er liebevoll mit seinem Pferd sprach, wie er das immer machte, um ihn vor die herausfordernde Aufgabe vorzubereiten, die vor ihnen lag.

Er sattelte das Tier und brachte es nach draußen, um dann einen weiteren tiefen Atemzug von der Luft der Highlands zu nehmen, um sich sein Vorhaben in Erinnerung zu rufen.

Sobald die anderen sich allesamt draußen versammelt hatten, fragte Conn: »Irgendwelche besonderen Anweisungen?«

Ehe er antworten konnte, ließ Graeme den Blick über seine zehn Krieger schweifen – und zufrieden stellte er fest, dass sie für diese Mission ebenso bereit waren wie er. »Nein. Wir gehen wie geplant vor. Conn, du wirst ein Kontingent zur Rückseite der Burg führen und Sorge dafür tragen, dass du die Orientierungspunkte und besten Stellen kennst, um über die Ringmauer zu klettern. Und Rory —«, er nickte seinem jüngsten Bruder zu, »du wirst mit zwei Männern die Suche nach der versteckten Öffnung zu dem Tunnel fortsetzen, der unter die Burg führt. Wir wissen, dass es dort ein kompliziertes Geflecht aus Gängen gibt, und wir müssen es finden. Ich werde zusammen mit Tomag und zwei anderen Merrills Tagesablauf beobachten und versuche festzustellen, wie viele Krieger er derzeit hat. Irgendwelche Fragen?«

Niemand antwortete und ihre ernsten Mienen sagten ihm, dass seine Männer dies ebenso wollten wie er. »Die Herrschaft der Merrills wird in weniger als zwei Wochen zu Ende sein. Nach diesem Erkundungsgang werden wir unsere letzten Pläne schmieden.«

Seine Krieger antworteten auf die gleiche Weise wie immer, indem sie die Luft mit ihrem anfeuernden Ruf: »MacGregor, MacGregor«, erfüllten. Die lauten, donnernden Stimmen seiner Männer lockten andere Menschen aus ihren Behausungen und ihre Mantras mischten sich mit ihren eigenen.

»Tötet die Merrills, tötet die Merrills!« Ihre Stimmen schwollen an und die Aufregung der Menge erreichte einen Höhepunkt. »Tötet sie alle. Es ist Zeit, dass sie sterben!«

Die Mantras waren normalerweise die gleichen. Etwas nagte in seinem Hinterkopf – Boyds Worte. Conn hatte ihm viele Male das Gleiche gesagt. *Tötet nur die Krieger. Sie sind es, die unsere Familie, unseren Clan umgebracht haben.*

Graeme führte die anderen den Weg entlang, der zwischen ihren Häuschen verlief, und lauschte der Wildheit in ihren Stimmen. Die Krieger, die von der Tragödie verschont geblieben waren, weil sie gejagt hatten, waren über das Ereignis von Schuld übermannt worden. Sie alle wollten den Tod der Merrills. Nach dem Grauen, dessen Zeuge er an jenem Tag geworden war, hatte er das Gleiche empfunden, doch nun sagte ihm irgendetwas, dass es falsch war. Ganz wie Boyd, konnte er nicht sagen, was es war.

Hatten sein Bruder und er den gleichen Traum geteilt? Etwas sagte ihm, die Frauen zu verschonen und die Kinder und Älteren. Würden die Krieger so einen Befehl von ihrem Laird wirklich akzeptieren?

Er konnte es nicht abschätzen. Die gesamte Erfahrung war traumatisch gewesen. Einige Häuser waren niedergebrannt worden. Die übrig gebliebenen Clanangehörigen, hatten ihre Häuschen wieder aufgebaut, doch der Wiederaufbau seiner Streitmacht hatte sich als schwieriger erwiesen. Einige Familien hatten den Clan verlassen, da sie einen weiteren Angriff fürchteten, und die wenigen Krieger, die ihnen geblieben waren, sie nicht beschützen könnten.

Doch er *hatte* sie wieder aufgebaut. Sie waren wieder in großer Zahl und er war sicher, dass

die MacGregors über die Merrills triumphieren
würden. Es war eine lange ermüdende Reise für
sie gewesen, doch er musste daran glauben, dass
sie als Clan wieder gedeihen würden.

Als sie sich durch den äußeren Burghof
bewegten, kamen die wenigen jungen Frauen,
die bei seinem Clan geblieben waren, heraus und
warfen ihm kokette Blicke zu. Er wusste, was sie
wollten – *ihn*.

Graeme hatte keine Zeit, sich auf eine Frau
zu konzentrieren. Er war nur auf sein Ziel
konzentriert, die Macht wiederzuerlangen, die
sein Clan vor dem Angriff besessen hatte – um
die Merrills dafür bezahlen zu lassen, was er getan
hatte. Er hatte keine Zeit, zum Heiraten oder um
ein Mädchen zu werben, gleichwohl viele sagten,
dass sein Clan eine Herrin bräuchte. Eines Tages
würde er eine Frau finden, die ihn genügend
interessierte, um ihr den Hof zu machen, aber
noch nicht.

Als Graeme und seine Kumpanen ihren Weg
bis zum Ende des Pfads zurücklegten, stieß er
den MacGregor Kriegsschrei aus und spornte
sein Pferd zum Galopp an. Solange sie noch auf
dem Land der MacGregors waren, konnten sie
so laut sein, wie sie wollten, aber sobald sie die
Grenze zum Land der Merrills überschritten,
würden seine Männer in Schweigen verfallen.
Das Pferd reagierte mit einem Schnauben und
einem Tempo, das Graeme ein Grinsen entlockte.
Selbst Starlight war begierig, ihre Mission zu
erfüllen.

KAPITEL ZWEI

CATHERINE SASS NEBEN der Feuerstelle in ihrer Kammer. Ihre Zofe, Dolag, hatte ihre blutigen Knie mit Leinentüchern umwickelt, nachdem sie eine lindernde Salbe aufgetragen hatte, doch sie litt noch immer Schmerzen. Nachdem Catherine von dem Schmerz durch das Knien auf den Steinen und dem Wassermangel ohnmächtig geworden war, hatte ihr Diener, Benneit, sie in ihre Kammer hinaufgetragen. Er war einer ihrer wenigen Verbündeten in dieser Burg. Die Tür ging auf und Henrys Schwester Margaret rauschte herein. Sie war eine weitere, unerwartete Verbündete geworden. So sehr Catherine ihren Ehemann hasste, so sehr vertraute sie Margaret vollkommen. Sie hatte wiederholt unter Beweis gestellt, dass ihre Liebe zu Isbeil echt war, und das bedeutete für Catherine mehr als alles andere.

»Meine liebe Catherine. Was hat mein törichter Bruder dir dieses Mal angetan? Und warum hat er auf einer weiteren Bestrafung bestanden?« Sie schnalzte mit der Zunge, als sie die Hände in die schmalen Hüften stemmte. Margaret war eine attraktive Frau mit glattem dunklen Haar und warmen braunen Augen.

»Der gleiche Grund, Margaret. Bis ich ihm den Sohn gebäre, den er sich so verzweifelt wünscht, wird er mich nicht in Ruhe lassen.« Sie wischte sich die Augen, denn sie weigerte sich, ihren Tränen freien Lauf zu lassen.

»Ich wünschte, es gäbe einen Zaubertrank, mit dem eine Frau ein männliches Kind austragen könnte. Wie viele Frauen finden sich in genau dieser Situation?« Margarets Ehemann war an einer Schwertwunde gestorben, aber er hatte sie oft um einen Sohn angefleht, ehe sie endlich Wesley bekommen hatte. Es hatte ihre Ehe bitter gemacht. »Dummheit. Einfach Dummheit, dass sie glauben, wir hätten irgendwelche Kontrolle darüber, welche Art von Kind wir in unserem Bauch tragen. Ich würde es gern mit Zaubersprüchen und Beschwörungen versuchen, und abwarten, ob dies besser verläuft, als es der Natur zu überlassen.«

»Wie geht es dem süßen Wes?« Catherine betete ihren geliebten Neffen fast ebenso innbrünstig an wie Isbeil. Wesley war zwei Jahre älter als Issy und er war das einzige Kind, das zu sehen Issy erlaubt war. Henry und seine Mutter hatten versucht, es zu verbieten, obwohl Catherine nie den Grund dafür verstand, aber Margaret ignorierte sie beide. Was würde sie ohne Margaret tun? Neben den Dienstboten war sie ihre einzige wahre Freundin.

»Wes ist ein bisschen krank, also habe ich ihn im Bett gelassen. Ich werde ihn heute nicht zu meinem Besuch bei Issy mitbringen. Wirst du hinuntergehen, um sie zu sehen?«

»Aye, Henry hat mir die Erlaubnis für einen kurzen Besuch erteilt.«

»Gestatte mir, dich zu stützen. Ich werde dir die Treppe hinunter in den Keller helfen.«

»Ich danke dir so«, antwortete Catherine. »Ich wusste nicht, ob ich es selbst schaffen würde.«

»Nun ja, aber ich kenne dich gut, liebste Schwester. Du würdest einen Weg finden. Bereit?«, fragte Margaret.

Catherine nickte und hievte sich in eine aufrechte Position. Für einige Augenblicke stand sie auf einer Stelle, um sich an den Schmerz in ihren Knien zu gewöhnen.

Margaret betrachtete Catherine kopfschüttelnd. »Wie du so viel Schmerz aushalten kannst, werde ich nie verstehen. Mein Bruder ist ein Quälgeist und das sage ich ihm jedes Mal, wenn ich ihn treffe.« Sie umschlang ihren Arm mit Catherines und ermunterte sie, sich an sie zu lehnen.

Catherine stieß langsam die Luft aus und tat einen Schritt vor, während sie sich zusammennahm, um nicht laut aufzuschreien. »Ich schaffe es. Wenn du mir die Treppe hinunterhilfst, werde ich imstande sein, den Rest selbst zu schaffen.«

Es war ein langsamer Weg, aber Margaret schaffte es, Catherine in den Keller zu helfen, ohne dass sie ein einziges Mal aufgeschrien hätte, und das war eine wundervolle Leistung. Margaret küsste sie auf die Wange und meinte: »Hier bist du nun. Geh und genieße deine Zeit mit deiner wunderschönen Tochter und gib ihr bitte einen Kuss für mich.«

Catherine humpelte den dunklen Gang so gut sie konnte entlang, als Benneit sie einholte. Sie würde alles tun, um ihren Schmerz vor ihrer süßen Tochter zu verbergen – das einzige Licht in ihrem Leben.

Was Henry nicht erkannte, war, dass sie mit Freuden Schlimmeres durchmachen würde, um Issy wieder in ihren Armen zu halten. Sie trat zurück und gestattete Benneit, die schwere Holztür zu öffnen, die von zwei der kräftigsten Wachmänner ihres Ehemannes bewacht wurde. Sie schauten über ihre Schulter hinweg und ignorierten sie, wie so oft. Henry gestattete seinen Männern nicht, mit ihr zu reden und nur Benneit war dies erlaubt. Für Benneits Hilfe dankbar, lächelte sie ihn an, ehe sie in die muffige Kammer im Untergeschoss der Burg trat.

Sobald sie drin war, schauderte sie angesichts der kalten Luft. Wie sie es hasste, dass Henry Isbeil in die feuchten, dunklen Keller verbannt hatte. Sie war die Tochter des Lairds und hatte eine bessere Unterbringung verdient, aber er weigerte sich, Catherines Bitte nachzugeben, ihre Tochter bei sich zu behalten. Sie glaubte, die winzige Kammer war zum Teil an Isbeils schlechter Verfassung schuld, aber niemand wollte auf sie hören und ihren Ehemann interessierte dies schlichtweg nicht. Der Anblick seiner kleinen Tochter schien ihn nur daran zu erinnern, dass er immer noch nicht den Sohn hatte, den er wollte.

»Seid gegrüßt, Lady Rodina.« Sie verabscheute es, die Mutter ihres Ehemannes auf diese Weise anzureden, aber sie würde tun, was immer notwendig war, um ihre Tochter zu sehen. »Wir geht es Isbeil?«

Ihre Tochter drehte den Kopf auf dem Kissen. »Mama!« Sie streckte ihrer Mutter ihre dünnen Ärmchen entgegen.

Rodina stemmte ihre schwere Gestalt aus einem gepolsterten Stuhl hoch, auf dem sie saß, und bewegte sich zur gegenüberliegenden Seite des spartanisch eingerichteten Raumes. Ein Korb mit Essen stand auf einem kleinen Tisch und sie schob sich etwas Gebäck in den Mund. Catherine wusste es besser als zu fragen, ob Isbeil Gebäck oder Obst bekommen hatte. Rodina hatte entschieden, dass das Mädchen nichts weiter als Haferbrei und altbackenes Brot brauchte. Es war ein wahrer Beweis für das liebreizende Wesen ihrer Tochter, dass sie sich nie beschwerte.

Rodina strich sich die dünnen grauen Strähnen aus dem Gesicht und kaute den Leckerbissen, ehe sie das Wort ergriff. »Sie ist jeden Tag kränklicher. Ich habe meinem Sohn erzählt, dass es dein schlechtes Blut ist, welche diese Krankheit verursacht. Ich hoffe, dass er dich nie wieder schwängert. Du bist eine schreckliche Mutter.«

Catherine ignorierte die rüden Kommentare, an die sie so gewöhnt war, dass sie sie kaum noch hörte. Es war ein wahres Wunder, wie Margaret von solch einer Frau abstammen konnte. Sie setzte sich auf das Bett und zog ihre winzige Tochter auf ihren Schoß, wobei sie die Arme um das winzige Wesen schloss und ihren süßen Duft einatmete.

»Mama, warum gehst du so komisch?«

»Ach, ich bin draußen auf den Steinen gefallen. Mach dir keine Sorgen. Jetzt erzähl mir, wie es meiner süßen Issy geht.«

»Ich habe das Bilderbuch betrachtet, das du mir gebracht hast. Ich habe es dreimal gelesen.«

Catherine schmunzelte, da sie wusste, dass ihre Tochter mit vier Sommern noch nicht lesen konnte, gleichwohl sie hoffte, es ihr eines Tages beizubringen – aber welcher Schaden konnte schon entstehen, ihr zu erlauben, das zu glauben? »Dreimal? Dann muss es wirklich ein besonderes Buch sein. Warum erzählst du mir nicht alles darüber?«

»Ich liebe dieses Buch mit dem wunderschönen Hirsch und den Welpen. Das ist so eine wundersame Sache. Glaubst du, ich könnte eines Tages einen Welpen haben?«

Catherine hielt das Gesicht ihrer Tochter zwischen ihren Handflächen und umfing die süßen Wangen, die hagerer waren, als sie sein sollten. »Du kannst nie wissen, was eines Tages passieren kann.«

»Nein«, bellte Rodina. »Ich werde keinen schmutzigen Hund hier drin mit ihr dulden. Das werde ich nie erlauben.«

»Bitte Mama.« Issys warmer Atem kitzelte ihr Ohr.

»Wir werden sehen, meine Tochter«, flüsterte Catherine zurück. »Es gibt immer Hoffnung auf bessere Tage.«

Rodina lachte höhnisch. »Du bist solch eine Närrin, wenn du irgendetwas davon glaubst, was sie dir erzählt, Mädchen.«

Issy plapperte weiter, bis die Erschöpfung sie überkam. »Mama, ich fühle mich nicht gut«, sagte sie mit ihrer leisen Stimme und lehnte sich dabei an die Schulter ihrer Mutter.

Catherine kämpfte die Tränen zurück. »Es tut mir so leid, mein Kleines. Wie ich mir wünschte, ich könnte deine Krankheit beenden und dich motivieren, über den Fußboden zu tanzen.«

»Mama, ich bin so müde. Ich muss meine Augen schließen. Wirst du mich halten?«

»Natürlich.«

Sie liebte es, wenn ihre Tochter auf ihrem Schoß einschlief. Issys süßes Aroma stieg zu ihr auf und sie stützte ihr Kinn auf den Schopf ihrer Tochter, der ebenso rot war wie der ihre. Das Mädchen war so krank und dies nun schon seit einem Jahr. Es gab nur eines, was sie tun konnte, um ihr zu helfen.

Nach reiflicher Überlegung hatte sie sich für einen Plan entschieden. Sie würde entwischen und zu ihrem Elternhaus zurückkehren, um die alte Heilerin dort aufzusuchen. An den Namen der Frau konnte sie sich nicht erinnern, doch ihre Mutter hatte ihr von den auf geheimnisvolle Weise gesegneten Händen der Frau erzählt, die manchmal imstande waren, eine Krankheit zu vertreiben, wenn niemand sonst das noch vermochte. Die Merrills hatten keinen Heiler, also musste die arme Issy leiden. Catherine hatte Henry gebeten, einen Heilkundigen für das kleine

Mädchen kommen zu lassen, doch er hatte sich geweigert. Gleichwohl sie den Preis kannte, den sie wahrscheinlich für das Wissen eines Heilers bezahlen musste, indem sie sich ihrem Ehemann widersetzte, konnte sie nicht daneben stehen und zusehen, wie ihre Tochter einen langsamen Tod starb.

Aye. Die Zeit war reif.

Catherine war nicht ohne Verbündete und Benneit hatte gelobt, ihr behilflich zu sein, sich in dieser Nacht hinaus zu schleichen. Dann würde sie zum Heiler ihrer Mutter reisen und hoffentlich erfahren, wie sie ihre Tochter heilen konnte.

Ihr Ehemann war fort, und so war es die perfekte Gelegenheit. Freilich würde sie mit den Schmerzen in den Knien Schwierigkeiten haben, doch nachdem sie einen Großteil des Tages damit verbracht hätte, sie auszukurieren, würde sie es schaffen können. Das musste sie. Henry war eher selten fort. Zweifelsohne würden ihre Schmerzen nachlassen, sobald sie ihr Pferd bestiegen hatte.

Sie würde für ihre Tochter Hilfe finden, selbst wenn ihr Leben verwirkt wäre.

Später am Abend klopfte Benneit an die Tür zu Catherines privater Kammer, dem Ort, an dem sie schlief, bis ihr Ehemann sie ihn seine Kammer befahl. Sie bat ihn, einzutreten, und er kam ihrer Aufforderung nach, um dann die Tür leise hinter sich zu schließen.

Benneit flüsterte. »Hier Mylady. Zieht diese

Sachen an. Es ist drei Stunden nach Mitternacht und Ihr werdet um diese Stunde sicher sein. Mit Eurem Haar unter der Kapuze seht Ihr wie ein Junge aus und damit solltet Ihr an den Wachen im Hof vorbeikommen. Ich werde Euch begleiten, um Eure Sicherheit zu gewährleisten, aber nur bis zur Grenze unseres Gebiets. Dann werde ich mich von Euch trennen.«

»Benneit, Du musst nicht so weit mit uns reiten. Wenn du erwischt wirst, wird er dich mit Sicherheit umbringen.«

»Das weiß ich, doch ich vermag guten Gewissens nicht, Euch allein reisen zu lassen. Aber ich muss umkehren, oder sie werden nach mir suchen. Versteht Ihr?«

»Aye. Ich schaffe es. Das verspreche ich.«

»Wie geht es Euren Knien? Es ist zu früh, um damit zu laufen.«

Sie drückte auf die Verbände und wimmerte ein bisschen. »Mit der Salbe sind sie viel besser geworden. Ich kann nicht warten, bis sie verheilt sind. Du weißt, wie selten mein Ehemann fort ist. Auf dem Pferd wird es gut gehen.«

»In der Jacke ist ein Messer versteckt. Benutzt es, wenn Ihr müsst.«

Sobald sie die Kleidung angezogen hatte, schlich sie mit Benneit zusammen die Treppe hinunter über den Hof zu den Stallungen. Er winkte den beiden Wachen am Tor zu, obwohl die beiden zu schlafen schienen. Da ihr Herr nicht zugegen war, waren sie in ihrer Pflichterfüllung nachlässiger.

Catherine atmete erleichtert auf, als sie außer Sichtweite der Burg waren. Sie zügelte ihr Pferd zu einem langsameren Tempo und richtete das Wort an ihren Verbündeten. »Wir haben es geschafft, Benneit. Ich werde dir für immer dankbar sein.«

»Nein, Mylady. Es ist meine Pflicht, auf Euch aufzupassen. Lasst Eure Haube auf und reitet in diese Richtung.«

Er erinnerte sie an die landschaftlichen Erkennungszeichen, nach denen sie Ausschau halten musste, um zu ihrem Land zurückzukehren, was vor morgen allerdings nicht zu schaffen war. Bei der Erkenntnis, dass sie von ihrem Ehemann befreit war, zitterten ihr die Hände, wenn auch nur für eine kurze Zeit. Sobald sie sich dem Gebiet ihres Vaters näherte, würde sie sehr vorsichtig handeln müssen. Er würde wahrscheinlich ebenso fuchsteufelswild sein wie ihr Ehemann, wenn er erfuhr, dass sie ihre Burg unerlaubt verlassen hatte. »Seid bitte vorsichtig mit dem Pferd. Er ist nicht der allerkräftigste, also wird es eine Weile dauern, das Gebiet der MacGregors zu erreichen. Versucht, so gut es geht, am Rande ihres Landes zu reiten. Ihr wollt nicht als alleinreisende Frau erwischt werden, insbesondere nicht dort. Sie mögen die Merrills dort nicht.«

Wenn nicht wegen Issy würde sie immer weiterreiten und niemals umkehren. Sie verabschiedete sich von ihrem Verbündeten und schnippte mit den Zügeln ihres Pferdes. »Gott sei mit Euch, Mylady«, waren die letzten Worte, die sie Benneit sagen hörte.

Sie ritt bis kurz nach Anbruch der Dämmerung ohne anzuhalten, doch dann konnte ihre Blase die Stöße des Pferdes nicht länger aushalten und so war sie gezwungen, anzuhalten. In einem Wald stieß sie auf eine kleine Lichtung und dort saß sie ab, um innezuhalten und etwaigen Aktivitäten zu lauschen. Zuversichtlich, dass sie allein war, trat sie hinter einen Busch und erleichterte sich. Sobald sie ihre Hose wieder zugeschnürt hatte, kehrte sie zu ihrem Pferd zurück, doch dann vernahm sie plötzlich ein Schnauben hinter sich.

Sie drehte sich langsam um und beim Anblick vor ihr schlug ihr Herz schneller. Ein wildgewordener Keiler war gerade auf sie aufmerksam geworden. Sie schrie und rannte zu ihrem Pferd, welches das Tier allerdings ebenfalls bemerkt hatte. Zu ihrem Entsetzen galoppierte es in die entgegengesetzte Richtung davon.

Fieberhaft suchte sie die Umgebung nach einem Baum ab, auf den sie klettern konnte, und sie raste auf einen mit niedrigen Zweigen zu, während ihr das Herz in der Brust pochte, als die Angst durch ihre Adern rauschte. Sie sprang an den niedrigsten Ast des Baums und packte ihn, als der Eber zu seinem Angriff auf sie ansetzte. Am Ast hängend zog sie die Füße zu ihrem Bauch hoch und betete, dass sie hoch genug war, um seinem Angriff zu entgehen. Er schloss seinen Kiefer um den Stiefel an ihrem linken Fuß und sie verlor den Halt um den Ast, ehe sie zu Boden taumelte. Ihr Fuß war jetzt frei und sie trat das Tier und kroch rückwärts, wobei sie den Schmerz ignorierte, der ihr Bein hinaufschoss. Sie tastete nach dem Dolch in ihrer Tasche und schaffte es, dass Tier dreimal zu stechen, ehe er sie mit seiner

Schnauze einen Abgrund hinunterstieß. Der
Keiler schrie vor Schmerz von seinen Wunden
und rannte im Kreis, ehe er langsamer wurde und
wieder geradewegs auf sie zustürmte, indem er
ihr den Hügel hinab nachsetzte. Sie schaffte es,
aufzustehen, doch es blieb ihr keine Zeit mehr,
davonzulaufen. Sie konnte nur noch mit ihrer
Waffe nach dem Tier ausholen. Sie hielt sich auf
den Füßen und schrie, als die hässlichen Kiefer
des Tieres sich öffneten, um sie zu beißen.

Sie war eine tote Frau. Was würde nur aus Issy
werden?

Sie hatten das Gebiet der Merrills fast erreicht,
als eine eigentümliche Vorahnung Besitz von
Graemes Körper nahm, und das war ein Gefühl
tief in seinen Eingeweiden, das er nicht ignorieren
konnte. Er zügelte sein Pferd, damit es langsamer
wurde und erlaubte den anderen, an ihm vorbei
zu reiten.

»Was ist los?«, fragte Conn.

Ein Schrei drang durch die Bäume, der einem
das Blut in den Adern gefrieren ließ. »Das«,
antwortete Graeme. »Du wartest hier mit den
Männern. Ich werde nachsehen, was es ist.«

»Du bist der Laird. Du solltest uns
vorausschicken. Wie oft muss ich dir das noch
sagen? Das war immer unsere Regel.« Conn
starrte seinen Bruder an.

Rory kam zu ihnen. »Ich werde gehen, Graeme.
Gestatte es mir bitte.«

»Nein.« Er drehte sich zu dem Geräusch um.

»Mein Bauchgefühl sagt mir, dass ich allein gehen muss. Wartet hier.«

Graeme führte sein Pferd durch den Wald auf das Geräusch zu. Er war sicher, dass es eine Frau war, aber was würde eine Frau mitten in einem Wald verloren habe? Ein kleines Stück weiter stieß er auf die Quelle des Schreis.

Ein Bursche – nein, er erkannte, dass es eine als Bursche *gekleidete* Frau war – war eine Böschung hinabgestürzt und ein wilder Keiler ging geradewegs auf sie los. Wieder schrie sie, als das Tier sie angriff und sie mit der Schnauze anstieß, worauf sie rückwärts taumelte. Sie schaffte es irgendwie, sich auf den Füßen zu halten und das Tier mit einem Dolch zu treffen, der sich so in sein Fleisch bohrte, dass es noch mehr in Rage geriet.

Er spornte sein Pferd an und hielt direkt auf sie zu, um sich dann hinab zu beugen und sie genau in dem Moment hochzuheben, in dem der Keiler seinen Kiefer in Erwartung des süßen Leckerbissens öffnete.

Mit einem Grunzen landete sie auf seinem Schoß und klammerte sich an ihn, als ob er ihr das Leben gerettet hätte, was vermutlich der Fall war. Wenn nicht, hatte er sie zumindest vor einer schmerzhaften Attacke bewahrt. Er ritt zu seinen Männern zurück, wobei der Keiler ihn eine kurze Strecke verfolgte, ehe er aufgab, um seine Wunden zu lecken und vor Wut zu schnauben und zu quieken.

Die junge Frau saß mit dem Gesicht zu ihm im Sattel und sobald klar war, dass sie in Sicherheit war, legte sie ihren Kopf zurück und schaute ihn an, wobei ihr Mund ein perfektes O bildete.

Graeme sog die Luft ein. Sie war eine Schönheit wie keine andere. Grüne Augen in der Farbe des Waldes schauten ihn an, die von langen Wimpern umkränzt waren. Ihre hohen Wangenknochen waren auf wundervolle Weise gerötet und die Farbe harmonierte mit ihren Lippen. Er wünschte zu sehen, von welcher Farbe ihr Haar unter ihrer Haube war.

»Wer seid Ihr?«, fragte sie. »Lasst mich hinunter. Ich werde mein Pferd suchen. Vielen Dank, dass Ihr mich gerettet habt, aber ich muss weiterziehen.« Sie sprach mit einer offensichtlich verstellten Stimme und versuchte, den Burschen zu imitieren, den sie in ihrem Aufzug darstellen wollte. Diese Frau würde niemals irgendjemanden überzeugen, der ihr nahe genug kam, um ihr zartes Gesicht zu sehen.

»Bist du allein, Bursche?« Graeme gab sich alle Mühe, sein Grinsen zu verbergen und bei der List mitzuspielen.

»Aye. Bitte lasst mich los. Ich muss meine Reise fortsetzen.«

Er zog an ihrer Kapuze und ein langer Zopf herrlichen roten Haars fiel ihren Rücken hinab. Sie schaute ihn böse an und gebot: »Halt.«

Er parierte sein Pferd und zwinkerte ihr zu, während langsam ein Grinsen auf seinem Gesicht erschien. »Aye, *Bursche*?«

Sie verengte ihren Blick und starrte ihn böse an. »Also schön, ich bin kein Junge.«

»Aye, das stimmt. Das wusste ich sogar schon,

ehe Eure Rundungen in meinem Schoß landeten.
Wohin seid Ihr allein unterwegs? Eine junge Frau
kann nicht allein durch die Highlands reisen. Oder
vielleicht seid Ihr von Eurer Reisegesellschaft
getrennt worden?«

»Ich brauche dringend eine Heilerin. Bitte
gestattet mir, meine Reise fortzusetzen.«

»Euer Name?« Er strich ihr mehrere lose Haare
aus den Augen.

»Catherine. Mehr müsst Ihr nicht wissen. Lasst
mich in Ruhe. Ich muss einen Heiler finden.«

Catherine. Der Klang ihres Namens sandte ihm
einen Schauder über den Rücken. Er hatte das
merkwürdige Gefühl, dass er sie kannte, aber sie
hatten sich ganz sicher noch niemals getroffen.
Die Vorstellung war vollkommen absurd. Also
entschied er sich, sie zu ignorieren. »Für Eure
eigenen Wunden oder die von jemand anderem?«

Eindeutig erzürnt, versetzte sie ihm einen
Schlag und traf ihn am Arm. Er hatte das mutige
Mädchen beobachtet, wie sie mehrere Male auf
einen wildgewordenen Keiler eingestochen hatte.
Würde sie ihm das Gleiche antun? Wieder traf sie
ihn, dieses Mal fester, aber es fühlte sich nicht wie
mehr als ein kleiner Klaps an.

Als Allerletztes brauchte er eine Verzögerung
seiner Pläne, weil eine junge Frau ihn mit dem
Dolch gestochen hatte. Er musste zum Land
der Merrills aufbrechen und den Plan zu Ende
führen, den er schon jahrelang verfolgte. Graeme
vertraute auf seine Intuition und die sagte ihm,
dass dies ein wichtiger Tag war. Solch eine
Nachricht sollte nicht ignoriert werden.

»Wie Ihr wollt«, meinte er. Er hob die junge Frau von seinem Pferd und stellte sie auf den Boden. Prompt brach sie zusammen und hielt sich den Fuß. Obwohl er es kaum abwarten konnte, zu den anderen Männern zurückzukehren, stellte er fest, dass er ihr bei ihrem Versuch davonzuhumpeln, hinterher sah …

Die Stimme seines Vaters hallte durch seine Gedanken: »Ein Mann ist an seine Ehre gebunden, eine Frau in Not zu beschützen.« Das hatte er allen fünf Söhnen wieder und wieder eingebläut. Ehre bedeutete für einen Highlander, dass er Frauen und Kindern immer helfen und sie beschützen musste, wenn es notwendig war. Die wunderschöne Catherine, die von einem Keiler verletzt worden war und kein Pferd mehr besaß, das er gesehen hätte, ließe sich eindeutig als junge Frau in Not erachten.

Er konnte sie unmöglich im Stich lassen.

Fluchend saß er ab und eilte zu ihr hinüber. Ehe er bei ihr ankam, sackte sie wieder zu einem Häuflein auf dem Boden zusammen. Erst dann bemerkte er das Blut an ihren Beinen und Füßen. Er konnte sie in diesem Zustand nicht allein lassen. Das verlangte seine Ehre als Highlander. Er kniete sich neben sie und hob sie in seine Arme.

Mit rudernden Armen holte sie nach ihm aus und die Tränen rannen ihr über das Gesicht. »Nein, nein, bitte. Ich muss Issy retten.« Sie kämpfte und trat und schrie, aber er ließ sie nicht los.

Er verstand nicht, warum sie sich so gegen ihn wehrte. Es wäre Wahnsinn, sie hier mitten im Nichts allein zu lassen, ohne Pferd in Sicht. Darüber hinaus glaubte er aus einem merkwürdigen Grund, dass sie in seine Arme gehörte.

KAPITEL DREI

~~~

DIESE ISSY MUSSTE etwas ganz Besonderes für sie sein, wenn sie der Grund war, warum sie die Reise durch die Wälder auf sich nahm.

»Still, kleine Catherine«, raunte er ihr besänftigend zu. Er verstand, wie es war, ungezügelte Angst und Verwirrung zu fühlen. Vor sieben Jahren war er an genau dem gleichen Punkt gewesen. Er musste sie beruhigen.

»Wo ist dein Pferd?«

Ihr lief eine einzelne Träne über die Wange und ihr Kinn begann zu beben. Ein Schleier legte sich über ihre waldgrünen Augen, den er am liebsten vertrieben hätte. »Er ist davongelaufen, als der Keiler angegriffen hat. Ich muss ihn finden, ehe sie mich finden.«

»Wer?« Bei dem Gedanken, dass jemand sie verfolgen könnte, um ihr Schaden zuzufügen, stellten sich ihm die Haare auf. »Wer ist hinter dir her?«

»Die Wachen meines Ehemannes. Sie könnten mich finden. Bitte. Ich muss mich auf den Weg machen. Leih mir dein Pferd und ich werde es dir bald zurückgeben. Das verspreche ich.«

Ein kleines Lächeln schlich sich über sein Gesicht. Die junge Frau war wirklich ahnungslos, wenn sie dachte, sie könnte die Highlands allein durchqueren und unversehrt zurückkehren.

»Wer ist dein Ehemann?«

»Das musst du nicht wissen.«

»Dann behalte es für jetzt als dein Geheimnis, aber ich kann nicht zulassen, dass du diese Reise allein machst, die du geplant hast. Es ist zu gefährlich. Du wirst mit mir zu meinem Land reisen und ich werde dafür sorgen, dass deine Wunden versorgt werden. Dann werden wir uns darüber unterhalten, wie ich dir helfen kann. Hast du den Zustand deiner Beine und Füße etwa nicht bemerkt? Du wirst vor Schmerz umkommen, wenn du das tust.« Nach dem Angriff des wilden Tiers stand die junge Frau offenbar unter Schock.

Sie legte eine Hand auf ihren linken Fuß und dann drehte sie die Finger, um das Blut zu betrachten, das jetzt von den Spitzen troff. »Mein Fuß«, jammerte sie überrascht. »Ich kann ihn nicht bewegen.«

Er stellte sie auf den Boden. »Wir müssen jetzt deinen Stiefel ausziehen, ehe er anschwillt. Streck mir dein Fußgelenk entgegen.« Er streckte die Hand nach ihr aus.

Ihr Blick schweifte zu ihm und als sich ihre Augen trafen, verlor er beinahe die Balance. Die Intensität ihres Blickes war mit nichts zu vergleichen, was er je erlebt hatte. Obwohl er so wenig über diese Frau wusste, war nicht zu leugnen, dass eine Verbindung zwischen ihnen bestand. Verdammt, aber welche Macht besaß sie über ihn?

Nach einer Pause hob sie ihren Stiefel zu seiner Hand und wimmerte vor Schmerz. »Dein Name? Du hast ihn mir nicht genannt. Ich werde einem Mann nicht erlauben, meine Haut zu berühren, wenn ich nicht einmal seinen Namen kenne.« Sie errötete und blickte auf ihren malträtierten Stiefel.

»Graeme. Graeme MacGregor.«

Sie riss die Augen auf. »Der Laird des MacGregor Clans?«

»Aye. Vertraust du mir jetzt, dass ich dir nicht ohne zwingenden Grund wehtun werde?«

Sie nickte mit einem raschen Blick und errötete. »Sei bitte vorsichtig.«

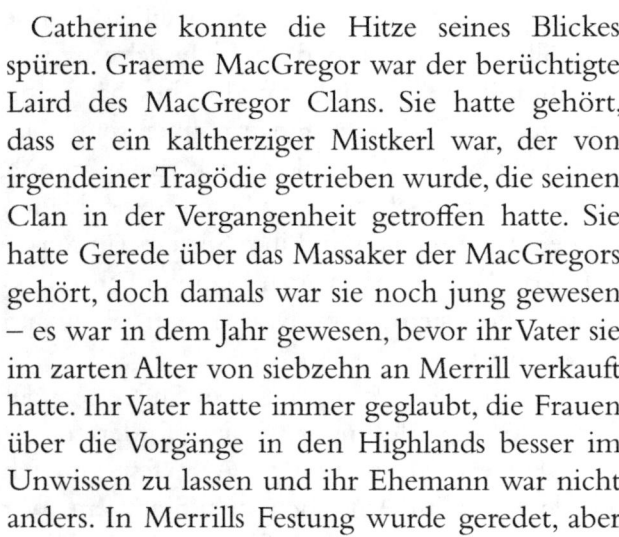

Catherine konnte die Hitze seines Blickes spüren. Graeme MacGregor war der berüchtigte Laird des MacGregor Clans. Sie hatte gehört, dass er ein kaltherziger Mistkerl war, der von irgendeiner Tragödie getrieben wurde, die seinen Clan in der Vergangenheit getroffen hatte. Sie hatte Gerede über das Massaker der MacGregors gehört, doch damals war sie noch jung gewesen – es war in dem Jahr gewesen, bevor ihr Vater sie im zarten Alter von siebzehn an Merrill verkauft hatte. Ihr Vater hatte immer geglaubt, die Frauen über die Vorgänge in den Highlands besser im Unwissen zu lassen und ihr Ehemann war nicht anders. In Merrills Festung wurde geredet, aber keiner der Diener, mit Ausnahme ihrer Freunde, beteiligte sie an den Gesprächen.

Was immer der Klatsch sagte, war dieser Mann weit davon entfernt, kaltherzig zu sein. Er zog ihren Stiefel mit überraschender Sanftheit aus.

Mit leiser Stimme flüsterte er:»Sag es mir, wenn ich dir wehtue.« Er zog ihr den Wollstrumpf aus und inspizierte die Wunde, welche die Zähne des Keilers hinterlassen hatten. »Ich werde dies verbinden und mit einer Salbe behandeln, sobald wir bei meinem Castle ankommen.« Mit seinem Dolch schnitt er einen langen Streifen von seinem Plaid ab.

Catherine schielte zu ihm auf. Der Mann war mehr als gut aussehend und strahlte eine raue, maskuline Kraft aus. Sein kräftiger, wie gemeißelter Kiefer war mit einem Anflug von Bartstoppeln überschattet und sein gütiges Lächeln hatte seine strahlend weißen Zähne enthüllt. Graemes Haar, das beinahe schwarz war, fiel ihm über die Schulter und es beschämte sie, wie gern sie mit den Fingern über sein Haar streicheln wollte. Als er den Blick zu ihrem hob, hatte sie das Gefühl, als würden seine blauen Augen in sie reichen und ihre Seele berühren.

Es konnte keinen einzigen Mann in Schottland geben, der sich mehr von ihrem Ehemann unterschied.

Als er mit dem Verbinden ihres Fußes geendet hatte, um die Blutung zu stillen, fordert er sie auf: »Halte dich an meinem Arm fest und ich werde dir beim Aufstehen behilflich sein. Wir werden sehen, ob du darauf laufen kannst. Wenn nicht, werde ich dich tragen.« Das, was noch von ihrem Stiefel übrig war, verstaute er in seiner Satteltasche.

Sie nicke, denn sie war unfähig, in so großer Nähe zu ihm zu sprechen. Er brachte sie auf eine Weise durcheinander, die sie nicht verstand, und doch verstand er es, ihr das Gefühl zu geben, sich … zuhause zu fühlen. Sie fasste seinen Unterarm und war von seinem Umfang überrascht, denn sie stellte fest, dass sie beide Hände brauchte, um sich an seinen Bizeps festzuhalten, damit sie ihr Gleichgewicht halten konnte. Ihr ganzes Gewicht lastete auf ihrem rechten Fuß, der noch immer im Stiefel steckte, aber aus seinen eigenen Wunden blutete. Catherine war in keiner guten Verfassung und irgendwie wusste sie, dass sie ihre Reise für einen oder zwei Tage nicht fortsetzen konnte. Sie war unfähig zu laufen, ohne dass der Schmerz durch ihren Körper schoss, und sie lehnte sich an Graeme, der sie sofort wieder hochhob.

Noch nie hatte sie einen Mann getroffen, der so groß war wie Graeme MacGregor.

Oder so zärtlich.

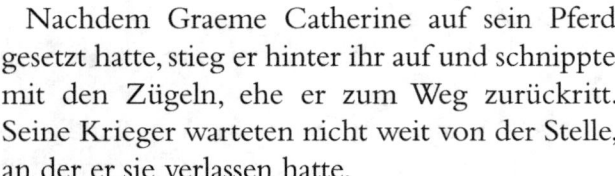

Nachdem Graeme Catherine auf sein Pferd gesetzt hatte, stieg er hinter ihr auf und schnippte mit den Zügeln, ehe er zum Weg zurückritt. Seine Krieger warteten nicht weit von der Stelle, an der er sie verlassen hatte.

»Ist das ein Bursche oder eine Lady, Graeme?«, fragte Rory.

Conn starrte Graeme mit einem überraschten Blick auf dem Gesicht an. Keiner seiner Männer sagte ein Wort, aber alle Blicke waren auf die wunderschöne junge Frau vor ihm im Sattel gerichtet. Es war offensichtlich, dass sie alle die Antwort auf Rorys Frage erraten hatten.

»Catherine ist von einem Wildschwein angegriffen worden und ihre Wunden müssen versorgt werden. Ich werde sie zur Festung zurückbringen. Führt den Plan aus, den wir festgelegt hatten. Ihr wisst alle, was ihr zu tun habt. Ihr braucht mich nicht.«

Conn machte große Augen. »Sie reist allein?«

Graeme nickte.

Sein Stellvertreter Tomag fragte: »Woher stammt sie? Vielleicht ist sie daran interessiert, unserem Clan beizutreten.«

Graeme biss die Zähne zusammen und presste hervor: »Sie gehört mir. Nimm deinen Blick von ihr. Ihr alle. Ihr werdet sie nicht berühren. Macht euch auf den Weg und erstattet mir so bald als möglich Bericht.« Er hatte nicht die Absicht gehabt, so harsch zu sprechen, doch während Tomags Frage unschuldig war, fühlte Graeme das Bedürfnis, deutlich zu machen, dass sie für alle unerreichbar war.

Eine kräftige Stimme überraschte ihn. »Ich bin nicht dein.«

»Aye, Mylaird.« Tomag neigte entschuldigend den Kopf, weil er seine Grenzen überschritten hatte, aber Graeme konnte ihm keinen Vorwurf machen. Tomag war seinem Vater jahrelang ein treu ergebener Stellvertreter gewesen, also brachte er dem Mann großen Respekt entgegen. Er vertraute ihm vollkommen.

Warum hatte er sich dann dazu gemüßigt gesehen, in einem derart scharfen Ton über Catherine zu sprechen?

Die MacGregor Männer hatten seit langer Zeit kein so liebreizendes Mädchen mehr gesehen. Graeme wendete sein Pferd und flüsterte Catherine ins Ohr: »Aye, du gehörst im Augenblick zu mir, Mädchen. Und du wirst für niemanden außer mir verfügbar sein. Seit langer Zeit haben meine Männer nicht viele Frauen gesehen.«

»Ich bin verheiratet. Vergiss das bitte nicht.«

Graeme verbarg seinen Schock über ihre Aussage, doch dann erinnerte er sich daran, dass sie die Wachen ihres Ehemannes erwähnt hatte. Offensichtlich hatte er sich entschieden, die Bedeutung dessen zu ignorieren. Doch welcher Mann würde seiner Frau gestatten, allein durch die Highlands zu reisen? Irgendetwas stimmte nicht und er würde es herausfinden. Wenn sie fortlief, würde er gern die Gründe kennen. Er zog sie auf seinem Pferd näher zu sich und meinte: »Vertrau mir. Ich werde es nicht vergessen.«

Sie waren nicht weit von seiner Festung entfernt, aber sie schlief rasch im Sattel vor ihm ein und lehnte sich an seine Brust zurück. Er stellte fest, dass ihm diese Position gefiel und ihre Präsenz löste ein Gefühl in ihm aus, sich als ihr Beschützer zu sehen, das er nicht ignorieren konnte. Sobald er sein Pferd verlangsamt hatte und das Tor erreichte, wurde sie vom Geschrei der Wachen geweckt.

»Laird, wo sind die anderen Männer?«, fragte einer der Burschen.

»Sie führen ihre Aufgabe zu Ende. Macht euch keine Sorgen um sie.« Sie öffneten die Tore und Graeme ritt über die Brücke, um sich dann durch die Häuschen zu seinem Innenhof zu bewegen. Männer kamen hervor, um seine Begleiterin anzuschauen, doch mit seinem sorgfältig bemessenen, finsteren Blick machte er deutlich, dass Catherine für alle unerreichbar war.

»Wo sind die Frauen deines Clans?«, flüsterte sie.

»Wir haben einige, die noch hier sind. Die meisten haben sich anderen Clans angeschlossen, obwohl ich den Grund dafür nicht kenne. Nach einem Angriff auf meinen Clan haben wir viele Krieger verloren und andere sind aus Angst vor einem weiteren Überfall gegangen. Wir haben hart gearbeitet, um den Clan wieder aufzubauen. Meine Männer arbeiten schwer, um sich auf unseren letzten Kampf vorzubereiten. Vielleicht hatten sie nicht genügend Zeit, es den Mädchen recht zu machen.« Als sie die Treppe zu seinem Hauptturm erreichten, brachte er sein Pferd zum stehen und warf die Zügel einem der Stallburschen zu, der ihm gefolgt war. Sobald er abgesessen war, streckte er die Hände nach oben, um sie um die Taille zu fassen, aber sie zuckte zurück.

Er trat zurück und stemmte die Hände in seine Hüften. Warum würde die Frau vor seiner Berührung zurückzucken? Er hatte eine Ahnung, die ihm nicht gefiel. Es hatte sich eine kleine Menge gebildet und schaute den beiden zu, wobei Neugier die Vernunft besiegte. »Geht zurück an die Arbeit und macht euch keine Gedanken über die junge Frau. Sie ist einzig und allein meine Angelegenheit«, blaffte er und stellte sicher, dass sie vor ihm davonliefen, ehe er zu ihr zurückschaute. Er musste ein Mädchen bewundern, dass sich so gerade hielt und sich unter dem Blick so vieler Fremder so stolz gab.

Als sie den Blick sinken ließ, meinte er: »Vertraust du mir nicht? Glaubst du, ich will dich verletzen?«

Sie schüttelte den Kopf und abermals verschleierten sich ihre Augen. »Ich vertraue dir. Es ist nur … meine Beine tun schrecklich weh.«

Wieder streckte er die Hände nach ihr aus und dieses Mal wich sie nicht vor seiner Berührung zurück. Sobald er sie heruntergehoben hatte, hob er sie in seine Arme, sodass er sie die Treppe hinauf in die Halle der MacGregors tragen konnte. »Moyra!«, rief er beim Eintreten. Er entdeckte einen Tisch und setzte Catherine darauf ab, damit sie ihr Bein auf der Bank aufstellen konnte und ihm damit ermöglichte, ihre Wunden besser in Augenschein zu nehmen.

Innerhalb weniger Augenblicke kam eine ältere Frau geschäftig aus einer Tür am entfernten Ende der Tür geeilt. »Aye, Mylaird? Ihr seid so bald schon zurück?«

Moyra verstummte, als ihr Blick auf die schlanke Gestalt fiel, die auf dem Tisch saß. »Mylaird?«

Dann blieb sie stehen, als sie die beiden erreichte und seine Anweisungen abwartete.

»Moyra, dies ist Lady Catherine. Ich bin auf sie gestoßen, als sie von einem Wildschwein angegriffen wurde. Sie hat einige Wunden davongetragen, die behandelt werden müssen. Bring sie bitte in meine Kammer und kümmere dich um sie. Ich werde zurückkommen, sobald ich mit meinen Männern Rücksprache gehalten habe. Ehe ich gehe, werde ich einige Jungen losschicken, um eine Wanne in meine Kammer tragen zu lassen und heißes Wasser zu bringen. Bis zu meiner Rückkehr wird sie den Raum nicht verlassen.«

Er nickte und dann kehrte er ihr den Rücken zu, aber er hatte erst zwei Schritte auf die Tür zu getan, als eine Stimme ihn mitten im Laufen erstarren ließ.

»Wie kannst du es wagen! Du hast keinen Besitzanspruch über mich. Ich werde Moyras Hilfe bei der Versorgung meiner Wunden mit Freuden akzeptieren, aber ich werde keinen Augenblick länger hierbleiben, als ich muss. Sobald ich dazu in der Lage bin, werde ich aus eigenen Stücken gehen. Ich werde dafür nicht auf deine Erlaubnis warten.«

Graeme verbarg sein Grinsen. Verdammt – aber sie war eine ganz Mutige – ebenso unbändig wie ihr rotes Haar. Er drehte sich in einem kleinen Kreis bis ihre Blicke sich trafen. Dann schlenderte er durch die Halle zurück auf sie zu und der Ausdruck auf seinem Gesicht reichte vollkommen aus, um Moyra einige Schritte zurückweichen zu lassen.

Als er vor ihr stehen blieb, hob er ihr Kinn, um sie zu zwingen, ihn anzuschauen, doch sie schlug nach seiner Hand und wich zurück. »Fass mich nicht an.«

Dieses Mal verbarg er sein Grinsen nicht. »Du zeigst keine Dankbarkeit dafür, dass ich dich vor dem Keiler gerettet habe, Mylady?«

»Ich weiß deine Hilfe zu schätzen, aber ich lasse mir von dir nichts sagen. In meinem Leben gibt es genügend Männer, die mir vorschreiben, was ich zu tun habe und wann ich es tun soll. Ich werde keinem weiteren Mann erlauben, an ihre Stelle zu treten und ihre Rolle zu übernehmen.«

Graeme fühlte etwas, das er seit geraumer Zeit nicht mehr gefühlt hatte. Seine Erektion hatte sich so rasch gebildet, dass er schockiert war. Diese Frau war außerordentlich verlockend. Die Rage in ihren Augen konnte sich mit seiner eigenen messen, wenn ihn jemand reizte. Verdammt, aber er wollte diese Frau unter sich haben und spüren, wie sie sich unter ihm wand, wenn sie seinen Namen herausschrie, während er sie befriedigte.

Er erinnerte sich daran, dass ihm nach einer verheirateten Frau gelüstete. Das ginge nicht, obwohl er nicht ruhen würde, bis er herausgefunden hätte, wer ihr Ehemann war und warum er ihr gestattete, allein zu reisen.

»Wenn du in meiner Festung bist, wirst du tun, was ich sage. Ich werde respektieren, dass du eine verheiratete Frau bist, aber du wirst mich nicht nach Gutdünken herumscheuchen.

Es ist meine Pflicht, dich zu beschützen, und dir zu erlauben, vor meinen Männern zu tänzeln, bedeutet Ärger heraufzubeschwören. Wenn ich die Tür verschließen muss, werde ich das tun. Verstehen wir einander?« Er fuhr ihr mit dem Daumen über die Wange und war überrascht, dass sie es zuließ.

»Aye, Laird MacGregor.«

Wenn der Ausdruck auf ihrem Gesicht etwas zu bedeuten hatte, würde er mit Lady Catherine eine interessante Zeit haben, wer immer sie auch war.

KAPITEL VIER

———⁓———

WENN CATHERINE ES gewagt hätte, würde sie ihm eine Ohrfeige für seine Worte verpasst haben.

Aber die Art und Weise, wie er sie berührte … Noch nie war sie von einem Mann auf diese Weise berührt worden, was der einzige Grund dafür war, dass sie diese Liebkosung zuließ. Ihr Ehemann hatte sie ganz bestimmt nicht mit Zärtlichkeit berührt. Dieser Mann war ein völliges Mysterium. Fordernd und doch einfühlsam. Launisch und doch gütig. Sie wünschte, sie könnte ihn mehr anschreien, doch er war um einiges größer als sie und der Schmerz wurde mit jedem Augenblick schlimmer. Derzeit wäre es besser, ihn in dem Glauben zu lassen, dass sie tun würde, was er sagte.

Was sie nicht tun würde. Isbeil stand in ihren Gedanken an erster Stelle. Sie würde sich von Moyra helfen lassen und dann fragen, ob die Frau irgendwelche Vorschläge über Isbeils gesundheitlichen Zustand hatte. Der Umstand, dass der Laird wegging, war perfekt.

»Kommt, Mylady«, forderte Moyra sie auf. »Ich

werde Euch zum Ende der Halle und in seine Kammer die Treppe hinauf begleiten.«

Catherine lächelte die ältere Frau an. Ihr Haar war einst dunkel gewesen, doch nun war es von Grau durchsetzt. Sie besaß strahlende Augen und ein freundliches Lächeln. Catherine bemerkte die Schwielen an den Händen der Frau, die ein Beweis dafür waren, wie hart sie arbeitete. Mit ein wenig Glück wäre sie eine gute Informationsquelle.

Sie folgte ihr in die Kammer des Lairds und in dem Moment trugen zwei Burschen eine Wanne in den Raum, ehe sie sich rasch wieder entfernten. Noch nie hatte sie erlebt, dass sich jemand für ihren Ehemann so schnell bewegte. Bei der Betrachtung der Wände seiner Kammer konnte Catherine nichts Erfreuliches für das Auge entdecken, sondern lediglich verschiedene Waffen. Ansonsten war der Raum nüchtern und karg und praktisch nur mit einem sehr großen Bett in der Mitte, zwei Truhen und einem kleinen Tisch, sowie zwei Stühlen ausgestattet, die vor dem großen Kamin aufgestellt waren.

»Warum ist dein Laird so ein unglücklicher Mann, Moyra?« Anstatt sich umzudrehen, setzte sie ihren Rundblick im Raum fort und betrachtete die Auswahl an Schwertern und Dolchen an der Wand. Sie konnte nicht genau festlegen, was ihr dieses Gefühl gab, aber irgendetwas schien hier schrecklich im Argen zu liegen. Es war, als ob Gedanken und Erinnerungen auf jedem hier im Clan lasteten. Dies unterschied sich von der Stimmung in Merrills Festung. Dort huschten die Diener aus Furcht vor dem Laird; doch hier schienen die Menschen den Laird zu verehren. Und doch war eine unterschwellige Traurigkeit zu spüren, was sie nicht ganz verstehen konnte. In der Festung ihres Vaters oder ihres Ehemannes hatte sie noch nie so etwas erlebt.

»Mein Laird war ein guter Junge. Seine Brüder und er haben ein schwieriges Leben gehabt.«

»Wie lange bist du schon hier?«

»Ich bin immer hier bei den MacGregors gewesen. Ich war hier bei Lady MacGregor, bei jeder Geburt ihrer Söhne.« Moyra wuselte geschäftig in der Kammer umher, als sie sprach, und legte Streifen von sauberem Leinen zurecht, und bereitete das Wasserbecken vor, sowie auch Handtücher für Catherines Bad. Sie unterbrachen ihre Unterhaltung, als drei Burschen mehrere Eimer dampfend heißes Wasser brachten und es in die Wanne gossen.

»Wie viele Brüder gibt es?«

Moyra schloss die Tür, nachdem die Jungen gegangen waren, und machte Catherine ein Zeichen, zu ihr zu der Wanne zu kommen. Zusammen zogen sie Catherines schmutzige Hose aus. Moyra schnalzte mit der Zunge, als sie der Wunden an ihren Beinen und Knien ansichtig wurde und dann band sie den Streifen des Plaids an ihrem Fuß auf, um ihn von allen Seiten zu untersuchen.

Wieder wanderte ihr Blick zu Catherines Knien zurück und sie stieß ein tiefes Seufzen aus, als ob sie erahnte, was diese Verletzungen hervorgerufen hatte. »Diese sind ein wenig älter, doch das ist einerlei. Ich werde alles ein bisschen säubern, damit das Wasser sich von dem Blut nicht rot färbt. Dann könnt Ihr baden und ich werde die Salbe auftragen und Eure Wunden anschließend verbinden.«

Catherine bemerkte, dass Moyra auf ihre letzte Frage nicht geantwortet hatte, also versuchte sie es mit einer anderen Taktik. »Ich habe gehört, dass der Laird kaltherzig ist. Stimmt das?«

»Mein Laird? Nein, er ist weichherzig und er versteckt sich nur hinter seinem Zorn.«

»Seinem Zorn?« Catherine musste weiterbohren. Sie wollte herausfinden, was den Mann antrieb. Was war hier passiert?

»Aye. Seid Ihr nicht von diesem Teil der Highlands? Alle wissen von dem Angriff auf die MacGregors vor sieben Jahren.«

»Ich habe immer in den Highlands gelebt, aber ich bekomme nicht viele Neuigkeiten von außerhalb meiner Festung zu hören. Bitte berichte. Was war passiert?«

»Wir wurden von jemandem angegriffen, den wir für einen Verbündeten gehalten haben«, antwortete Moyra, als sie Catherines Verletzungen versorgte. »Sie kamen mitten in der Nacht, brachten unseren Laird, seine Frau und ihren ältesten Sohn um.« Die Augen der älteren Frau verschleierten sich, als sie die Geschichte erzählte und am Ende drückte sie sie fest zu, als ob sie damit die Erinnerungen aus ihrem Kopf verbannen könnte. Catherine war schockiert, von solch einer Ungeheuerlichkeit zu hören. Alles, was sie je von den Merrills gehört hatte, war, dass die MacGregors dumm und grausam waren.

Es dämmerte ihr, dass Moyra von Graemes Familie sprach. »Er hat seine Eltern und seinen Bruder alle am gleichen Tag verloren?« Wie entsetzlich für einen Mann. Das war eine Tragödie, über die ein Mensch ihrer Vermutung nach vielleicht nie hinwegkommen würde.

»Aye.« Moyra hatte ihre Behandlung abgeschlossen und half Catherine nun in die Wanne, um sich dann auf einen Stuhl in der Nähe zu setzen. »Aye. Das war der schlimmste Tag meines Lebens. Ich hatte mich mit zweien der Jungen ein kleines Stück entfernt versteckt gehalten, aber Graeme und Boyd waren dicht dabei. Trotzdem habe ich durch die Tür in den Hof gespäht, als es passierte und ich habe gesehen, was diese armen Jungen mitansehen mussten. Sie haben ihre Mutter sterben sehen, dann ihren Bruder und schließlich ihren Vater. Die Erinnerung ist allen in unser Gedächtnis eingebrannt. Ich kann mir nicht vorstellen, wie es sich für diese beiden armen Jungen angefühlt haben musste. Graemes Herz schlägt einzig für sein Ziel, Rache zu nehmen, und wer könnte ihm daraus einen Vorwurf machen?«

»Wie viele Brüder hat er?«

»Vier haben überlebt – Graeme, Conn, Boyd und Rory. Alpin ist umgebracht worden. Boyd hat sich nie davon erholt, was er an jenem Tag gesehen hat.« Sie ließ die Hände in den Schoß sinken. »Ich bete jeden Tag, dafür, dass sich im Leben unseres Lairds ein wenig Glück einstellt, doch der Herr hat die Zeit noch nicht als gekommen erachtet.«

Catherine hatte ein schlechtes Gewissen, die alte Frau zu bitten, solch schmerzliche Erinnerungen zu enthüllen, doch sie konnte nicht anders. Etwas sagte ihr, dass dies wichtig war. Sie benutzte ein Tuch, um sich das Gesicht zu waschen, und dann drehte sie sich um und schaute Moyra an. »Wer? Wer hat so eine Schandtat verübt?«

Moyra hob ihren Blick zu Catherine und flüsterte. »Henry Merrill. Ihr habt sicher von diesem grausamen Schurken gehört.« Sie unterbrach ihren Redefluss, um sich zu bekreuzigen und dann senkte sie ihren Kopf im Gebet.

Catherine entglitt die Seife, die sie hielt, ins Wasser und glücklicherweise hatte Moyra sich abgewandt, sodass sie Catherines schockierten Gesichtsausdruck nicht sehen konnte. Ihr eigener Ehemann war der Schuldige.

Catherine schluckte und nahm die Seife wieder zur Hand, um sich blind die Arme zu waschen. »Henry Merrill? Er war es? Bist du sicher, dass es stattdessen nicht seine Männer waren?« Sie gab sich alle Mühe, das Zittern ihrer Hände zu verbergen, indem sie sie unter der Wasseroberfläche behielt.

Moyra drehte ihr das Gesicht zu. »Ich habe es mit eigenen Augen gesehen. Ich hatte die Jungen hinter mir versteckt, aber ich habe ihn beobachtet, wie er sein Schwert genommen und den anmutigen Hals meiner Herrin durchtrennt hat.« Moyra brach in Tränen aus. »Ich konnte

nicht länger zuschauen. Es war zu qualvoll. Aber
Graeme? Er hat alles mitangesehen. Warum
um alles in der Welt er ihn verschont hat, weiß
niemand. Doch Graeme lebt nur, um sich an
Merrill zu rächen.«

Catherine konnte ihren Ohren nicht trauen.
Henry war ein Mörder? Er hatte kaltherzig eine
Frau und ein Kind umgebracht. Ihr Verstand
raste bei dieser Enthüllung in zehn verschiedene
Richtungen. Wenn ihr Ehemann solch ein
grausamer, gewalttätiger Mann war, was würde
ihn dann davon abhalten, sie umzubringen?
Oder Issy? Sie musste ihre Tochter holen und für
immer vor ihm fliehen.

Ein lautes Klopfen hallte durch die Kammer.
Moyra beantwortete es und trat vor die Tür, um
mit wem auch immer dort draußen zu sprechen.

Das war nur gut so, denn Catherines
Gedanken waren außer Kontrolle geraten. Die
Genesung ihres Kindes war plötzlich nicht
mehr ihr Hauptanliegen. Sie musste Issy in
Sicherheit bringen. Wohin könnten sie gehen?
Sie hasste ihren Vater Clyde Beaton. Nie würde
sie zu ihm zurückkehren. Er war es, der sie an
Merrill verkauft hatte und er würde sie sehr
wahrscheinlich zurückschicken.

Warum hatte der König Henry nicht für seine
Verbrechen bestraft? Das würde sie herausfinden
müssen. Da war etwas faul, sehr faul. Sie stieg
aus der Wanne und bedeckte sich mit dem
Leinentuch, das Moyra ihr bereitgelegt hatte, um
sich abzutrocknen und inspizierte gleichzeitig
ihre Wunden. Sie hatte einen gezackten Riss

am rechten Oberschenkel, der wahrscheinlich von den Zähnen des Ebers stammte, als er sie angesprungen hatte, und es gab mehrere kleinere Wunden an ihrem linken Fuß, von denen allerdings keine so tief war wie die an ihrem Oberschenkel. Der Lederstiefel hatte sie geschützt. Der Zustand ihrer Knie hatte sich gebessert.

Das einzige Problem war ihr linker Fuß, der äußerlich zwar nicht lädiert schien, aber durch das Umknicken stark geschwollen war. Ihr Fußgelenk schmerzte schrecklich, wenn sie darauf lief. So sehr sie sich auch wünschte, aus dieser Festung zu fliehen, um alles in ihrer Macht Stehende zur Rettung ihrer Tochter zu tun. So ängstlich wie sie war darüber, was Henry tun würde, wenn er entdeckte, dass sie fort war, musste sie aus zwei Gründen bleiben: Sie musste ihr Fußgelenk kurieren und sie musste die ganze Geschichte über den Angriff in Erfahrung bringen.

»Kommt und setzt Euch«, forderte Moyra sie mit einem gütigen Lächeln auf. »Ich werde die Salbe auftragen und Eure Wunden verbinden.«

Catherine setzte sich auf den Stuhl und streckte ihr Bein aus. »Darf ich dir eine Frage über das Heilen stellen?«

»Aye. Ich bin nicht sehr versiert, aber ich weiß mehr als viele andere.«

»Hast du je von einem Leiden gehört, das ein Kind ereilen kann? Eines, das sie zu sehr ermüdet, wenn sie auf ist? Eines, das sie so erschöpft, dass sie das Bett nicht verlassen kann?« Unsicher, wie sie Issys Symptome noch beschreiben könnte, stammelte sie einige weitere Worte, doch es kam nichts Vernünftiges dabei heraus.

»Hat sie Fieber? Hat sie eine Wunde?«, fragte Moyra.

Catherine dachte einen Augenblick nach. Hatte ihre Tochter je Fieber gehabt? »Nein, nicht dass ich mich erinnere und auch keine Wunde.«

Eindeutig tief in Gedanken versunken hielt Moyra inne, doch dann schüttelte sie mit dem Kopf. »Nein, ich kann nicht sagen, dass ich so etwas gesehen hätte. Es ist selten, ein Kind zu sehen, das nicht voller Energie ist. Die Jungen waren immer so schwer zu bändigen, bis die Tragödie zugeschlagen hat. Graemes Vater hatte sie immer mit nach draußen genommen, da sie zu ungestüm für meine Lady waren. Doch er hat seine Jungen so geliebt. Es hat mich traurig gestimmt, dass sie nie eine Tochter bekommen hat, doch nun verstehe ich, warum der Lord ihr kein Mädchen geschenkt hatte. Was wäre einer süßen Maid in der Gewalt von Henry Merrill zugestoßen?«

Catherines Gedanken gerieten immer mehr durcheinander. *Was, in der Tat?* All diese Enthüllungen hatten ihr schreckliche Kopfschmerzen bereitet. »Moyra, ich würde mich gern ein wenig hinlegen, wenn es dir nichts ausmacht.« Sie würde ein Weilchen ruhen und dann entscheiden, was sie als nächstes tun würde. Sollte sie die Heilerin aufsuchen, oder kehrtmachen? Sie vertraute Dolag und Margaret, Issy zu beschützen und für sie zu sorgen, aber wussten die beiden von Henrys Neigungen?

»Nein. Nur zu. Legt Euch hin und ruht Euch aus. Nach solch einem Angriff müsst Ihr erschöpft sein.« Moyra half ihr ins Bett und deckte sie mit einem Haufen Felle zu.

Sie sank in die weiche Matratze und genoss es, sich unter die Felle zu kuscheln. Noch nie hatte Catherine in solch einem bequemen Bett wie dem des Lairds geschlafen. Leider raste ihr Verstand von den Gedanken an ihren Ehemann und die Furcht um ihre Tochter.

Eine Frage hallte wie ein Echo in ihrem Kopf wider. Was war die Wahrheit? Vielleicht gab es etwas, das sie vor ihrem Verschwinden tun musste. Sie musste darauf vertrauen, dass Margaret, Benneit und ihre Zofe noch ein bisschen länger auf ihre Tochter achtgeben würden. Sie musste bleiben und die Wahrheit über ihren Ehemann herausfinden.

Graeme konnte die Sirene mit dem flammend roten Haar nicht aus seinem Kopf bekommen. Noch nie zuvor war er von einer Frau so in Bann geschlagen gewesen. *Einer verheirateten Frau,* erinnerte er sich noch einmal selbst. Er war nach Verlassen der Festung in einem scharfen Tempo geritten, da er hoffte, seine Männer einzuholen. Obwohl er es nicht zugeben wollte, war seine Eile zum Teil darauf begründet, von der Schönheit in Männerkleidern wegzukommen. Sie hatte sein Denkvermögen beeinträchtig und er musste wieder Herr über seine Konzentration werden.

Seine Priorität war Merrill. Sein ursprünglicher

Plan hatte darin bestanden, in sein Gebiet einzudringen und jeden innerhalb der Ringmauer umzubringen – ob Mann, Frau oder Kind.

Doch Boyds Worte hatten in ihm widergehallt, weil er die gleichen Gedanken gehegt hatte. Wenn er nur mit seinem Vater sprechen könnte, um seinen Rat einzuholen. Doch das konnte nicht sein.

Er musste objektiv sein und seine Emotionen aus dem Spiel lassen. Henry Merrill hatte vor seinen Augen seine Mutter, seinen Vater und seinen Bruder umgebracht. Es war nur gerecht, dass er ihm das Gleiche antat. Lebten seine Eltern bei ihm? Gemäß der Informationen, die er auf seinen Erkundungsritten gesammelt hatte, lebte der Mann nicht mit seinen Eltern, aber er hatte eine Ehefrau, ein Kind und eine Schwester. Es schien angemessen, dass er Merrills Frau und das Kind vor seinen Augen umbrachte, und dann Merrill selbst tötete. In Hinsicht auf die Schwester war er sich nicht sicher.

Da er einen Angriff plante, würde es zu Todesfällen kommen. Merrills Krieger würden sterben, wie auch viele Krieger der MacGregors bei dem lang zurückliegenden Angriff ihr Leben gelassen hatten. Das wäre also auch gerecht.

Er musste Boyd zustimmen. Nicht alle sollten sterben.

Seine Krieger wären gezwungen, seine Entscheidung anzuerkennen. Als Laird stand ihm das Recht zu, Befehle zu ändern – und sich zu entscheiden, ein Anführer zu sein, der menschlicher als Merrill war. Boyd wollte es so.

Conn wollte es, und es wäre ein gutes Beispiel für Rory. Er würde seine Männer informieren müssen, dass seine Anordnungen sich geändert hatten.

Er war noch nicht weit geritten, als er auf Conn und Rory stieß. »Wie ist es euch ergangen? Habt ihr die Informationen gesammelt, auf die wir aus waren?« Er spannte den Kiefer an, während er die Antwort abwartete.

Conn sprach zuerst. »Wir haben mehr herausgefunden, als wir erwartet hatten, aber ich würde es vorziehen, dies in unserem Hauptturm zu besprechen.«

Graeme nickte seinem Bruder zu. »Wir werden uns gleich nach unserer Rückkehr in meiner Kabinettstube treffen.« Er wendete sein Pferd und übernahm die Führung seiner Männer, als sie in Richtung ihrer Festung zurückritten.

»Wie ergeht es der Lady?«, rief Rory ihm zu.

Wenn Graeme ihm die Wahrheit sagen sollte, würde er ihm erzählen, dass es der Lady wunderbar erging, doch es lag ihm nichts daran, anzudeuten, dass er Gefühle für sie hatte. »Die Frau, oder Lady, ist derzeit in Moyras Obhut, um ihre Wunden zu versorgen. Sie waren schlimmer, als ich erkannt hatte. Der Keiler hätte sie umgebracht. Ich bin gerade noch rechtzeitig gekommen.«

»Aber sie wird leben?«, fragte Rory.

Graeme blickte über seine Schulter zu Rory. Er hatte eine Schwäche für den Jungen, da er ihn an ihren Vater erinnerte. Rorys Haar war rot und braun – braun wie das ihres Vaters und rot wie das ihrer Mutter –, das war davon abhängig, wo er stand. Er wusste nicht, woher seine eigenen dunklen Locken stammten. All seine Brüder hatten braunes Haar außer Rory, dessen Schopf rötlicher war. »Sie wird leben.«

»Weißt du, wohin sie unterwegs war?«

»Nein, aber ich werde es herausfinden, ehe sie uns verlässt«, entgegnete Graeme, wobei ihm ein kleines Lächeln über das Gesicht huschte. Er würde es genießen, ihr diese Information zu entlocken, *insbesondere,* wenn sie Feuer spuckte.

»Du wirst ihr nicht wehtun, nicht wahr Graeme?«

Rory war jung genug, um noch ein weiches Herz zu besitzen. Vielleicht fand Graeme ihn so bezaubernd, weil er sich so von dem Rest von ihnen unterschied. Er erinnerte sich nicht an den Tod ihrer Eltern, während Conn und Boyd von der Vergangenheit verfolgt wurden.

Wie auch er.

»Nein, Rory. Ich verletze unschuldige Frauen nicht.«

»Was, wenn sie nicht unschuldig ist?«, begehrte Conn zu wissen.

Graeme riss den Kopf herum und sah seinem Bruder in die Augen. »Sag, was du meinst. Was hast du über die Frau erfahren?«

»Es mag vielleicht nicht von Belang sein«, entgegnete Conn, der seine Hand hochhielt. »Ich weiß nicht, von wem die Rede ist.«

»Welche Rede?« Jetzt hatte Conn seine Neugier geweckt.

»Ich werde dich in der Kabinettstube informieren.« Conns Gesicht zeigte eine ausnehmend ernste Miene. Seine Beharrlichkeit, dass sie warteten, bis sie sich in aller Abgeschiedenheit unterhalten konnten, war eigentümlich, doch er nickte zustimmend. Sie hatten reichlich Zeit, die Bedeutung all dessen zu besprechen, was sie auf ihrem kurzen Erkundungsritt erfahren hatten.

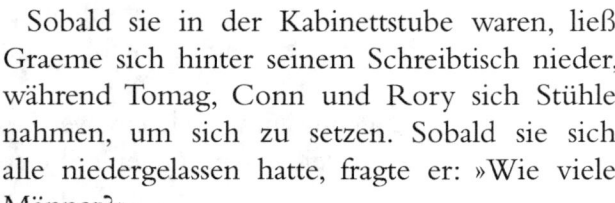

Sobald sie in der Kabinettstube waren, ließ Graeme sich hinter seinem Schreibtisch nieder, während Tomag, Conn und Rory sich Stühle nahmen, um sich zu setzen. Sobald sie sich alle niedergelassen hatte, fragte er: »Wie viele Männer?«

»Alles, was wir bei diesem Besuch gesehen haben, bestätigt unsere vorigen Einschätzungen«, antwortete Conn. »Ich würde sagen, dass er etwa einhundert Krieger und weitere hundert Männer hat, die das Land bestellen und nicht mit seinen Kriegern kämpfen, außer wenn Henry das Wasser bis zum Hals steht. Sie könnten jederzeit ausgebildet und zu Merrills Streitmacht hinzugefügt werden, doch sie weisen wenig Erfahrung auf den Übungsplätzen auf.«

»Und die andere Information, die du mir mitteilen wolltest?« Sein Bruder verfiel in Schweigen. Conn schaute Rory an und dann Tomag, der schließlich das Wort ergriff.

»Meiner Vermutung nach ist dies nicht die beste Zeit, einen Angriff zu planen.«

Graeme stützte seinen Ellbogen auf den Tisch

und beugte sich zu seinem Stellvertreter vor.
»Warum nicht?«

Conn übernahm die Antwort für Tomag. »Weil nicht alle seine Männer anwesend sind, und ich fürchte, dass er jederzeit aufbrechen könnte, was er nur selten tut. Du willst doch nicht angreifen, wenn er nicht da ist. So feige, wie der Mann ist, würde er die Chance ergreifen und davonrennen. Es geht die Kunde, dass mehrere Suchmannschaften von seinem Gebiet aus losgeschickt wurden.«

»Warum?«, hakte Graeme nach, der es kaum erwarten konnte, dass die beiden fortfuhren.

Tomag nickte Conn zu, der sich räusperte und dann flüsterte: »Weil jemand vermisst wird.«

»Wer?«, fragte Graeme.

»Seine Frau. Sie ist seit zehn Stunden verschollen.«

Graeme riss die Augen auf. »Sie suchen das Gebiet nach Merrills Frau ab?«

»Aye. Merrills Frau ist verschwunden«, fügte Tomag hinzu.

KAPITEL FÜNF

GRAEMES KOPF EXPLODIERTE beinahe. Dies war kein Zufall. Catherine musste Merrills Frau sein. Sobald er den Schock überwunden hatte, sprangen seine Gedanken in einhundert Richtungen. Nun, er konnte dies zu seinem Vorteil nutzen, doch das musste er gründlich durchdenken.

Er erhob sich von seinem Schreibtisch.

»Graeme, glaubst du, sie ist Merrills Frau?«, flüsterte Rory.

»Ich weiß es nicht sicher, aber ich werde es herausfinden. Tomag, bitte Moyra, Catherine zu mir zu bringen.«

Wieder fragte Rory: »Du wirst ihr nichts antun, nicht wahr?«

»Wie ich dir schon zuvor gesagt habe, ich verletze keine unschuldigen Frauen oder Kinder.«

»*Ist* sie unschuldig?«, fragte Conn, der die Arme vor sich verschränkte. *Das* hatte er also vorhin auf der Straße angedeutet. »Wer weiß, was sie getan hat?«

»Jedenfalls steht sie mit dem Teufel im Bunde. Wie kann sie mit so einem grausamen Mistkerl verheiratet sein?« Graeme hatte nicht bemerkt, dass er die Worte laut ausgesprochen hatte.

»Vielleicht wurde sie dazu gezwungen«, entgegnete Rory. »Vielleicht ist sie vor ihm davongelaufen, weil er so grausam ist. Du musst die Wahrheit herausfinden, Graeme.«

Graemes Gedanken schwirrten. War Catherine wirklich Henry Merrills Frau? Wenn dem so war, wusste sie dann von dem brutalen Massaker, das ihr Ehemann unter den MacGregors angerichtet hatte? War sie eine von denen, die den König überzeugt hatten, dass der Angriff durch einem von Merrills Männern ausgeführt worden war und nicht von Merrill selbst?

Sie hatten den König aufgesucht, nachdem ihnen die Gerüchte über Merrills Lügen zu Ohren gekommen waren. Der König hatte die Geschichte geglaubt. Henry Merrill behauptete, dass einer seiner besten Krieger den Verstand verloren hatte und dann mit einigen von Merrills Männern, die er angeworben hatte, den Angriff gegen die MacGregors durchgeführt hatte. Merrill gelobte, dass er nichts von dem Betrüger gewusst hatte. Seiner Aussage nach hatte der einzige Grund für sein Eindringen in das MacGregor Gebiet darin bestanden, dass ihm jemand Vieh gestohlen hatte, und er hoffte, den Schuldigen zu finden. Stattdessen hatte er entdeckt, was seine Krieger getan hatten – und sie umbringen lassen.

Der König hatte ihm seine Lügen geglaubt.

Graeme gelobte, sich nicht von der Angst einer Vergeltung abschrecken zu lassen. Hier ging es um Gerechtigkeit und er hatte Zeugen, die bestätigten, was Merrill getan hatte. Er konnte nicht zulassen, dass der Zorn des Königs, den er möglicherweise ernten würde, ihn aufhielt. Conn und Rory hatten sich mit ihm darüber unterhalten, den König um seinen Segen zu bitten, doch Tomag und er waren übereingekommen, dass die Gefahr zu groß war. Die Merrills könnten von ihren Plänen erfahren und das würde er nicht riskieren.

Mit dem König würde er sich befassen, *nachdem* er mit seinem Schwert Gerechtigkeit hatte walten lassen.

Die Tür öffnete sich und Tomag trat zur Seite, um Catherine eintreten zu lassen. Graeme stand auf und ihm stockte der Atem, als er erkannte, dass sie eines der Kleider seiner Mutter trug – es war ein dunkelrotes Kleid, das perfekt zu ihrem Haar passte. Der Saum des Mieders, das ihre Figur umschmeichelte, war mit Brokat verziert.

Einige Augenblicke lang sagte niemand ein Wort, bis Catherine sich räusperte und den Blick niederschlug, wobei sie die Hände vor sich verschränkt hielt.

Graeme war unfähig, den Blick von ihr loszureißen und meinte zu den anderen: »Lasst uns allein.«

Conn, Rory und Tomag wandten sich zum Gehen, obwohl Rory einen letzten Blick über die Schulter warf, bevor er ging.

»Setz dich bitte, Catherine.« Graeme zeigte auf einen Stuhl, und sie setzte sich, wobei sie ihre Röcke sorgfältig um sich ausbreitete.

»Catherine Merrill, nicht wahr?«

Sie schloss die Augen und stieß einen tiefen Seufzer aus, wobei sie beinahe unmerklich mit dem Kopf nickte. »Aye. Wie hast du es herausgefunden?«

»Wir waren zum Gebiet der Merrills unterwegs, als ich auf dich aufmerksam geworden bin. Ich hatte die Männer vorausgeschickt.« Sein Kopf drehte sich. Es erfüllte ihn mit Entsetzen, dass sie mit seinem Feind verheiratet war, aber das bedeutete auch, dass sie ein unglaublicher Gewinn für ihn war. Sie kannte Merrills Castle, den Hauptturm und vielleicht sogar die unterirdischen Tunnel.

Wieviel wusste sie über die Aktivitäten ihres Ehemannes? Oder seiner Krieger? Oder seine Pläne?

Graeme könnte sie hier festhalten und den Laird zwingen, in sein Gebiet zu kommen und ihn samt seiner Krieger umbringen, sobald sie hier ankamen.

Die Möglichkeiten waren endlos. Er musste behutsam vorgehen und entsprechend planen.

Dann zog er einen Dolch aus der Wand hinter ihm und wog ihn in seiner Hand. »Dein Ehemann hat viele Suchtrupps nach dir ausgeschickt. Du hast ihn nicht von deinem Weggang in Kenntnis gesetzt?«

Sie hob das Kinn und starrte an die Wand, während sie sich weigerte, ihn anzuschauen. »Nein. Ich habe mich fortgeschlichen, als er nicht da war.«

»Warum?«

»Ich glaube nicht, dass dich das etwas angeht.«

»Ich denke, es *geht* mich etwas an.«

Als sie ihm erneut den Blick zuwandte, war das Feuer wieder zurück, das er früher darin erblickt hatte. Verdammt, aber sie war auch wirklich atemberaubend. Er setzte sich hinter seinem Schreibtisch zurecht, denn sein Schaft war wieder zum Leben erwacht, so sehr es ihm auch widerstrebte, das zugeben zu müssen. Zu wissen, wer sie war, hätte seine sämtlichen Gefühle ändern und seine Neugier in Hass verwandeln sollen. Welche Macht hatte diese Frau über ihn? Er stieß seinen Stuhl zurück und erhob sich, wobei er sich umdrehte, um seine Erektion zu verbergen. Er fuhr sich mit der Hand übers Gesicht, um sich den Schweiß abzuwischen, der ihm auf der Stirn ausgebrochen war. Sich wieder unter Kontrolle zu bringen war das Allerwichtigste. Keine Frau hatte ihn je auf diese Weise beeinträchtigt.

»Weil du glaubst, dass er deine Familie umgebracht hat? Davon habe ich noch nie gehört. Ich kann nicht glauben, dass das wahr ist.«

Ihre Stimme riss ihn zu der augenblicklichen Unterhaltung zurück und endlich war er in der Lage, sich umzudrehen, ohne sich in Verlegenheit zu bringen. Unmittelbar traf ihn ihr Blick aus ihren grünen Augen.

»Wie hast du von meiner Familie erfahren?«, fragte er. »Warst du damals mit ihm verheiratet?« Das war sicherlich möglich, aber sie erschien ihm zu jung , um seit sieben Jahren oder länger verheiratet zu sein. Er kehrte zu seinem Stuhl zurück und drehte den Dolch in seiner Hand, während er hoffte, sie würde nein sagen, und dass sie damals nichts mit Henry Merrill zu tun gehabt hatte. Warum? Warum wünschte er so sehr ihre Unschuld herbei?

»Moyra hat es mir gesagt. Ich habe Merrill vor sechs Jahren geheiratet. Obwohl ich vor meiner Heirat von einer Tragödie im Zusammenhang mit deinem Clan gehört hatte, habe ich ihn in unserem Castle nie davon reden hören. Ich kann nicht glauben, dass er so eine Gräueltat begangen hat. Ich *will* es nicht glauben.«

»Liebst du deinen Ehemann?«

Sie schnaubte und er konnte das Lächeln nicht unterdrücken, das ihm über das Gesicht huschte. »Nein. Zwischen uns ist keine Liebe.«

»Vertraust du deinem Ehemann?«

»Nein.« Sie hielt den Blick in ihren Schoß gerichtet und spielte mit ihren Fingern. »Nein. Ich hasse meinen Ehemann.«

Er war von der Erleichterung überrascht, die ihn durchströmte. Er wollte sie unschuldig wissen, was bedeutete, dass sie mit ihrer Heirat unglücklich war. »Bist du deshalb fortgegangen?«

»Zum Teil.« Sie ließ den Blick zur Wand abschweifen und betrachtete die dort aufgehängten Waffen.

Er konnte sehen, dass sie gegen die Tränen ankämpfte. »Und der andere Grund, warum du gegangen bist?«

Sie schüttelte den Kopf, als ihr eine Träne entschlüpfte und an ihrer Wange hinablief. Sie hob die Hand und wischte sie fort. »Das musst du nicht wissen.«

Er seufzte und lehnte sich auf seinem Schreibtisch vor. »Nein, das muss ich vielleicht nicht. Aber ich bin nicht das Monster, das dein Ehemann ist. Vielleicht kann ich dir helfen.«

Sie schüttelte den Kopf und nun flossen ihre Tränen ungehindert.

»Catherine, ich würde vermuten, dass er in all seinem Handeln ein grausamer Mann ist. Wenn er dich in irgendeiner Weise missbraucht hat, werde ich dich beschützen. Hat er dich geschlagen?«

Catherine konnte ihre Tränen nicht zurückhalten. Graeme wollte ihr *helfen*. Dieser Mann vor ihr war so anders als die anderen Männer in ihrem Leben. Ihr Vater und ihr Ehemann hatten sie beide immer nur angeschrien und herumkommandiert. Sie hatten sie immer darauf hingewiesen, was sie unpassend fanden. Es war ihr im Castle nicht erlaubt, zu irgendeinem Mann außer Benneit zu sprechen. Tatsächlich verbat ihr Ehemann ihr, mit *irgendjemand* anderem als seiner Schwester und den ihr zugewiesenen Dienern zu sprechen. Selbst wenn ihr gestattet wäre, frei zu reden, würde sie nie den Mut haben, mit einem Mann so zu reden wie sie mit Graeme MacGregor redete. Sie sagte ihre Meinung ohne Furcht vor den Folgen. Warum? Er war so ein Gegensatz zu allem, was sie im Leben erfahren hatte …

Plötzlich fühlte sie sich, als sollte sie ihm alles

beichten – die Schläge, die Erniedrigungen und ihm sogar von ihrer Tochter erzählen.

Sie hob den Blick zu ihm und gab sich die größte Mühe, ihr Schniefen zu unterdrücken. Sein Blick aus den blauen Augen wärmte sie innerlich. Sie musste jemandem vertrauen und ihr Instinkt sagte ihr, dass dieser Mann verlässlich war.

»Aye, ich habe Schläge durch seine Hand erhalten.« Sie errötete vor Verlegenheit, dies offen zuzugeben. »Ich habe ihm nicht die Söhne geschenkt, die er gewollt hat, also bestraft er mich. Ich glaube, dass es ihm Freude bereitet, sich neue Bestrafungen für mich auszudenken.« Sie stand auf und hob ihre Röcke, da sie an diesem Punkt bereits über die gebotene Schicklichkeit hinaus war.

Mit hochgezogener Augenbraue blickte er sie an, doch dann bemerkte er die Wunden an ihren Knien, die nicht von dem Angriff des Wildschweins stammten. Sie wusste genau, in welchem Moment er sie entdeckte, denn seine Augen leuchteten vor Wut auf. Irgendwie wusste sie, dass sich diese Wut nicht gegen sie richtete. Sie ließ ihre Röcke sinken und setzte sich wieder. »Diese Wunden stammen von einer Bestrafung, weil ich schon wieder meine Tage hatte – und weil er unfähig war, seine Manneskraft aufzubringen. Er sagt, es sei alles meine Schuld. Ich weiß nicht viel von diesen Dingen, doch selbst ich weiß, dass wenn er seine Manneskraft nicht aufrichten kann, kann ich gar nicht schwanger werden, und doch gibt er mir für alles die Schuld.«

»Und deshalb bist du gegangen … um Hilfe zu suchen?«

Sie starrte auf ihre Hände im Schoß. Noch nie war ihr solch ein Gedanke gekommen. Immer hatte sie gedacht, dass dies der Lauf der Dinge sei. Ihr Vater hatte ihre Mutter viele Male geschlagen. Er hatte ihre Magd ebenfalls geschlagen. Nie hatte sie gedacht, dass sie einmal anders behandelt würde.

»Nein, ich bin gegangen, weil ich eine Tochter von vier Sommern habe, und sie ist seit beinahe einem Jahr krank. Von Tag zu Tag wird sie schwächer.« Sie hielt inne, um sich erneut ihre frischen Tränen abzuwischen. »Ich fürchte, ich werde sie verlieren, und Isbeil ist der Grund, weswegen ich leben will. Sie ist die Liebe meines Lebens und dennoch wird er nichts unternehmen, um ihr zu helfen. Er hat keinen anständigen Heiler.«

»Die meisten Väter würden nach jedem Heiler im Land schicken, um ihr Kind zu retten. Interessiert er sich nicht für ihr Wohlergehen?«

»Nein, er besucht sie niemals und ich beschwere mich nicht darüber. Er hat sie seit so langer Zeit nicht gesehen, dass ich nicht weiß, ob sie ihn noch erkennen würde, und mir ist es lieber, wenn sie ihren Vater nie kennenlernt. Er ist zu grausam und wenn sie älter wird, fürchte ich, dass er sie für die geringsten Übertretungen bestrafen wird. Ich gebe mir alle Mühe, ihn ihr gegenüber nicht zu erwähnen. Nur seine Mutter erinnert Isbeil an ihren Vater.«

»Du willst also deiner kranken Tochter helfen? Wohin warst du unterwegs? Nach Hause?«

»Nein. Mein Vater ist nicht besser als Henry Merrill. Eine Heilerin in den Außenbezirken unseres Landes ist als begabt bekannt. Ich dachte, wenn ich sie erreichen könnte, würde sie mir sagen können, was ich tun kann und mir erklären, was ihr helfen könnte. Ich kann nicht daneben stehen und zusehen, wie meine Tochter stirbt.«

Er holte tief Luft, die er langsam wieder ausstieß. »Du hast mich in eine schwierige Lage gebracht.« Er drehte seinen Stuhl und blickte auf die Waffen an der Wand, während er mit den Fingern auf den Schreibtisch klopfte.

»Ich verstehe nicht, wie das sein kann. Ich werde mich bald auf den Weg machen.«

»Du bist ehrlich zu mir gewesen, also werde ich es ebenfalls sein. Mein Lebensziel ist, mich an deinem Ehemann zu rächen. Ob du es nun glaubst oder nicht, habe ich ihn beobachtet, wie er drei meiner Familienmitglieder umgebracht hat. Er wird bezahlen. Jetzt, da ich höre, wie er dich behandelt, zweifelst du wirklich noch daran, dass er zu einem derart gräulichen Verbrechen fähig ist? Ich höre nichts Gutes von diesem Mann.«

Sie senkte den Blick und betrachtete ihre Hände in ihrem Schoß vor Verlegenheit, einen derart grausamen Mann geheiratet zu haben. »Nein, wenn es mich anfangs auch überrascht hat, kann ich nicht leugnen, dass er zu einer derartigen Grausamkeit fähig ist, wenn er das Gefühl hat, dazu berechtigt zu sein, was immer das in seinem Verstand auch ist. Wie habe ich dich in eine schwierige Situation gebracht?«

»Weil ich mich an dem Mann rächen werde, indem ich ihm das Leben nehme. Ich hatte auch vorgehabt, die Leben seiner gesamten Familie zu vernichten, einschließlich seiner Frau und der Kinder, die er gezeugt hat.«

Sie schnappte nach Luft und starrte ihn mit großen Augen an.

»Ich sehe, dass du den Sinn meiner Worte erfasst hast. Du hast mir die perfekte Lösung beschert. Ich könnte dich umbringen, und ihm deinen Leichnam überbringen, um einen Krieg anzuzetteln.«

»Bitte nein! Isbeil braucht mich.«

»Ich könnte sie auch umbringen.« Er verzog nicht einmal eine Miene, wenn er vom Töten sprach.

Konnte Moyra sich so in ihm geirrt haben? Konnte er so kaltherzig sein, wie sie es von ihm gehört hatte? Konnte er, ein Mann, der zur Güte fähig war, wie sie ihn kennengelernt hatte, solch furchtbare Sünden begehen?

Sie schüttelte den Kopf und unfähig, außer einem einzigen Wort, zu sprechen. »Bitte.«

Er stand auf, um sich auf seinen Schreibtisch zu setzen und sie von ihrem Stuhl hochzuziehen, bis sie vor ihm stand. Als sie sich Auge in Auge gegenüber waren, ergriff er ihre Hände. »Aus irgendeinem Grund hast du mein Interesse geweckt.« Er streichelte ihr mit dem Handrücken über die Wange. »Du hast unter seinen Händen gelitten wie auch meine Leute. Also verspreche ich dir, weder dein Leben noch das deiner Tochter zu nehmen. Dieses Versprechen werde ich für deinen Ehemann nicht machen. Er wird durch meine Hand sterben.«

Er schaute ihr in die Augen und es flatterte in ihrem Bauch, während ihr die Hitze von der Hautstelle, die er berührte, geradewegs bis in den Rumpf strahlte. Sie verstand es nicht, aber es gefiel ihr.

Er schaute auf ihre Wange und hob seine Hand an eine wunde Stelle, an der die Haut aufgeschürft war, rieb mit dem Daumen darüber. »Hat dein Ehemann dir das angetan?«

»Aye, er hat mich geschlagen und er trägt klobige Ringe. Das hat er viele Male getan.« Sei errötete. Ihr Ehemann hatte sie stets für sein launisches Temperament beschuldigt, und obwohl sie es nie ganz geglaubt hatte, waren die Worte tief in sie gedrungen.

Graeme MacGregor brachte sie dazu, alles in Frage stellen.

Trotzdem wünschte sie sich mehr von diesem Mann – mehr Berührungen, mehr Zärtlichkeit. Die Wärme in seinen Augen, die vor wenigen Augenblicken noch so kalt gewesen waren, fesselte sie.

Er überraschte sie vollkommen, als seine Lippen sich auf die ihren senkten. Sie erstarrte, denn seine Lippen waren warm, weich und verlockend.

Er zog sich zurück und flüsterte: »Du magst es nicht, geküsst zu werden? Es kümmert mich

nicht, dass du verheiratet bist. Ich begehre dich.«
»Ich bin noch nie so geküsst worden. Mein
Mann küsst mich nicht.«

Lächelnd fasste er ihr an die Wange. »Gestatte
mir, dich zu unterweisen.« Er küsste sie erneut
und demonstrierte dabei eine Zärtlichkeit, die sie
aus dem Konzept brachte.

Sie lehnte sich an ihn und schwelgte in
den neuen Empfindungen, die von seinem
Geschmack und seiner Berührung hervorgerufen
durch ihren Körper strömten. Noch nie hatte
sie den körperlichen Kontakt mit ihrem Mann
genossen, doch es war wundervoll, Graeme zu
küssen. Er neckte ihre Lippen mit seiner Zunge,
die sie daraufhin teilte. Dann ließ sie ihn und gab
ihm die Erlaubnis, sie zu schmecken, wie sie ihn
schmeckte.

Für Catherine überraschend stieg ein leises
Stöhnen in ihrer Kehle auf, doch das war ihre
natürliche Reaktion auf die Hitze, die sie
durchströmte und ihr das Gefühl gab, lebendiger
denn je zu sein. In einem Moment schauderte
sie, im nächsten zerschmolz sie an ihm. Als er den
Kuss vertiefte und ihren Mund auf eine Weise
verheerte, die wieder neue Empfindungen in ihr
auslöste, wurden ihre Knie als Reaktion auf seine
süße Attacke weich.

Er beendete den Kuss und seine Mundwinkel
hoben sich zu einem verzückten Lächeln. »Du
bist eine gute Schülerin, die schnell lernt.« Er gab
ihr einen flüchtigen Kuss und erhob sich dann
vom Schreibtisch. »Du hast mir viel zu denken

gegeben, Mädchen, aber ich werde mein Wort halten.«

»Was wirst du mit mir machen?«

»Darüber habe ich noch nicht entschieden, aber eines sollst du wissen. Du stehst unter meinem Schutz. Ich werde deine Tochter, wenn ich sie finde, und dich mit meinem Leben beschützen.«

»Du wirst sie suchen? Für mich?« Diese Ankündigung verblüffte sie. Hoffnung keimte in ihrem Herzen auf. Die letzten Stunden hatte sie mit der Sorge um die Sicherheit ihrer Tochter in Merrills Burg zugebracht – hatte sie so einfach eine Lösung gefunden?

»Noch nicht. Ich muss einen Plan entwickeln. Einer Sache sei aber versichert – dein Ehemann wird durch mein Schwert sterben. Wenn dich das beunruhigt, dann sei es drum, ich werde mich nicht entschuldigen. Er wird ernten, was er gesät hat. Wenn wir seine Burg angreifen, werde ich alles in meinen Kräften Stehende tun, um deine Tochter zu dir zurückzubringen.«

»Aber ich muss zu ihr zurückkehren. Wann wirst du angreifen? Ich kann nicht länger als ein paar Tage von ihr getrennt sein. Ich muss erst zur Heilerin gehen und dann zu ihr zurückkehren.«

»Laut unseres Plans werden wir innerhalb von zwei Wochen angreifen. Ich kann dir nicht erlauben, zurückzukehren und ihm unsere Pläne zu verraten. Mädchen, es tut mir leid. Wenn wir angreifen, werde ich deine Tochter suchen und sie dir wiederbringen.«

»Zwei Wochen?« Beim Gedanken, Issy so lange allein zu lassen, die dann nur von Rodina umsorgt wäre, wurde sie ganz schwach und schwindlig. »Das ist zu lange ... Ich kann sie nicht allein lassen ...« Margaret und Dolag würden zwar auf sie aufpassen, doch noch nie war sie von ihrer Tochter getrennt gewesen.

»Du hast keine andere Wahl. Ich werde dich hier einsperren, wenn es sein muss. Ich werde nicht riskieren, aufs Spiel zu setzen, was wir seit Jahren vorbereiten.«

Sie ergriff seine Hand und drückte sie an ihre Brust. Sie musste ihm die Sache mit Issy begreiflich machen. Irgendetwas ... irgendetwas ... musste ihr einfallen. »Nimm mich mit. Ich kann euch helfen. Es muss eine Möglichkeit geben, wie ich euch helfen kann. Ihr werdet nicht wissen, wo Issy versteckt ist. Das muss ich dir zeigen.«

Er lockerte ihren Griff um seine Hand und barg sie in der seinen. »Du kannst mir möglicherweise helfen. Kannst du eine Karte der Burg zeichnen? Kannst du mir etwas über die Nebengebäude eurer Vorburg sagen? Weißt du, wo sich der Tunnel unter der Burg befindet?«

Sie verzog das Gesicht. Ihr Mann hatte ihr viele Einzelheiten vorenthalten. Panik ergriff von ihr Besitz, als ihr die Realität ihrer misslichen Lage klar wurde. »Ich weiß wenig. Ich kann euch einen Teil der Burg zeigen, aber nicht alles. Das Gleiche gilt für die Nebengebäude.« Tränen trübten ihre Sicht. »Ich weiß nichts von einem Tunnel.« Sie spürte, wie sich ihr Herzschlag angesichts der Ausweglosigkeit ihrer Situation beschleunigte.

»Du hast seine Mutter erwähnt. Wie viele

Mitglieder seiner Familie leben bei ihm? Lebt sein Vater noch?«

»Nein, nur seine Mutter und eine Schwester. Seine Mutter ist ihm sehr ähnlich, aber seine Schwester ist so liebenswert, wie man nur sein kann.«

»Hat er noch andere Kinder?«

»Er hat einen Neffen. Margaret hat einen Sohn namens Wesley.» Sie biss sich auf die Lippe und fragte sich, ob sie es bereuen würde, ihm diese Information zu verraten. »Er ist erst sechs Sommer alt und ist meinem Mann überhaupt nicht ähnlich.«

»Was ist mit dem Vater des Jungens? Lebt er?« Sein schmaler Blick verriet ihr etwas über das Ausmaß an Berechnung und Planung, das sich hinter seinen Augen abspielte.

»Nein, er ist tot. Das sind alle, die er außer Issy und mir noch hat. Bitte, du musst Margaret und Wesley verschonen. Er ist ein lieber Junge, und sie hat mir oft geholfen und mich vor ihrem Bruder verteidigt.«

Sie bemerkte den leichten Zug um seinen Mund. »Du verteidigst seine Mutter nicht, wie ich sehe.«

Wieder lenkte sie den Blick auf ihre Hände und wusste nicht, was sie ihm antworten sollte. Sie hatte keine Gefühle für Rodina.

»Dein Schweigen spricht Bände.«

Absolute Stille breitete sich zwischen ihnen aus, während Graeme all diese Informationen verarbeitete, und das einzige, für sie hörbare Geräusch wurde von dem kleinen Dolch verursacht, der noch immer in seiner Hand baumelte.

»Weißt du, wie viele Männer er für den Kampf bereithält? Kennst du irgendwelche Schwachstellen in seinem Schutzwall?«

Sie schüttelte den Kopf. »Nicht mit Sicherheit. Vielleicht einhundert? Einhundertzwanzig?« Sie bekam einen Schluckauf. Sie musste zu Issy zurückkehren. Das musste sie einfach. Ihr kam ein weiterer Gedanke. »Du wirst die anderen nicht umbringen? Meine Zofe? Meinen Diener? Die liebe Schwester meines Ehemannes ist ganz und gar nicht wie er. Wirst du sie und ihren Sohn verschonen?«

»Ich kann dir nichts für die Schwester deines Mannes oder den Diener versprechen. Das werde ich erst wissen, wenn wir dort ankommen. Die meisten der Männer werden wahrscheinlich sterben. Ich werde dich retten, aber meine Krieger und mein Clan müssen das Gefühl haben, dass der Gerechtigkeit Genüge getan wurde. Seine Familie für meine.« Dann nahm seine Stimme einen sanfteren Tonfall an, als ihre Blicke sich trafen. »Der Neffe deines Mannes könnte als gerechter Ausgleich für meinen Bruder erachtet werden.«

Sie starrte ihn an, wobei ihr angesichts der Tragweite seiner Worte die Tränen über die Wangen rollten. Wäre sie nicht ausgebrochen, hätte er vielleicht beabsichtigt, sie alle zu töten, auch die süße Issy. War sie deshalb so gezwungen gewesen, zu diesem Zeitpunkt zu gehen? Hatte das Schicksal ihr aus einem bestimmten Grund

Graeme MacGregor über den Weg geschickt?

»Bitte denke über alles nach, worum ich dich gebeten habe. Ich werde die Utensilien besorgen, um eine Karte für uns zu skizzieren.«

Fieberhaft überlegte sie, ob sie irgendetwas wusste, was von Nutzen für ihn sein könnte. Sie sorgte sich um Margaret, um den kleinen Wes und um die Männer, die in der Burg beschäftigt waren. Einige von ihnen waren gute Menschen, wie sie wusste. Dennoch konnte sie die Hoffnung nicht ignorieren, die in ihrem Herzen aufkeimte. Endlich würde Henry Einhalt geboten werden.

»Ich weiß ... Ich kenne den Hintereingang zur Ringmauer. Nimm mich mit und ich führe euch hin. Bitte?«

Ein Klopfen ertönte an der Tür, und er trat hinaus, um zu antworten. Sie versuchte zu lauschen, doch sie konnte ihr Gespräch nicht verstehen. Das Geräusch wurde durch die Tür zu sehr gedämpft. Schließlich öffnete Graeme sie, und sie hörte seine letzten Worte.

»Rory, warte hier, ich schicke sie mit dir.«

Als er wieder durch die Tür trat, war die Kälte in seine Augen zurückgekehrt.

»Die Männer deines Mannes sind auf der Suche nach dir. Ich erwarte, dass sie bald in mein Gebiet kommen werden. Du musst in meinem Gemach bleiben, während ich mit meinem Bruder und meinem Stellvertreter spreche, um unsere nächsten Schritte festzulegen. Ich warne dich davor, aus irgendeinem Grund herauszukommen. Wenn wir nicht aufpassen, könntest du einen Krieg zwischen unseren Clans über uns bringen, ohne dass wir deine Tochter schützen können.«

»Aye.«

Er machte zwei Schritte auf sie zu. »Wirst du das für mich tun? Versprichst du, dich im Verborgenen zu halten, ganz egal, was du hörst? Ich werde dir die Utensilien geben, die du zum Zeichnen der Karte brauchst. Notiere alles, woran du dich erinnern kannst.«

Als er so nah stand, spürte sie die Hitze seines Körpers, die sie wärmte, und das war ein Luxus, den sie nicht oft genossen hatte. »Aye, ich werde mich verstecken, solange du mir versprichst, dass du meine Tochter retten wirst.« Sie hob ihren Blick und sah ihn an. Sie brauchte sein Versprechen, sonst würde sie die Karte nicht zeichnen.

»Du hast mein Wort, aber nur, wenn es der richtige Zeitpunkt ist. Wir werden nicht blindlings in Merrills Gebiet eindringen. Hilf uns, so viel wie möglich herauszufinden.« Er küsste sie auf die Stirn und flüsterte: »Geh jetzt.«

Rory klopfte und öffnete die Tür. »Mylady, ich bringe Euch zur Kammer meines Lairds. Es ist die sicherste von allen.«

Sie folgte Rory in Graemes Kammer. Bevor er sie dort zurückließ, meinte der Bursche: »Mylady, versprecht mir, dass Ihr meinem Laird nichts sagen werdet, aber wenn wir angegriffen werden, fürchte ich um Euer Leben.« Seine Stimme sank zu einem Flüstern. »Wenn Ihr glaubt, wir würden angegriffen, gibt es eine Luke unter dem Teppich in der Ecke. Sie führt Euch durch einen Tunnel mitten in den Wald hinein. Dort wird niemand sein. Ich werde Euch holen.«

Catherine war zutiefst erschrocken. War es wirklich schon so weit gekommen? Was würde mit ihr und ihrer Tochter geschehen?

KAPITEL SECHS

SPÄTER AM ABEND stahl Catherine sich aus Graemes Kammer, denn sie hoffte, sich ein wenig umzusehen. Die Tür zu der ihr gegenüberliegenden Kammer war nur angelehnt, also schlich sie hin, um einen Blick hineinzuwerfen. Ein junger Mann saß an einem Tisch und hatte den Blick starr auf etwas gerichtet, das vor ihm lag. Hatte Moyra nicht einen Bruder erwähnt, der sich nie von der Tragödie erholt hatte?

Irgendein innerer Drang zwang sie, an die Tür zu klopfen. Der Junge sprang von seinem Stuhl auf, machte große Augen, ohne jedoch ein Wort zu sagen.

»Sei gegrüßt. Mein Name ist Catherine. Und wer bist du?«

Nach einer langen Pause lud er sie mit einem Winken in seine Kammer ein und wies auf den Stuhl, der ihm am Tisch gegenüber stand. Sie setzte sich darauf und faltete die Hände im Schoß.

»Wie heißt du?«, fragte sie.

Sein Blick ließ nicht von ihr ab, doch er gab keine Antwort.

»Bist du Graemes Bruder?«

Nach einer kurzen Pause nickte er und schenkte ihr ein kleines Lächeln.

Er war ein gut aussehender Bursche mit braunem Haar und blauen Augen wie sein Bruder, doch seine Augen waren anders – sie waren auf eine Art gequält, die sie traurig stimmte.

Sie lenkte den Blick eine Zeitlang auf ihre Hände, und dann flüsterte sie: »Ich entschuldige mich für das, was mein Mann eurem Clan angetan hat.«

Der Junge stand so schnell auf, dass er den Stuhl umwarf. Furcht und Hass erfüllten seinen Blick im gleichen Augenblick.

Sie stand auf, folgte ihm und fasste ihn am Arm. »Nein, ich werde dir nichts tun. Ich verspreche es.« Sobald sie sein Handgelenk berührte, fühlte sie, wie seine Hand bebte, doch er wich nicht zurück. Vor sieben Jahren wäre er noch ein kleiner Junge gewesen – viel zu jung, um seine Eltern vor seinen Augen sterben zu sehen. Wie qualvoll musste dieser Tag für ihn gewesen sein. All diese Jahre danach litt er immer noch. Tränen stiegen ihr in die Augen. »Mein Mann ist ein Monster. Ich war damals nicht mit ihm verheiratet, und ich wusste nichts von dieser Tragödie, bis ich hierher kam. Dein Bruder ...«

Er beugte sich zu ihr.

»Graeme hat mich vor dem Angriff eines Keilers gerettet. Ich war ... nun, es ist nicht wichtig, warum ich dort war, aber dein Bruder rettete mich, als das Wildschwein gerade dabei war, einen großen Bissen aus meinem Bein zu schlagen.«

Er lachte und flüsterte: »Boyd.«

»Boyd? Das bist du? Es ist mir ein Vergnügen, dich kennenzulernen, Junge.«

Er deutete auf ihr Bein.

»Ja, ich humple immer noch von der Verletzung im Wald. Es wäre viel schlimmer gewesen, wenn Graeme nicht gekommen wäre.«

»Graeme ist gut«, flüsterte er. »Kümmert sich um uns.« Er deutete auf die Tür.

Sie drehte sich um und sah Graeme an der Tür lehnen, die Arme vor sich verschränkt. Er sah nicht glücklich aus.

～～

Graeme konnte nicht glauben, was er da hörte. Seine Brüder hatten jahrelang versucht, mit Boyd zu reden, aber Catherine war in seine Kammer geschlendert – uneingeladen – und nach wenigen Augenblicken hatte sie schon sein Vertrauen gewonnen. Das Mädchen hatte Boyd so schnell bezaubert wie ihn.

Sobald Catherine ihn bemerkte, stieß er sich von der Tür ab und schloss sie hinter sich. Er wollte verhindern, dass bekannt wurde, wie Boyd Catherine eine Gunst erwies, die er seinen Brüdern noch nicht erwiesen hatte. »Boyd, du hast meine neue Freundin, Catherine, kennengelernt.«

Boyd lächelte Catherine an, doch dann wurde seine Miene ernst. »Catherine Merrill.«

Graeme klopfte ihm auf die Schulter und bestätigte: »Aye, Catherine Merrill.«

»Du hast sie gerettet, Graeme.«

»Ich denke, das habe ich. Bist du wütend auf mich, weil sie die Frau von Merrill ist?«

Boyd schüttelte den Kopf. »Es war nicht ihr Verschulden.«

Graeme sah zu Catherine, die in diesem Moment händeringend dastand. »Nein, es war nicht ihre Schuld.«

»Henry Merrills Schuld.«

»Aye«, flüsterte Graeme.

An Catherine gewandt raunte Boyd: »Ich habe gesehen, wie er meine Mutter getötet hat. Für den Rest habe ich meine Augen geschlossen. Graeme hat mir geholfen.«

Catherines Worte kamen stammelnd hervor, doch es war ihr hoch anzurechnen, dass sie nicht vor Boyd zurückschreckte. »Kein Junge sollte so etwas ansehen müssen. Es tut mir leid, dass du zusammen mit deinen Brüdern zusehen musstest und ihr einen solchen Verlust erlitten habt.«

Boyd wandte sich an Graeme. »Ich bin jetzt müde.«

Catherine ergriff das Wort. »Soll ich dir helfen, ins Bett zu kommen? Ich helfe dir mit der Decke.«

Boyd nickte.

Graeme sah zu, wie Catherine Boyd ins Bett half, und bewunderte ihre Sanftmut. Sie überraschte ihn abermals, als sie sich hinabbeugte, um den Jungen auf die Stirn zu küssen, ehe sie sich abwandte.

Graeme löschte die Kerzen und folgte ihr aus dem Raum. »Ich werde dich morgen wieder besuchen, Boyd«, versprach er, ehe er die Tür schloss.

Aber Boyd war bereits eingeschlafen. Er sah fast ... zufrieden aus.

Als sie allein auf dem Flur waren, wandte sich Catherine an ihn. »Ich wollte nicht neugierig sein. Ich habe geklopft und er hat mich hereingebeten.«

»Catherine, du bist erst der zweite Mensch, mit dem er seit sieben Jahren gesprochen hat. Ich bin dir nicht böse, ich danke dir.«

Sie schien perplex und sagte einen Moment lang gar nichts. Schließlich brach sie das Schweigen. »Ihr alle habt eine derart furchtbare Tragödie in eurem Leben erlebt, und das ist allein das Verschulden meines Mannes. Ich weiß nicht, was ich sagen soll.«

»Sag einfach, dass du uns helfen wirst. Du weißt Dinge, die wir nicht wissen.« Er umfasste ihre Wange und strich mit dem Daumen über ihre weiche Haut. Diese Frau war anders als alle anderen, die er je gekannt hatte.

»Ich werde helfen, wie auch immer ich kann. Das verspreche ich.«

Graeme verbrachte die Nacht auf dem Fußboden in der großen Halle und überließ Catherine sein Bett. Das störte ihn nicht, obwohl er sich nichts sehnlicher wünschte, als in sein Bett zu klettern und sie zu genießen, bis sie vor Leidenschaft seinen Namen schrie. Aber er brauchte etwas Abstand, um nachzudenken, um sicherzustellen, dass er jedes erdenkliche Szenario bedacht hatte, nun, da er jetzt Merrills Frau in seiner Burg hatte. Nachdem er in den frühen Morgenstunden einige Zeit auf dem Übungsplatz zugebracht hatte, kehrte er in den Hauptturm zurück und eilte die Treppe hinauf, mit Conn auf den Fersen.

»Was hast du vor?«, gellte Conn hinter ihm her.

»Ich gehe auf die Mauer. Ich kann am besten denken, wenn ich auf der Brüstung stehe.«

Einige Augenblicke später standen sie Seite an Seite auf der kalten Steinmauer. Graeme lehnte sich gegen die Brüstung und betrachtete sein Land.

»Wonach hältst du Ausschau?«, fragte Conn.

»Den Merrills. Tomag sagte, sie suchen überall nach ihr.«

»Glaubst du, Merrill hat den Mumm, sich hier zu zeigen?«

»Nein, das wird *er* nicht, aber er wird seine Männer schicken. Bislang sehe ich noch keine.« Er verschränkte die Arme und lehnte sich an die Steinmauer des Hauptturms zurück. »Ich muss eine Entscheidung treffen.«

»Welche Entscheidung?«

Graeme starrte ihn an. »Kannst du dir das nicht denken?«

Sein Bruder kaute auf seinem Daumennagel, was er immer tat, seit er ein Kleinkind war. »Aye. Du musst entscheiden, was du mit Catherine tun willst. Welche Ideen hast du in Betracht gezogen? Ich würde sie mir gern anhören und vielleicht noch meine eigenen beisteuern.«

Was würde er ohne Conn an seiner Seite tun?

Er versuchte, nicht zu viel darüber nachzudenken. Durch seinen Bruder blieb er konzentriert und bodenständig. »Mir sind mehrere eingefallen«, antwortete er. »Am naheliegendsten wäre es, sie zu Merrill zu bringen und sie kaltblütig umzubringen, wie er unsere Mutter ums Leben gebracht hat, aber das kann ich nicht über mich bringen.« Es ginge dabei Auge um Auge, doch er konnte nicht ertragen, das zu tun. Conn würde mit dieser Entscheidung einverstanden sein. Viele Male hatte er schon versucht, ihn davon zu überzeugen, die Frauen und Kinder zu verschonen.

»Ich freue mich, dass du das endlich zugibst.« Sein Bruder reckte das Kinn, als ob Graeme wagen würde, ihm zu widersprechen. Graeme drehte den Kopf, um wieder auf sein Land hinauszuschauen und er wusste, dass sein Bruder recht hatte. Nun, da er sie kannte, und sie geschmeckt hatte, würde er nicht mehr imstande sein, ihr Leben zu nehmen. »Nein, ich kann einer unschuldigen Frau nicht das Leben nehmen.«

»Du glaubst, sie hatte keine Kenntnis darüber, was sich hier ereignet hat?«

»Aye, sie ist unschuldig.«

»Und es ist dein Kopf, der da spricht und nicht dein Schaft?«

Graeme schwang den Kopf herum, um seinen Bruder anzustarren, so überrascht war er von dessen Kühnheit. Mit einem Grinsen antwortete er: »Aye, es ist mein Kopf, der da spricht. Catherine ist eine wunderschöne Frau, aber das ändert nichts an meinem Ziel. Ich werde ihren

Ehemann umbringen und seine Krieger. Sie hat mich überzeugt, die Kinder zu verschonen. Sie hat eine Tochter, die ihr alles bedeutet. Die Lady hegt lediglich einen Hass auf ihren Mann, aber deshalb ist sie nicht geflohen. Ihre Tochter ist krank und der Schurke weigert sich, irgendetwas zu tun, um ihr zu helfen.«

»Wie alt ist die Tochter?«

»Vier Sommer. Ich glaube ihr. Sie hat eine leidenschaftliche Art, wenn sie von ihrer Tochter spricht. Und warum sonst würde eine Frau sich allein in die Highlands wagen?«

»Was sind deine anderen Gedanken?« Conn hob die Hände an seine Hüften, als er darauf wartete, seine anderen Einfälle zu dieser Angelegenheit zu hören.

»Ich werde auch die Frauen nicht umbringen. Der Clan weiß das noch nicht.«

»Das freut mich auch. Deine Männer werden tun, was ihnen befohlen wird, wenn die Zeit gekommen ist.«

Graeme überlegte, ob er Conn alles anvertrauen sollte, und dann entschied er sich ganz aufrichtig zu ihm zu sein. »Seine Mutter lebt bei ihm. Er hat auch eine Schwester und deren Sohn unter seinem Dach.«

In Conns Gesicht spiegelte sich genau das, was er sich erhofft hatte. Er wartete, bis sein Bruder das Gesagte verarbeitet hatte.

»Der Sohn wäre der Erbe, da Catherine nur eine Tochter hat ...« Conn rieb sich das Gesicht, dann schaute er Graeme an.

»Aye. Du hast das Dilemma erkannt.«

»Damit dieser Angriff eine Genugtuung wird, wird der Clan erwarten, dass du Merrill, seine Frau und seinen Haupterben tötest.«

»Aye, aber sein Haupterbe ist sechs Sommer alt. Ich glaube nicht, dass ich in der Lage bin, das Leben eines so jungen Menschen zu nehmen, aber ich muss es tun.«

Conn bedeutete Graeme mehr als jeder andere, aber obwohl er dem guten Urteilsvermögen seines Bruders vertraute, war er sich nicht sicher, ob Conn seine Beweggründe verstand. Nur Boyd und er hatten gesehen, wie Merrill ihre Eltern und ihren ältesten Bruder getötet hatten. Dennoch war er auf Conn angewiesen, um seinen Plan zu unterstützen. Als Laird konnte er zwar allen seinen Brüdern und Clanangehörigen die Befolgung seiner Anweisungen befehlen, aber er wünschte sich die Zustimmung seines Bruders.

Er kam zu dem Schluss, dass es das Beste war, seinem Bruder alles zu sagen, was ihm einfiel. »Ich habe mir weitere Gedanken darüber gemacht, was wir mit Cathrine anfangen sollen, doch viele davon habe ich wieder verworfen. Willst du sie alle hören?«

»Ja, das möchte ich. Nur zu.«

»Wenn die Männer der Merrills kommen, können wir ihnen sagen, wir würden Catherine als Geisel halten. Unsere Bedingung ist, dass Henry Merrill unbewaffnet zu uns kommt. Es wäre mir ein großes Vergnügen, sein Blut auf dem Land der MacGregors zu vergießen.«

»Das ist eine Möglichkeit, bei der Catherine zu Schaden kommen könnte.«

»Aye, und deshalb ist das auch nicht meine erste Wahl.« Graeme schritt auf dem Wehrgang umher. »Eine andere Möglichkeit bestünde darin, sie einfach freizulassen und mit unserem ursprünglichen Plan fortzufahren.«

»Bist du sicher, dass sie nicht zurückkehren und ihrem Mann von unserem Plan erzählen wird?«

»Nein, nicht freiwillig. Aber er schlägt sie, also könnte er es aus ihr herausprügeln. Auch das ist nicht meine erste Wahl. Ich kann sie nicht wissentlich einem solchen Schicksal ausliefern.«

Er hielt inne, denn eine Fülle von Ideen schwirrte in seinem Kopf umher.

»Eine leichte Abwandlung dieses Plans wäre, sie wieder zu ihm zurückzubringen und sie zu bitten, Informationen für uns zu beschaffen. Dann werde ich allein zur Burg der Merrills zurückkehren und mich mit ihr treffen.«

»Kann sie dir diese Informationen nicht jetzt geben?«

»Nein, sie sagt nein. Sie sagt, sie kenne weder die gesamte Struktur der Burg noch die Anzahl der Krieger, die er befehligt, aber sie skizziert eine Karte für mich. Sie weiß, wo sich ein Hintereingang in der Ringmauer befindet. Es überrascht mich nicht, dass Merrill ihr so viel vorenthalten hat. Sie könnte jedoch versuchen, weitere Informationen für uns zu beschaffen, wenn wir sie zurückschicken. Das würde sie meiner Ansicht nach tun.« Er rieb sich mit der Hand über den Nacken und es war ihm ganz und gar zuwider, dass er eine derart wichtige Entscheidung zu treffen hatte – und dabei nicht mehr das Gefühl zu haben, diese Entscheidung ohne Rücksicht auf Catherines Wohlbefinden treffen zu können.

»Würdest du sie selbst zurückbringen? Welchen Grund würdest du Merrill nennen? Er wird nicht glauben, dass du gute Absichten verfolgst.«

»Da bin ich deiner Meinung. Ich würde ihm sagen, wir würden um Frieden ersuchen und keinen weiteren Ärger mit dem Merrill Clan wünschen.«

Conn schüttelte den Kopf. »Er würde dem nicht zustimmen und es auch nicht glauben.«

»Ich kann nicht sagen, dass du dich irrst. Denke daran, dass ich dir alle Möglichkeiten aufzähle, die mir in den Sinn gekommen waren. Ich habe sogar überlegt, sie mit uns zu dem Angriff zu nehmen, damit wir ihre Tochter retten können.«

»Diese Wahl gefällt dir nicht?«

»Nein. Ich möchte ihr Leben nicht aufs Spiel setzen. Ein Pfeil von der Ringmauer aus geschossen könnte sie das Leben kosten.« Er fuhr sich mit der Hand durchs Haar und kaute auf seiner Lippe. Er hatte nur noch eine andere Möglichkeit übrig, doch er bezweifelte, dass Conn damit einverstanden wäre. Nichtsdestotrotz war es die Wahl, auf die er baute. Er hielt sie für seine beste Möglichkeit zu einer umfassenden Vergeltung.

»Was ist?«, fragte Conn. »Hast du noch einen weiteren Einfall?«

»Ja. Es wird dir nicht gefallen, aber ich bevorzuge ihn.«

»Nur zu.« Er verschränkte die Arme und

schürzte die Lippen, während er auf die Ausführungen seines Bruders wartete.

Graeme verlangsamte seinen Schritt und blieb dann unmittelbar vor seinem Bruder stehen. »Ich denke, wir sollten wie geplant fortfahren. Ich werde die Informationen nutzen, die Catherine mir geben kann, aber ich werde sie hierlassen.«

»Warum?«

»Sie will nicht dort bleiben. Sie hasst ihren Mann, und mein Plan ist es, sein Leben zu beenden, warum sollte sie also zurückkehren?«

»Du hast mir gerade erzählt, sie hätte eine Tochter.«

»Ja, und ich beabsichtige, ihre Tochter zu ihr zu bringen. Das habe ich Catherine versprochen. Nur so konnte ich sie dazu bringen, mir ihr Wissen anzuvertrauen.«

»Vielleicht hat sie noch andere, die sie schützen möchte.«

»Die hat sie. Merrills Schwester ist eine darunter, die sie beschützen möchte.« Er rieb sich das Kinn. »Und ein paar Dienstboten.«

Conn rückte näher an seinen Bruder heran. »Ich weiß, es wird dir nicht gefallen, aber ich biete dir Folgendes an. Graeme, es scheint etwas zwischen euch beiden zu sein. Warum heiratest du sie nicht, wenn dies hier vorbei ist? Ihren Mann wird es nicht mehr geben, und du sagst, sie hasst ihn, also wird sie ihn nicht vermissen. Ihr könnt die Tochter herbringen und das Kind wie dein eigenes aufziehen. Wenn du Catherine zur Frau nehmen willst, dann halte dich an das, was sie verlangt, und schone die, die ihr nahe stehen.

Nicht sie haben unsere Eltern getötet. Du musst mit Merrill und seinen Kriegern abrechnen. Ich sage, wir töten nur diejenigen, die unser Vorhaben zu verhindern versuchen.«

»Ich werde darüber nachdenken, aber du weißt, dass der Clan mehr verlangt. Unsere Krieger wollen mehr.«

»Aye, das tun sie. Ihr könntet sie davon überzeugen, Cathrines Leben zu verschonen, vor allem, wenn ihr sie zu eurer Frau nehmen wollt. Sie würden sogar zustimmen, das kleine Mädchen zu verschonen, aber sie werden seine Mutter oder seine Schwester für Mamas Leben verlangen und den Sohn für Alpin. Wenn du das allerdings tust, ruinierst du deine Chancen bei Cathrine. Einen kleinen Jungen oder jemanden zu töten, den sie liebt, ist einer Beziehung nicht zuträglich.«

»Da stimme ich zu, aber wie könnte ich sie davon überzeugen, dass der Gerechtigkeit Genüge getan ist, wenn ich nur Merrill und seine Krieger in den Tod schicke?« Das wollte er, aber er wusste, dass sein Clan von ihm die Tötung von Merrills Erben erwarten würde.

»Bring Catherine zurück und lass sie spionieren, als Beweis dafür, dass sie auf unserer Seite steht. Je mehr unser Clan ihr zugetan ist, umso besser können wir die Leute von ihren Wünschen überzeugen. Schließlich könnte sie unsere Herrin werden. Wenn du viele verschonst, könnte der MacGregor Clan davon profitieren. Dann können wir in unseren Clan mehr aufnehmen und unsere Burg wieder zum Leben erwecken.

Bring es zu Ende und nimm jeden auf, der bereit ist, dir die Treue zu schwören. Das zu tun ist das Richtige. Wenn wir mit unserem Dasein fortfahren können, dann kommt vielleicht auch Boyd voran.«

Graeme schaute seinen Bruder an, und war sich nicht sicher, wie er reagieren sollte. »Ich werde darüber nachdenken. Ich habe ein paar Tage Zeit. Wir werden sehen, welche Informationen Catherine uns gibt. Ich weiß noch nicht, ob ich ihr trauen kann.«

Schreie von den Eingangstoren unterbrachen ihr Gespräch. Graeme riss den Kopf zurück und blickte über sein Land.

Vier Männer, die mit Merrills Farben angetan waren, bewegten sich auf ihre Tore zu. *Wie konnten sie es wagen …*

Ohne weiteren Gedanken eilte er zur Tür und rannte die Treppe hinunter, als Conn hinter ihm rief: »Graeme, wir müssen das später zu Ende besprechen. Sei nicht so voreilig. Wir können wie geplant fortfahren, aber wir verstecken das Mädchen hier.«

Graeme hatte kein Ohr für die Worte seines Bruders. Die Merrills befanden sich auf *seinem* Land. Er lief die restlichen Stufen hinunter und rannte dann schneller aus der großen Halle, als er je zuvor gelaufen war. Seine Hand wanderte zu seinem Claymore, das er an seiner Seite trug, und er konnte etwas in ihm zum Leben erwachen spüren. Das war nicht nur blinde Wut, das war mehr.

Graeme stürmte auf die Ställe zu und brüllte

seinen Männern Befehle zu, während Conn gleich hinter ihm herkam. Die Burschen hatten sein Pferd bereits gesattelt, also sprang er auf Starlight und galoppierte durch das Tor, das seine Wachen für ihn geöffnet hatten, wobei er sich über die rege Betriebsamkeit seiner Krieger freute, die ihm folgten.

Vor den Toren angekommen, starrte er auf die vier Männer, die sich vor ihm versammelt hatten. Keiner darunter war Henry Merrill.

»Sagt, was ihr wollt, oder ihr sterbt durch mein Schwert«, rief Graeme.

Der Vorderste rief: »Wir suchen Merrills Frau.«

Der Krieger neben ihm meinte: »Seine Frau hat ihm Hörner aufgesetzt, und wir sind hier, um dafür zu sorgen, dass sie ihre gerechte Belohnung bekommt.«

»Und nicht nur mit einem Mann«, sagte der dritte. »Merrill hat gerade entdeckt, dass seine Frau eine Hure ist. Sie hat schon viele Betten gewärmt, und wir haben seine Erlaubnis, sie frei zu benutzen, wenn Ihr versteht, was ich meine.« Er grinste und seine Augen leuchteten auf. »Sie ist eine Schönheit. Wenn Ihr freundlich zu uns seid, erlauben wir Euch vielleicht eine Kostprobe, nachdem wir alle fertig sind.«

Graeme sah rot.

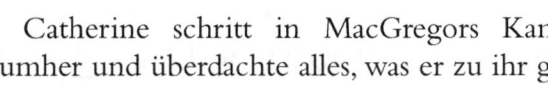

Catherine schritt in MacGregors Kammer umher und überdachte alles, was er zu ihr gesagt hatte. Obwohl sie noch immer humpelte und vor Schmerz wimmerte, half ihr das Umhergehen

all das zu verarbeiten, was ihr durch den Kopf
ging. Wann immer Henry sie in ihre Kammer
eingesperrt hatte, war dies ihre erste Reaktion
gewesen. Sie ging in einem fort umher, um die
Angst in ihrem Blut zu beschwichtigen, die Angst
davor, was als nächstes von ihrem Ehemann
kommen würde.

Dies war anders. Sie hatte keine Angst vor
Graeme MacGregor. Wenn sie auch nicht daran
zweifelte, dass er ihren Ehemann umbringen
würde, wenn er die Chance dazu bekäme, wusste
sie, dass er sie nie verletzen würde. Trotz all seines
Gepolters und seiner Schroffheit konnte sie sich
nicht vorstellen, dass er Unschuldigen etwas antun
würde. Nachdem sie ihn mit seinen Brüdern
gesehen hatte, glaubte sie, dass sich hinter der
Kälte seiner Augen eine tiefe Güte verbarg. Sie
war sich nicht sicher, woher ihre Gewissheit kam,
aber sie war sich sicher. Sie würde alles in ihrer
Macht Stehende tun, um diesen Teil von ihm
freizulegen, obwohl sie den Grund dafür nicht
benennen konnte.

Sie musste es einfach tun. Graeme MacGregor
war für sie ein Rätsel, aber auch eine
Herausforderung.

Sie stellte das Auf- und Abgehen ein und
trat an Graemes Bett, um sich hinzulegen und
ihren Kopf auf ein weiches Kissen zu stützen,
das seinen Duft verströmte. Sie atmete tief ein
und versuchte, die einzelnen Duftelemente zu
erkennen, bis sie schließlich zu dem Schluss
kam, dass es eine Mischung aus Kiefer, Seife und

Minze war. Es roch genauso wie er, wenn er in ihrer Nähe stand.

Mit den Fingern streichelte sie über ihre Lippen. Die Lippen, die er geküsst hatte, und dachte daran, wie er ihr ein wenig Zärtlichkeit nahegebracht hatte, die zwischen einem Mann und einer Frau bestehen konnte.

Sie fragte sich, wie es wohl sein würde, ein Leben mit Graeme MacGregor zu beginnen. Ihre ehelichen Pflichten waren immer etwas gewesen, das sie sowohl gefürchtet als auch gehasst hatte. Qualvoll, wenn auch schnell. Sie stellte sich vor, dass es mit Graeme nicht qualvoll wäre – das würde er nicht zulassen.

Sie würde gerne wissen, wie es sich anfühlte.

Als ihr aufging, in welche Richtung ihre Gedanken gewandert waren, riss sie erschrocken die Augen auf. Wie sie sich wünschte, dass die Dinge anders lägen. Es bestand die Gelegenheit, ihren grausamen Ehemann zu verlassen, doch ihre Tochter befand sich noch immer in seinem Machtbereich, und sie könnte Issy niemals im Stich lassen. In Wahrheit würde sie sich, wenn sie die Wahl zwischen Freiheit und ihrer Tochter hätte, für ihre Tochter entscheiden. Sie war schon zu lange fort, aber die Verletzung verhinderte alles andere. Sobald es ihr möglich war, würde sie zurückkehren, mit oder ohne Graemes Hilfe.

Laute Geräusche von unten ließen sie aufschrecken. Sie eilte zur Tür, aber es war unmöglich, die Quelle des plötzlichen Tumults auszumachen. Sie öffnete die Tür einen Spalt und war froh, dass Rory sie nicht eingesperrt hatte. Überall rannten Leute umher und schrien sich gegenseitig an, aber sie war zu weit weg, um etwas davon zu verstehen.

Alle gingen zur Tür hinaus. Als die große Halle leer war, schlich sie die Treppe hinunter und zur Tür und öffnete sie einen Spalt, in der Hoffnung, die Stimmen und Geräusche würden zu ihr herüberdringen.

Sie hörte das Getrampel von Pferdehufen, das sich von ihr entfernte. In ihrer plötzlichen Angst vor dem, um was es sich handeln könnte, wischte sie sich den Schweiß ihrer Handflächen an ihrem Kleid ab. Konnte das bedeuten, dass die Männer ihres Mannes eingetroffen waren? Wenn ja, wollte sie hören, was sie sagten, und sie wollte sehen, ob ihr Mann hier bei ihnen war.

Sie kaute auf ihrer Lippe und überlegte, was sie als Nächstes tun sollte, doch sie war sich einer Sache sicher. Auch wenn sie Graeme versprochen hatte, drinnen zu bleiben, konnte sie nicht zulassen, dass er oder seine Männer sich ihretwegen in Gefahr begaben – nicht nach allem, was sie durch Henry bereits erlitten hatten.

Die Geräusche entfernten sich immer weiter von ihr, also öffnete sie die Tür, um nachzusehen, wohin all die anderen gegangen waren, wobei der schwere Eichenflügel sie fast umwarf. Der Innenhof war verwaist. Verwirrt suchte sie die Umgebung ab, bis sie den Großteil der MacGregor Krieger entdeckte. Die Tore waren offen und sie waren draußen auf ihren Pferden.

Sie tat, was ihr Bauchgefühl ihr sagte. Sie verfluchte den wilden Keiler für die Verletzungen, die er ihr zugefügt hatte, und tat ihr Bestes, um die Treppe hinunter zu steigen, ohne sich weitere Verletzungen zuzuziehen. Es gelang ihr mit etwas Glück zum Tor zu humpeln, ohne von jemandem befragt zu werden. Graemes Stimme war weithin vernehmbar, aber sie konnte seine Worte nicht verstehen.

Es gelang ihr, ein Versteck auf der anderen Seite der Brücke und seitlich des Tors zu finden − es war ein Ausguck, von dem aus sie die Männer ihres Mannes sehen konnte. Was sie hörte, schockierte sie.

»Wir suchen nach Merrills Frau.«

Der Krieger neben dem Sprecher, ergriff das Wort: »Seine Frau hat ihm Hörner aufgesetzt, und wir sind hier, um dafür zu sorgen, dass sie ihre gerechte Belohnung bekommt.«

»Und nicht nur mit einem Mann«, sagte der dritte. »Merrill hat gerade entdeckt, dass seine Frau eine Hure ist. Sie hat schon viele Betten gewärmt, und wir haben seine Erlaubnis, sie frei zu benutzen, wenn Ihr versteht, was ich meine.« Sie war nah genug, um sein fieses Grinsen zu sehen. »Sie ist eine Schönheit. Wenn Ihr freundlich zu uns seid, erlauben wir Euch vielleicht eine Kostprobe, nachdem wir alle fertig sind.« Catherines Augen weiteten sich und ihr stand der Mund vor Verblüffung offen. Wie konnten sie nur so etwas über sie sagen? Sie vergaß, was Graeme ihr gesagt hatte, und bahnte sich einen Weg durch die Menge, wobei sie Männer beiseite schob, damit sie zu den Pferden humpeln konnte, die sich gegenüberstanden.

Sie konnte Graemes Gesicht nicht sehen, doch er bewegte sich nicht und seine Hand ruhte auf dem Schaft seines Claymore.

Etwas in Catherine rastete aus.

All die Grausamkeiten, die sie hatte aushalten müssen, drängten plötzlich in ihren Kopf und raubten ihr den Verstand. Sie schrie auf, stolperte vorwärts und schwang ihre Fäuste in Richtung der Männern ihres Mannes. »Lügen! Ihr erzählt Lügen über mich. Es ist nicht wahr! Nichts davon.«

Graeme drehte sich rechtzeitig um, um sie auf dem Weg zu den Pferden abzufangen.

»Catherine, geh zurück!«

Doch sie schritt weiter voran, denn sie war nicht imstande, sich zurückzuhalten.

KAPITEL SIEBEN

GRAEME BEKAM ES mit der Angst zu tun, als er zusah, wie Catherine mitten in die Pferdemeute stürmte und die Männer ihres Mannes anschrie. Einer von ihnen bekam sie zu fassen, riss sie an den Haaren und zerrte sie zu sich zurück.

Graeme konnte nicht mehr denken. Er trieb sein Pferd mit den Knien an, zog sein Claymore und schwang es über seinem Kopf. Aus Angst, Catherine zu verletzen, hieb er mit der flachen Seite der Klinge nach den Männern und nicht der Schneide.

Die Dummköpfe starrten alle auf Catherine, sodass sie ihn erst sahen, als er schon bei ihnen war. Der erste stürzte vom Pferd, dann der zweite, der dritte und auch der vierte. Er sprang vom Pferd und schrie Catherine an: »Weg da, Catherine. Lauf weg!«

Sie drehte sich im Kreis, während die Pferde um sie herum vor Verwirrung stampften und sich zum Teil auf die Hinterbeine stellten. Sie hielt sich den Kopf und taumelnd ging sie davon, während Graeme ihr den Rücken deckte, ehe er auf die Männer ihres Mannes losging.

Einem der Männer, der es gewagt hatte, ihr Haar anzufassen, stieß er die Klinge in den Bauch und brüllte dann vor Genugtuung, während er auf den zweiten losging, der direkt auf ihn zuhielt. Er brachte sich in Stellung und führte einen Seitenhieb aus, womit er dem Narren die Waffe aus der Hand schlug und ihm die Brust quer aufschlitzte, sodass überall Blut spritzte.

Wie besessen machte er weiter, ohne sein Ziel aus den Augen zu verlieren, sie alle umzubringen, da sie es gewagt hatten, solche Dinge über Catherine zu erzählen. Der logischen und ruhigen Art zum Trotz, in der er seine Möglichkeiten mit Conn besprochen hatte, sagte ihm sein Instinkt, dass sie ihm gehörte, und nicht Merrill. Seine anderen Krieger kamen ihm zu Hilfe, doch er schrie sie an: »Lasst mich. Sie gehören mir.«

Er schwang seine Waffe über dem Kopf und ließ sie auf den dritten Gegner niedersausen, der seine Aufmerksamkeit auf Catherine gelenkt hatte. Mit einem Hieb seiner Klinge tötete er ihn und jagte dann dem letzten Gegner hinterher, wobei sein Schwert durch die Luft pfiff, ehe es sich in dessen Bauch bohrte. Als der Mann zusammenbrach, zog Graeme seine Klinge heraus, die er dann am Plaid des Mannes, das die Farben der Merrills trug, säuberte.

Keuchend vor Anstrengung, die es ihn gekostet hatte, die vier Männer umzubringen, stand er dort und blickte auf die Leichen hinab. Eine Stimme hinter ihm – die seines Bruders – schrie, doch er ignorierte sie. Stattdessen stieg er auf sein Pferd und hielt direkt auf Catherine zu, die nun schreiend die Hände über dem Kopf zusammenschlug und mit aller Kraft über die Wiese rannte.

Er sah von seinem Hengst zu seinen Wachen hinunter: »Folgt mir nicht. Das mache ich allein.« Dann nickte er Conn zu und eilte ihr hinterher, wobei er sie schnell einholte und von hinten hochhob. Seine Erleichterung, die ihn erfasste, als er sie endlich seitlich vor sich absetzte, sagte ihm, wie sehr diese Frau ihn bereits verändert hatte.

Sie stieß einen weiteren markerschütternden Schrei aus, auf den ein Schluchzen folgte, das tief aus ihrem Inneren hervorbrach. Daraufhin ließ er sein Pferd langsamer werden, um ihr eine Hand an die Wange zu legen und sie zu zwingen, ihn anzusehen.

»Catherine, ich bin es, Graeme. Ich werde dir nicht wehtun.«

Noch immer hatte sie einen irren Ausdruck in den Augen, doch er war entschlossen, zur ihr durchzudringen. Diese junge Frau war stark. Noch nie hatte er eine Frau erlebt, die es mit vier berittenen Männern aufnahm, weil diese Lügen über sie verbreiteten. »Catherine, schau mich an. Sie sind fort, und sie werden dich nie wieder anrühren. Ich habe dir versprochen, dich zu beschützen.«

Ihr Atem ging stockend, und sie schluchzte weiter, doch endlich ließ sie ihre Hand zu seiner Wange wandern, wobei sie ihn anblickte. »Graeme?«

»Aye. Ich habe dich. Ich werde nicht zulassen, dass dir irgendetwas passiert … niemals.« Er küsste sie auf die Stirn und lenkte sein Pferd in den Wald, wobei er in einem langsamen Trab ritt, um sicherzustellen, dass sie auf dem Weg blieben.

»Graeme«, sie schloss die Augen. «

»Das waren Lügen. Alles Lügen. Ich habe niemals …«

Er parierte sein Pferd und schlang einen Arm um sie, wobei er mit der anderen Hand ihr Kinn fasste. »Ich weiß. Das waren Lügen, um mich anzustacheln.«

»Aber … aber …«

»Still. Jetzt ist alles gut.« Er küsste sie auf die Wange und dann noch einmal flüchtig auf die Lippen.

»Graeme?«

»Aye?« Er küsste einen Mundwinkel und dann den anderen, wobei er sich alle Mühe gab, sie zu beruhigen. Sein Schaft war zum Leben erwacht, sobald er seine Arme um sie geschlungen hatte und der Raserei des Kampfes noch frisch in seinen Adern.

»Liebe mich Graeme. Bitte? Ich möchte wissen, wie es sein sollte. Ich muss es wissen.«

Er brummte und zog sie an sich, um ihre Lippen mit einer Wildheit zu küssen, die selbst ihn erschreckte. Aber sie klammerte sich an ihn und erwiderte seine Wildheit mit aller Kraft. Mit den Händen strich er über ihre Rückseite und dann an der Vorderseite hoch, wobei er an ihren Brüsten pausierte. Dann ließ er das

Kleidungsstück von ihren Schultern gleiten und öffnete ihre Schönheit für ihn.

Stöhnend nahm er ihre Brustwarze in den Mund, worauf sie sich ihm entgegenreckte und an seinen Armen stieß und zog. Sobald er sich von ihren verlockenden Rundungen losreißen konnte, hob er sie von seinem Schoß und setzte sie auf den Boden, ehe er neben ihr vom Pferd glitt.

Er trug sie zu einer kleinen Lichtung, die mit weichem Moss bedeckt war. Dort setzte er sie ab und zog dann sein Plaid und die Tunika aus, die er auf den Boden warf, ehe er ihr beim Auskleiden half. Als sie endlich auf seinem Plaid lagen, balancierte er auf seinen Ellbogen und fragte: »Bist du sicher, dass du das willst?«

»Aye, das bin ich, aber ich weiß nicht, was ich tun soll. Du musst es mir zeigen.« Sie blickte ihn mit unschuldigen Augen an und flüsterte: »Willst du das?«

Er grinste und blickte auf seine Erektion hinab. »Musst du mir diese Frage stellen, Mädchen? In diesem Moment gibt es nichts, was ich mir mehr wünschen würde. Ich habe dich seit dem Moment begehrt, in dem ich dich das erste Mal gesehen habe. Aber du bist so wunderschön, dass ich vielleicht nicht mehr aufhören kann, wenn ich einmal angefangen habe. Deshalb habe ich dich gefragt, ob du sicher bist.«

Sie nickte und er küsste sie innig, um ihr zu verstehen zu geben, wie sehr er sie begehrte. Er redete nicht viel, sondern fuhr ihr stattdessen mit seinen Händen über ihre zarte Haut, in der Hoffnung, ihr damit Vergnügen zu bereiten.

Er liebkoste sie und zog eine Spur von Küssen über ihre porzellanene Haut, wobei er sich an ihrem Geschmack und ihrem Duft erfreute. Sobald seine Hände nach unten wanderten und sie öffneten, stellte er erfreut fest, dass sie ihn ebenso begehrte, wie er sie. Über sie erhoben, ermahnte er sich, langsam vorzugehen, doch er konnte nicht, sondern drang mit einem lustvollen Stöhnen in sie ein.

Er erwachte zum Leben und nahm seinen Rhythmus auf, obwohl sie sich nicht mit ihm bewegte. Sie schaute ihn verwirrt an und dann flüsterte er: »Komm mit mir.« Aber er hatte den Verdacht, dass sie keine Ahnung hatte, wovon er sprach.

»Sag mir, was dir gefällt, meine Süße. Ich werde dich mit mir zum Höhepunkt bringen.« Der Ausdruck auf ihrem Gesicht sagte ihm, dass ihr Ehemann ein selbstsüchtiger Kretin sein musste.

***

Catherine war es egal, dass Graeme nicht ihr Mann war. Sie begehrte ihn, denn sie wollte sich geliebt fühlen. Sie wollte sich besonders fühlen, und sie wollte einfach nur *fühlen*. Denn in dem Ausdruck seines Blickes und seines Gesichts, war zu lesen, dass er sie für schön hielt. Sie würde ihn mit ihr machen lassen, was er wollte, egal wie sehr es wehtat. Gerade hatte er vier Männer für ihre Ehre getötet.

Sie blickte ihm in die Augen, als er in sie eindrang, und stellte schockiert fest, dass es ganz und gar nicht wehtat.

Im Gegenteil, sie wünschte sich mehr. In der Vergangenheit hatte sie dabei oft gezählt und an die Decke gestarrt, bis ihr Mann mit einem Grunzen fertig geworden war und sich entfernte. Das hier war aber anders. Ohne sich dessen bewusst zu sein, legte sie die Hände an Graemes Hüften und versuchte, ihn näher zu sich ziehen. Sie hatte das plötzliche Bedürfnis, ihn ganz in sich aufzunehmen, und wollte nicht länger warten.

Er flüsterte ihr zu, während er sich in ihr bewegte, und fragte sie, was sie mochte, was sie wollte. Sie hatte keine Ahnung, was er meinte, doch sie antwortete: »Mehr. Schneller. Ich weiß nicht.«

Er wurde schneller und sie konnte keinen Gedanken mehr fassen, als sie seiner Führung folgte und sich mit ihm bewegte. Er schob die Hand zwischen sie und berührte sie an einer Stelle, die sie vor Lust aufschreien und sich winden ließ, doch sie wollte noch mehr und spreizte ihre Beine weiter, um ihm besseren Zugang zu gewähren.

Er streichelte die Stelle, bis sie etwas überkam, wie eine Finsternis, die sich in Helligkeit verwandelte, und sie schrie nach ihm, ohne zu verstehen, was gerade geschah, aber sie genoss es in vollen Zügen. Sie hielt seine Arme umklammert, als sie in ihren Orgasmus tauchte. Ihm musste es ebenso ergangen sein, denn er schrie und knurrte und klammerte sich an ihr fest, als wollte er sie nie wieder loslassen. Als hätte sie ihm ein Geschenk gemacht, das sie nicht verstand.

Als er fertig war, küsste er sie und fragte: »Habe ich dir wehgetan?«

»Nein.« Sie blickte ihn an, und verlor sich in seinen blauen Augen. Er wollte sich von ihr lösen, doch sie spannte ihre Muskeln an. »Nein, verlass mich noch nicht. Bitte?« Diesen Moment wollte sie für immer in Erinnerung behalten. Graeme gab ihr das Gefühl, eine Frau zu sein, und was noch wichtiger war, er gab ihr das Gefühl, begehrt zu werden – und das war ein Gefühl, das sie niemals vergessen wollte.

Grinsend fragte er: »In Ordnung. Kannst du mit mir herumrollen? Ich fürchte, ich bin zu schwer für dich.«

Er ließ sich auf den Rücken rollen und zog sie mit sich, ohne ihre Verbindung zu unterbrechen. »Aber ich werde bald herausrutschen.«

»Tatsächlich?«

»Ja, ich schrumpfe.«

»Oh. Das habe ich gar nicht bemerkt.« Sie lehnte ihren Kopf an seine Brust und lauschte seinem kräftigen Herzschlag. »Ich will nicht, dass es schon vorbei ist.«

Dann schlang er die Arme um sie, und sie kuschelte sich an seinen warmen Körper, ohne sich um ihre Nacktheit vor ihm zu schämen. Dies war die schönste Erfahrung ihres Lebens gewesen.

»Vermutlich hast du den Liebesakt mit deinem Mann nicht genossen.«

Sie hob den Kopf und sah ihn an. »Niemals. Das ist überhaupt nicht dasselbe. Mit dir ist es etwas Besonderes. Mit meinem Mann habe ich es gehasst.« Sie legte ihren Kopf wieder an seine Brust. »Ich danke dir, dass du mich vor den Kriegern meines Ehemannes beschützt hast.«

Seufzend streichelte er mit einer Hand über ihren Rücken und fuhr dann mit den Fingern durch die Strähnen ihres Haares. »Ich sollte wütend auf dich sein, weil du mir nicht gehorcht hast und nach draußen gelaufen bist, aber das kann ich nicht, denn wenn du es nicht getan hättest, wären wir nicht hier auf diesem weichen Moos, und diese Erinnerung werde ich für immer in Ehren halten. Von Momenten wie diesem habe ich nicht viele in meinem Leben gehabt.«

Sie schloss die Augen und wünschte, für immer in seinen Armen weilen zu können.

»Mein Liebling, ich fürchte, wir werden entdeckt, wenn wir uns nicht ankleiden und ich dich in meine Burg zurückbringe.«

Sie erschrak, als sie erkannte, dass es wahr war, was er sagte. In einem solchen Zustand wollte sie nicht gefunden werden, selbst wenn es nur von seinen Brüdern war.

Beide standen auf, und er trug ihr Kleid und sein Plaid, als er sie zu dem kleinen Bach führte, der zwischen den Bäumen verlief. Er wusch sie mit einem Leinentuch, das er aus seiner Kilttasche gezogen hatte, und half ihr dann, ihr Hemd und ihr Gewand wieder anzuziehen. Sie versuchte, sich mit den Fingern durch ihr verwüstetes Haar zu fahren, aber er hielt sie auf. »Tu das nicht. Ich liebe dein Haar. Es hat einen herrlichen Farbton,

und ich mag es, wenn es offen und durcheinander
ist.«

Sie errötete und hörte auf sich zu kämmen.
»Danke.«

Sobald sie fertig waren, half er ihr auf sein
Pferd, stieg hinter ihr auf und zog sie dicht an
sich, während sie zurück zu seiner Burg trabten.

Ganz gleich, was noch passierte, würde sie
diesen Moment mit ihm nie vergessen. Diese
Erinnerung würde sie für immer in Ehren halten.

KAPITEL ACHT

ES WAR BEINAHE dunkel, als sie zurückkehrten. Graeme trieb sein Pferd nicht an, weil er einfach einen neuen, unbekannten inneren Frieden verspürte. Aye, er hatte Frauen auch früher schon genossen, aber nicht so …

Er würde Henry Merrill und die meisten seiner Krieger umbringen. Wohin würde Catherine gehen? Sein Verstand bewegte sich in Richtungen, in die er sich nie zuvor bewegt hatte. Sobald er dies hinter sich gebracht und Vergeltung verübt hatte, warum sollte er dann nicht heiraten und eine Chance auf Glückseligkeit haben?

Glückseligkeit. Das war etwas, das er seit sehr langer Zeit nicht mehr erlebt hatte. Vielleicht wäre Conns Rat eine Überlegung wert.

Aber würde Catherine wirklich den Mörder ihres Ehemannes heiraten?

Als sie vor den Toren ankamen, stellte er erfreut fest, dass sein Stellvertreter es bereits in die Hand genommen hatte, die Leichname in der Ferne begraben zu lassen. Normalerweise hätte er nicht die Mühe auf sich genommen, seine toten Feinde zu begraben, aber gemäß der besonderen Umstände, tat er gut daran, die Toten zu verstecken, bis sie zum Angriff bereit waren.

Conn und Rory folgten ihm zu den Stallungen und Conn half Catherine beim Absitzen. Rorys Aufregung reichte für zehn Leute.

»Graeme, du hast wie ein besessenes Tier gekämpft. Du hast es mit vier Männern aufgenommen und sie alle umgebracht. Alle sagen, dass du der beste Krieger im ganzen Land sein musst.«

Der Junge sprang praktisch auf und ab, als er das sagte. Seine Aufregung war ansteckend und mehrere Männer jubelten Graeme ihre Glückwünsche zu, als sie über den Hof gingen. Graeme fasste seinen Bruder an der Schulter und hielt seine andere Hand in Catherines Rücken. Conn warf ihm einen gezielten Blick zu, doch Graeme lächelte einfach und rückte näher an Catherine heran. Rory blieb ruckartig stehen. »Graeme? Du hast gerade gelächelt.« Um Bestätigung heischend sah er zu Conn und Catherine.

»Aye, das hat er«, fügte Conn hinzu. »Ich habe es auch gesehen, Rory. Wenn dies einmal vorbei ist, kann unser Clan vielleicht ein bisschen öfter lächeln.«

In der Halle angekommen, führte Graeme Catherine zu einem Sessel vor der Feuerstelle und machte ein Feuer. Die Sommernächte konnten in den Highlands sehr kühl sein und er wollte nicht, dass sie eine Erkältung bekam. Moyra kam geschäftig herbei und er gab ihr Anweisungen für den Abend. »Moyra, Catherine hatte einen schwierigen Tag, also mach es für sie bitte in meiner Kammer behaglich und lasse einen Teller mit Essen und ein Bad für sie richten.«

Catherine sah über die Schulter zu ihm und auf ihrem Gesicht zeichnete sich ein verwirrter Ausdruck ab, obwohl er den Grund dafür nicht verstand. Sie war gestern Abend in seiner Kammer gewesen.

»Sie schläft jetzt bei dir?«, fragte Rory mit großen Augen.

Graeme wog seine Worte sorgfältig ab, ehe er sprach, denn er wünschte sich, Catherine den Respekt zu erweisen, den sie verdient hatte. »Aye, dort ist sie am sichersten. Catherine wird in meinem Bett schlafen und ich werde auf dem Boden nächtigen. Ich erwarte, dass die Merrills uns einen weiteren Besuch abstatten, sobald ihr Laird herausfindet, dass er vier seiner Männer verloren hat. Ich könnte nicht schlafen, wenn ich mir Sorgen machen müsste, dass sie allein in einer Kammer ist. Wie du weißt, ist es meine Aufgabe, sie zu beschützen, Rory.«

»Sie haben Lügen über Euch erzählt, nicht wahr, Mylady?«, fragte Rory.

»Aye, das waren alles Lügen«, brummelte Graeme. »Wie könntest du etwas anderes von ihr denken? Sie wollten mich wütend machen, damit ich die Kontrolle verliere.«

Rorys Augen leuchteten auf. »Aber das haben sie nicht geschafft, nicht wahr Laird? Nach einem Kampf wie diesem werden bald alle Schotten von dir reden. Du wirst ein Held sein.«

»Außer, dass wir für eine Weile nicht wollen, dass bekannt wird, was mit Merrills Männern passiert ist. Wir werden unser Gebiet nicht verlassen, bis ich nicht unseren nächsten Schritt geplant habe.«

»Glaubst du, Merrill wird selbst herkommen?«, fragte Rory.

»Nein, aber er wird mehr Männer schicken, wahrscheinlich schon morgen oder am darauffolgenden Tag. Deshalb müssen wir Catherine auf die bestmögliche Weise schützen, die ich kenne. Sie wird mir nicht von der Seite weichen.«

Moyra war hinausgegangen, um den Auftrag ihres Lairds zu erfüllen, und nun kehrte sie zur Feuerstelle zurück. »Eure Kammer ist bereit für sie. Ich habe ihr die beste Bettwäsche aufgezogen, die wir haben, Mylaird.«

Catherine folgte Moyra die Treppe hinauf, aber nicht, ohne über ihre Schulter zu Graeme zu blicken, was ihn ungemein erfreute. Sobald die Frauen außer Hörweite waren, fragte Conn: »Was ist dein Plan? Greifen wir ihn morgen an?«

Graemes Blick folgte Catherine, als sie die Treppe hinaufging, und süße Erinnerungen spülten über ihn hinweg. »Nein. Ich werde jemanden schicken, der weitere Informationen sammelt, aber wir werden uns noch nicht auf den Weg dorthin machen. Ich stimme Tomag zu. Zu viele von seinen Kriegern suchen nach Catherine und jetzt werden sie nach vier Kriegern suchen. Wenn wir ihr Land angreifen, möchte ich sicher sein, dass Merrill dort ist. Es wäre ein Desaster, wenn wir zuschlagen, während er nicht zuhause ist.«

»Wir warten.« Er seufzte, als er sie mit schwingenden Hüften auf seine Kammer zugehen sah. Dann trank er den Rest seines Ales aus und strebte auf die Tür zu.

»Wohin gehst du jetzt?«, fragte Rory.

»Zum See, um ein Bad zu nehmen. Ich muss nachdenken. Du kannst mich begleiten, wenn du still sein kannst.« Über seine Schulter blickte er auf seinen jüngsten Bruder. Der Bursche hasste das Baden und umging es so gut es ging.

Rory schüttelte vehement mit dem Kopf. »Nein. Ich werde hier bleiben und auf die Lady aufpassen.«

»Conn und Tomag werden Catherine bewachen. Wann hast du zum letzten Mal gebadet, Rory? Die Lady wird den Geruch nicht genießen, den du ausströmst, wenn du noch ein bisschen länger wartest.«

Rory machte ein finsteres Gesicht und richtete den Blick zu Boden, während er drauf und dran war, einen Schmollmund zu ziehen.

»Wie lange?« Graeme blieb an der Tür stehen.

»Eine lange Zeit.« Er ließ den Kopf hängen, da er offenbar hoffte, sein Bruder würde nachgeben. Außer Moyra hatten sie keine andere Frau, die ihnen ins Gewissen reden konnte. Oft handelte Graeme gegenüber seinen jüngeren Brüdern wie ein Vater.

»Komm. Es ist warm genug für dich, um den See zu genießen.« Er hielt seinem Bruder die Tür auf und nickte Rory zu, der sich endlich anschickte, mit hängenden Schultern in seine Richtung zu schlurfen.

Sobald sie beim See ankamen, ließ Graeme seine Kleider fallen und rannte auf das Wasser zu. Er kannte die genaue Stelle, an der es am tiefsten war, und dort sprang er mit dem Kopf voran hinein. Rory folgte ihm. Sobald sie beide an die Oberfläche tauchten, fragte Graeme seinen Bruder. »Warum muss ich dich bitten, herzukommen? Der See ist im Frühsommer erfrischend. Erinnerst du dich nicht an die vielen Male, als wir alle fünf zusammen schwimmen gegangen sind und uns gegenseitig nassgespritzt haben, während Papa durch den See geschwommen ist?«

Rory schüttelte den Kopf. »Ich erinnere mich kaum an Alpin.«

Graeme rollte sich auf den Rücken und ließ sich treiben. »Das ist ein Jammer. Es stimmt mich traurig. Aber du warst erst vier Sommer und damit im gleichen Alter wie Catherines Tochter.«

Rory strampelte nicht weit von ihm im Wasser. »Sie hat eine Tochter?«

»Aye.« Er blickte zu den Wolken auf und fragte sich, wie das Mädchen wohl aussah.

»Graeme, warum haben wir nicht viele Frauen und Kinder hier?«

»Ach, Junge. Ich fürchte, es liegt daran, dass unsere Männer so hart arbeiten. Ich habe Pläne für unseren Clan, sobald wir die Vergeltung einmal verübt haben. Wir könnten einmal in der Woche ein Fest mit Tanz und großen Tabletts voller Speisen veranstalten, die wir im Sommer

im Freien und im Winter in der Halle abhalten.«
Er lächelte, als ihn die Erinnerung von der Zeit
vor dem Gemetzel überkam. »Ich weiß, was
unsere Männer brauchen – Wettbewerbe wie
Papa sie abzuhalten pflegte.«

»Was für eine Art von Wettbewerben?«

»Papas Lieblingswettbewerb war das
Kräftemessen, aber er hielt auch Wettbewerbe
ab, um den besten Schwertkämpfer oder
geschicktesten Reiter zu ermitteln. Er hatte
auch ermittelt, wer ihm das größte Wildschwein
oder den schönsten Hirsch bringen konnte. Wer
den größten Fasan fand. Dann haben wir zum
Abschluss an großen Tischen mit gebratenem
Fleisch, Fleischpasteten, den besten Bieren und
sogar Wein gesessen. Mama hat Wein geliebt.«

»Wirklich?« Er trat mit seinen Beinen und
spritzte um sich. »An was erinnerst du dich sonst
noch?«

»Manchmal haben wir Märkte mit Händlern
abgehalten, wo die Leute besondere Dinge
erhandeln konnten. Der beliebteste Stand bot
Bänder feil. Die Krieger banden sie an die Enden
ihrer Schwerter und die Mädchen versuchten,
ihnen ein Band für ihr Haar abzuschwatzen.«

»Graeme, hinter dir wären die meisten
Mädchen her. Du müsstest eine Menge Bänder
erhandeln.«

»Alpin hat einmal zehn Bänder verschenkt,
kann ich mich erinnern.« Der Gedanke entlockte
ihm ein Grinsen. Es war lange Zeit her, dass er an
die guten Erinnerungen seiner Familie gedacht
hatte. Und das waren sie gewesen, ehe Merrill sie

zerrissen hatte. »Die Mädchen würden sich die Bänder ins Haar weben«, fuhr er fort. »Je mehr Farben sie hatten, umso stolzer tänzelten sie im Burghof umher.«

»Catherine hätte die meisten, wenn sie nicht schon verheiratet wäre.«

Er zerzauste dem Jungen das Haar. »Wir könnten wieder Weihnachten feiern, was wir seit sieben Jahren nicht mehr getan haben. Würde dir das gefallen?«

Rory schwamm zu einer Stelle, die flach genug für ihn war, dass er stehen konnte, und er tauchte unter Wasser, um Steine aufzulesen, die er über die Wasseroberfläche schnippte. »Aye. Ich würde alles begrüßen. Ich möchte, dass die Dinge anders sind. Ich erinnere mich nicht an Mama oder Papa nur an Conn und Boyd. Ich wünschte, wir hätten mehr Frauen und Kinder in unserem Dorf.«

»Du hast nicht viele Spielkameraden gehabt, nicht wahr, Rory? Es scheint, als hätte ich hierin versagt.« Graeme schwamm zu seinem Bruder, der nun mit einer Handvoll Steine am Ufer stand und die Tropfen aus seinem Haar schüttelte. »Boyd ist nicht in der Lage zu spielen, nicht wahr? Ich hoffe immer noch, dass er das eines Tages kann. Jeden Tag rede ich mit ihm, in der Hoffnung auf eine Antwort, aber bislang hat er noch keine gegeben.«

Graeme fasste seinen Bruder an der Schulter. »Gib nicht auf. Ich habe den Verdacht, dass er sich in kurzer Zeit verändern wird. Willst du jetzt mit mir um die Wette zurückrennen?«

Kurze Zeit später kehrten sie zur Burg zurück,

wobei sie beide lachten. »Es gefällt mir, wenn du glücklich bist, Graeme. Ist es die Lady, die dich zum Lächeln bringt?«, flüsterte Rory, ehe sie eintraten.

Graeme wusste nicht, was er ihm außer der Wahrheit antworten sollte. Es hatte keinen Sinn zu leugnen, was nun für alle um sie herum offensichtlich war. »Aye, ich verstehe es nicht, aber Catherine bringt mich zum Lächeln.«

Als sie eintraten, war die Halle beinahe leer. »Ich mag sie auch«, flüsterte Rory.

Graeme fasste ihn an der Schulter, doch dann gab er ihm einen leichten Schubs auf die Treppe zu. »Nun geh, Junge. Morgen gibt es viel zu tun.«

Er nahm sich ein Ale und ging zur Feuerstelle, um in die schwindenden Flammen und die Glut zu blicken. Dann fuhr er sich mit der Hand übers Gesicht. Aye, Catherine brachte ihn zum Lächeln und das mehr, als er zugeben mochte. Sie hatte ihn ganz sicher verhext. Was sollte er nur in der Sache unternehmen?

Sie könnte von ihm schwanger sein, aber das würde er erst in einiger Zeit erfahren. Wenn sie sein Kind trug, wollte er das wissen. Wenn er könnte, würde er sie in der Turmkammer einsperren und für immer bei sich behalten. Doch ihm war klar, dass er das nicht konnte. Bald würde sie darum bitten, zu ihrer Tochter zurückzukehren. Die Liebe zu ihrem Kind war in all ihren Äußerungen offensichtlich, und er konnte sie in ihren Augen sehen. Wie er sich wünschte, in diesen eindringlichen grünen Augen die gleiche Liebe für ihn zu sehen.

Er ließ sich auf einen Stuhl sinken und lehnte sich vor, wobei er die Ellbogen auf die Knie gestützt hatte.

Catherine war gefährlich. Sie lenkte ihn von seiner eigentlichen Aufgabe ab, und obwohl sie die reizvollste Zerstreuung war, die er je erlebt hatte, war sie trotzdem eine Ablenkung.

Er wusste, dass es sinnvoll war, sie zu ihrem Mann zurückzubringen, wie er es Conn gegenüber ausgeführt hatte. Wenn er sie zurückbrachte, konnte sie ihm eine Karte vom Inneren der Burg zeichnen. Das war die einzige Information, die ihm noch fehlte, das letzte Stück, das er für die Planung seines Angriffs brauchte. Sie konnten ohne die Karte erfolgreich sein, da war er sicher, aber mit ihr wären sie unschlagbar.

Der Ritt mit ihr würde ihm die Möglichkeit geben, die Burg mit eigenen Augen aus der Nähe zu begutachten. Er würde eine Schar von Kriegern mitnehmen, um sie zu beschützen ... doch ihm war klar, dass er das nicht tun konnte. Er konnte sie nicht diesem grausamen Scheusal ausliefern, selbst wenn er ihr Ehemann war.

Nicht nach allem, was sie gerade gemeinsam geteilt hatten.

Das hatte alles gewandelt.

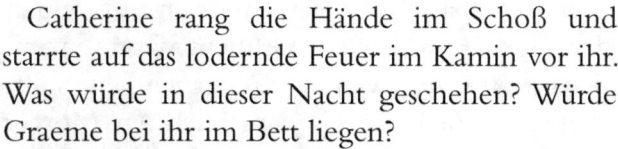

Catherine rang die Hände im Schoß und starrte auf das lodernde Feuer im Kamin vor ihr. Was würde in dieser Nacht geschehen? Würde Graeme bei ihr im Bett liegen?

Moyra hatte ihr beim Baden geholfen und ihr

ein wunderschönes Nachthemd gegeben, das sie
eng um sich schlang, denn sie spürte die Kälte
in der Luft, obwohl sie nicht weit vom Feuer
entfernt saß. Dreimal schon hatte sie über die
Schulter geschaut, in der Hoffnung, die Tür ginge
auf und er käme herein.

Graeme MacGregor verwirrte sie wie kein
anderer. Er war der einzige Mann, dem sie je
Vertrauen entgegengebracht hatte, einmal
abgesehen von ihrem treuen Diener, Benneit.
Graeme hatte ihr Dinge offenbart, von deren
Existenz sie nicht das Geringste gewusst hatte –
Zärtlichkeit, Sanftheit, liebevolle Liebkosungen
und gemeinsame Befriedigung.

Dieses Glück konnte sie jedoch nicht
beibehalten. Sie würde ihn bitten, sie am nächsten
Tag zu ihrer süßen Issy zurückzubringen. Sie
wischte eine Träne fort, die seit einigen Minuten
in ihrem Augenwinkel verharrt hatte.

Zu lange schon war sie von ihrer Tochter
getrennt. Wer wusste schon, wann Graemes
Angriff stattfinden würde? Wenn er ihren Mann
erst in einer Woche vernichten würde, könnte ihre
liebe Issy bis dahin tot sein. Bei dem Gedanken,
wie lange sie schon fort war, übermannten sie
Schuldgefühle.

Außerdem könnten Margaret und Wesley
weiterhin in Gefahr sein.

Ihre Gedanken befanden sich in einem
derartigen Aufruhr, dass sie nicht wusste, wohin
sie gehen oder was sie unternehmen sollte.
Vielleicht sollte sie bis zum nächsten Morgen
mit ihrer Entscheidung warten. Sie würde nicht

in der Dunkelheit zurückkehren. Das war für sie viel zu beängstigend. Wenn sie zurückkehrte, würde es bei Tageslicht geschehen. Ja, sie würde zurückkehren, doch sie erkannte keinen Grund, warum sie diese Nacht nicht zuerst so gut wie möglich genießen sollte.

Sie begehrte Graeme, und sie wollte ihn erneut spüren, ihm Freude bereiten und sich in der Wärme seiner Arme entspannen. Dort fühlte sie sich sicher und geborgen und vor den grausamen Männern der Welt geschützt, insbesondere, vor ihrem eigenen Mann.

In Graeme MacGregors Armen zu liegen, war für sie der schönste Ort im ganzen Land.

Die Tür öffnete sich und genau wie sie gehofft hatte, trat Graeme ein. Er schloss die Tür hinter sich und verriegelte sie. Sie sprang aus ihrem Sessel auf und drehte sich zu ihm um, mit dem Rücken zum Feuer. Er lehnte sich gegen die Tür und lächelte. Sein Haar war noch feucht und kräuselte sich an seinen Schultern, und heiliger Himmel, er war der attraktivste Mann, den sie in ihrem kurzen Leben je gesehen hatte. Und wenn sie ein Dutzend Leben lebte, konnte sie schwören, dass sie nie wieder so einen attraktiven Mann wie Graeme MacGregor sehen würde.

Er lächelte. »Catherine, du bist mir ein schöner Anblick, süßer als die schönste Blume auf jeder Wiese. Die Flammen hinter dir offenbaren mir jede Rundung deines Körpers.« Er stieß sich von der Tür ab, nahm ein Kissen und eine Decke aus einer Truhe und warf sie auf den Boden vor der Tür. Dann nahm er sein Schwert heraus und legte es auf die gleiche Truhe.

Sie kratzte sich am Kopf und stammelte nach Worten suchend. Sie setzte mehrmals an, bevor sie ihrer Stimme sicher genug war. »Graeme, du willst auf dem Boden schlafen?«

Er zog sein Plaid aus und stand nur in seiner Tunika da, die Hände in die Hüften gestemmt. »Aye, süße Catherine. Diesmal musst du mich in dein Bett einladen, wenn du mich haben willst. Ich werde mich dir niemals aufdrängen.«

»Du hast dich mir nicht aufgedrängt. Ich war willig.«

»Ja, das ist wahr, aber die Emotionen des Kampfes liegen nun hinter uns. Jetzt können wir mit Vernunft vorgehen.«

»Willst du nicht in meinem Bett liegen?«

Er tat zwei langsame Schritte auf sie zu, bis er unmittelbar vor ihr stand. Dann hob er ihr Kinn an, sodass er ihr in die Augen sehen konnte, und meinte: »Ach, es gibt nichts, worüber ich mich mehr freuen würde, aber meine Ehre befiehlt mir, dass du mich diesmal einladen musst. Und was das Verlangen nach dir anbelangt?« Er blickte auf seine wachsende Erektion hinunter, die gegen seine Hose drückte. »Ich denke, du kennst die Antwort darauf.«

Sie musste schlucken, als sie an seinem Körper hinunterschaute, doch dann richtete sie ihren Blick wieder nach oben und traf den seinen. Sie griff nach dem Band, das die Vorderseite ihres Morgenrocks zusammenhielt, zog daran und schob das Nachthemd von ihren Schultern, bis

es auf den Boden glitt. Das war ihre Art, ihm
mitzuteilen, was sie wollte. Sobald sie nackt vor
ihm stand, flüsterte sie: »Willst du in mein Bett
kommen, Graeme?«

Er zog seine Tunika aus und dann senkte
er seinen Mund über ihren, wobei er an ihrer
Unterlippe nippte und mit der Zunge darüber
leckte. »Catherine, du kannst einen vernünftigen
Mann um den Verstand bringen. Aye, nichts
würde ich lieber tun, als dich in meinem Bett zu
wärmen.«

Sie seufzte und sank ihm entgegen, wobei sie
die Lippen für ihn teilte. Er küsste sie dieses Mal
mit solcher Zärtlichkeit, dass sie das Stöhnen nicht
unterdrücken konnte, das tief aus ihrem Bauch
aufstieg. Sie schmeckte die Minzblätter, die er
gekaut hatte, und das Ale, das er wahrscheinlich
gerade eben getrunken hatte. Dieser Mann war
das Allerköstlichste, das sie je probiert hatte. Sie
verlor das Gleichgewicht, als er sich vorbeugte
und eine Spur über ihre Schulter küsste, die
sich dann weiter bis zu ihrer Brust zog, doch
er fing sie auf. Er küsste einen vollkommenen
Kreis um jede Brust, ehe er ihre Brustwarze mit
der Zungenspitze berührte. Als Reaktion darauf
zuckte sie zusammen und ihr Körper war von
Gefühlen erfüllt, die sie nicht kontrollieren
konnte, da sie vor Verlangen nach diesem Mann
bereits ganz angespannt war.

Schmunzelnd glitt er an ihrem Körper hinunter,
bis er vor ihr auf seine Knie sank und sie auf Bauch
und Hüften küsste. »Du bist eine Sirene reinster
Schönheit und ich muss alles von dir besitzen.«

Er platzierte mehrere Küsse jede Hüfte hinunter und über das V zwischen ihren Beinen, wo er sie an einer Stelle küsste, die sie nie erwartet hatte. Sie verflocht die Hände mit seinem Haar und klammerte sich an ihn, als er mit seiner Zunge zu dieser einen bestimmten Stelle wiederkehrte, was ihr Verlangen anfeuerte und dafür sorgte, dass ihre Knie unter ihr nachgaben.

Lachend stand er auf, hob sie in seine Arme und flüsterte. »Meine Catherine, du bist eine ganz leidenschaftliche Frau, nicht wahr? Aye, es stimmt, dass du mich befriedigst, Frau.«

Er legte sie auf das Bett und blickte zu ihr hin, ehe er ebenfalls ins Bett stieg und sich neben ihr auf die Seite rollte, um mit seinen Fingern einen flimmernden Pfad der Lust über ihren gesamten Körper zu beschreiben. »Dieses Mal werden wir es langsam angehen.«

Und das taten sie. Graeme MacGregor führte sie in eine Welt, die sie noch nie zuvor gekannt hatte. Mit jedem Kuss, den er auf ihren Körper hauchte, stockte ihr der Atem und mit jeder Berührung erschauderte sie. Er konnte ihren Körper zu sinnlichen Höhepunkten bringen, die sie ihren eigenen Namen vergessen ließen, bis sie endlich in Ekstase ausbrach.

Sie genoss gleichermaßen, Graeme in seiner Lust zu beobachten, wie in ihrer eigenen zu schwelgen. Nachdem sie seinen Namen herausgeschrien und er den ihren geflüstert hatte, umarmte er sie eng und ließ nicht von ihr ab, bis ihr Atem sich beruhigt hatte. Plötzlich hatte sie das Bedürfnis, alles über ihn zu erfahren, seinen ganzen Körper kennenzulernen, seinen Clan, sein Erbe.

Graeme rollte sich auf den Rücken und zog sie neben sich, wobei er sie in seiner Armbeuge bettete, sodass Ihr Kopf auf seiner Schulter ruhte. »Habe ich dich befriedigt?«

»Aye. Das war sanfter als beim ersten Mal.«

Schmunzelnd küsste er sie auf die Stirn. »Sag mir, wie du zu Merrill gekommen bist. Wer ist dein Vater?««

Seine Frage traf sie unvorbereitet – er wollte etwas über sie erfahren, wie sie über ihn. Sie zwirbelte ihre Finger um das dunkle Haar auf seiner Brust, um ihm nicht die Emotion in ihren Augen zu zeigen. »Mein Vater ist Clyde Beaton. Ich habe zwei Brüder, Edwin und Edward, und eine Schwester, Anna, die jünger als ich ist. Mein Vater hat mich für einen Beutel voll Goldmünzen an Merrill verkauft.«

»Wusste er, was für ein Mann er ist?«

Die Erinnerungen fluteten zurück – ihr Vater, wie er ihre Mutter schlug, sie herumkommandierte und ihr befahl, nicht zu sprechen, und wie er sich jedes Mal über sie lächerlich machte, wenn es ihm passte. Nur selten hatte er das Wort an seine Töchter gerichtet, was Catherine ganz recht gewesen war. Ihre Mutter stellte sich ihm fast nie entgegen, was Catherine das Herz brach. Das eine Mal, als sie versucht hatte, für ihre Mutter einzustehen, hatte er sie mit dem Handrücken so fest geschlagen, dass er sie zu Boden gestoßen hatte.

Anschließend hatte ihre Mutter sie gebeten,

sich nicht einzumischen. Damals hatte sie die Beweggründe ihrer Mutter nicht verstanden, doch das war heute anders. Die Liebe einer Mutter war eine starke Emotion. Catherine verstand auch, wie es war, mit einem grausamen Mann verheiratet zu sein, der einen Menschen brechen konnte und wie dieser Missbrauch die Abwehrkräfte und den Kampfwillen schwächte.

Sie hatte sich geschworen, dass sie niemals aufhören würde, für ihre eigene Tochter zu kämpfen.

»Ich bezweifele, dass er viel von Merrill wusste. Es hätte meinem Vater nichts ausgemacht. Er hat meine Mutter oft geschlagen, also war ich nicht überrascht, als Henry mich das erste Mal schlug. Ich dachte, dass jede Ehe so sei.«

Sie stützte sich auf einen Ellbogen und schaute ihn an. »Warum bist du anders? Im Clan meines Vaters schlagen viele Männer ihre Frauen, obwohl nur wenige die Art von Bestrafungen anwenden, die Henry bevorzugt. Mir wurde immer gesagt, dies sei die Art und Weise, wie ein Mann seine Frau gehorsam machte, aber du hast mir etwas ganz anderes gezeigt.«

Er fuhr ihr mit einem Finger über den Kiefer und die Unterlippe. »Mein Vater hat meine Mutter nie geschlagen. Er hat mich und meine Brüder gelehrt, die Frauen zu respektieren. Da sie nicht von gleicher Statur sind, ist ein Kampf meiner Ansicht nach nicht gerecht. Anders kann ich das nicht sehen.«

Sie hob seinen Finger an ihren Mund und saugte einen Augenblick daran, denn sie wollte mehr von ihm. »Und ich schätze dich dafür. Das macht dich in meinen Augen mehr zu einem Mann.«

»Ich fürchte mich nicht vor Frauen. Ich würde dir gestatten, Macht über mich zu haben.«

»Wie würdest du das machen?«, fragte sie mehr als nur ein bisschen neugierig.

Seine blauen Augen wurden dunkel und diesen Blick erkannte sie allmählich.

»Das würde ich dir mit Freuden zeigen.« Sein Grinsen sagte ihr, dass es etwas mit dem Liebesakt zu tun haben musste. »Du kannst tun und lassen, was immer du willst. Ich überlasse die Entscheidung dir.«

»Ich verstehe nicht«, flüsterte sie.

»Heb dieses Bein über mich und ich werde es dir zeigen.«

Sie setzte sich auf ihn und konnte seine Erektion unter ihr wachsen fühlen, worauf sie sich an ihm reiben wollte.

»Nur zu, Mädchen. Tu, was immer du willst. Ich bin deiner Gnade ausgeliefert.« Grinsend faltete er die Hände hinter dem Kopf.

Sie setzte sich gerade auf und führte ihre Hände an seine Brust, um dann zu entscheiden, auf eine Weise mit seinem Körper zu spielen, wie er mit ihrem gespielt hatte. Sie fing mit seinen Brustwarzen an, die sie einzeln mit ihren Fingern rieb, ehe sie sich darüber beugte, um sie mit Hilfe ihrer Zunge zu festen Spitzen zu verwandeln, wobei sie sogar mit den Zähnen über eine davon streifte. Er stöhnte und sie setzte sich zurück, um ihn zu beobachten.

»Hör nicht auf.«

Sie stemmte sich auf die Knie, griff nach unten und umfasste seinen erigierten Schaft mit ihrer Hand und rieb die Spitze an ihrem Lustpunkt, wobei sie von ihrem eigenen Stöhnen überrascht war, als sie die richtige Stelle fand.

»Hier, lass mich dir helfen.« Er setzte seinen Daumen ein, um sie an der gleichen Stelle zu liebkosen, und sie nahm ihre Hände zurück, um sich auf seinen Schenkeln abzustützen.

Sie ließ ihn auf diese Weise weitermachen, bis sie es nicht mehr aushielt, dann streckte sie ihre Hand nach unten, um seinen Schaft in sich einzuführen. »Ich liebe es, dich in mir zu spüren, Graeme. Du füllst mich perfekt aus.«

Seine Hände wanderten nach oben, um ihre Brüste zu massieren, und sie setzte sich langsam auf ihm in Bewegung, wobei ihr Rhythmus immer schneller wurde. »Gefällt es dir, die Kontrolle zu haben, Catherine?«

Sie konnte nur nicken, und ihr Verlangen wurde immer stärker, bis sie sich gezwungen sah, sich über ihn zu beugen, um das gewünschte Tempo zu erreichen. Er packte sie an den Hüften, und sie glitt auf ihm auf und ab, wobei sie seinen Schaft so weit es nur ging in sich aufnahm. Sie wimmerte, bis ihr Orgasmus über sie hereinbrach, und er kam genau gleichzeitig mit ihr.

Sobald sie sicher war, dass sie beide geendet hatten, ließ sie sich auf ihn fallen, während ihr Atem rasselnd ging. »Ich mag es so, wie es dir gefällt, Graeme.«

Graeme liebte sie in dieser Nacht noch zweimal, und sie konnte nicht anders, als sich an ihn zu klammern und jedes Mal zu weinen, wenn sie von seinem Liebesspiel zum Höhepunkt kam.

Sie wünschte, diese Nacht könnte bis in alle Ewigkeit dauern.

Als er am nächsten Morgen erwachte, drehte er den Kopf und musste bei Catherines Anblick lächeln. Sie schlief noch, doch selbst so verwuschelt war sie eine Schönheit. Am liebsten hätte er sie geweckt, doch vergangene Nacht hatte er sie lange genug wachgehalten und so beschloss er, sie schlafen zu lassen.

Er stieg aus dem Bett und legte sich sein Plaid um − das war alles, was er brauchte, um in die Halle zu gehen. Er hatte sich das Plaid gerade über die Schulter geworfen, als es an seiner Tür klopfte. Er öffnete sie und spähte hinaus, da er nicht wollte, dass jemand das hübsche Mädchen in seinem Bett erblickte.

Rory stand mit großen Augen da. »Komm schnell. Es ist wegen Boyd.«

Er fuhr sich mit der Hand durch das Haar und hoffte, dass Catherines Besuch nicht zu viel für den Jungen gewesen war. Wenn er sich noch weiter in sich selbst zurückgezogen hatte, wusste Graeme nicht, ob er es verkraften würde. Es war viel zu schmerzhaft, zu sehen, was Merrills Untat dem armen Boyd angetan hatte. Er sprach ein Stoßgebet, dass er Boyd so vorfinden würde wie immer und dass sein Zustand sich nicht verschlechtert hatte. »Ich treffe dich unten in der Halle, Rory. Gib mir einen Moment Zeit.«

Rory verschwand den Gang entlang. Graeme drehte sich um und sah, dass ihn ein Paar grüner Augen anblickte, Catherines Verstand war offensichtlich noch immer getrübt, während sie sich den Schlaf aus dem Gesicht rieb. Er lehnte sich über das Bett und küsste sie. »Geh wieder schlafen, es ist nur Boyd.«

»Darf ich mitkommen?«

»Das wäre vielleicht nicht klug. Boyd hat im letzten Jahr nur mit mir gesprochen. Vielleicht war es zu viel für ihn, dich zu sehen.«

Sie schaute ihm einen Moment lang in die Augen und sagte dann überraschenderweise: »Bitte nimm mich mit. Ich würde ihn gerne wiedersehen. Wenn er mich nicht da haben will, werde ich gehen. Ich brauche nur einen Moment.«

Er holte tief Luft, ehe er zu einer Antwort ansetzte. Boyd vor weiterem Trauma zu bewahren, war sein wichtigstes Anliegen, doch er dachte auch, dass Catherine seinem Bruder Boyd vielleicht gutgetan hatte. Er hatte sie angelächelt, was ein seltenes Ereignis war. Der Gedanke an Rory und sein Wunsch, den er geäußert hatte, dass es mehr Frauen im Clan geben sollte, kam ihm wieder in den Sinn. Wäre es möglich, dass Boyd dasselbe empfand? Moyra war wie eine Mutter für ihn, doch Catherine war anders – sie war warm, liebenswürdig und tröstend. Vielleicht erkannte der Junge einen Quell des Trostes in ihr, der ihm in seinem zurückgezogenen Leben fehlte.

»Du kannst mich begleiten, aber wenn er sich aufregt, musst du gehen.«

Sie nickte und sprang aus dem Bett. Sie gab sich alle Mühe, in der Kürze der Zeit ihr Haar zu glätten, während Graeme sich anstrengte, nicht über ihre fadenscheinigen Bemühungen zu lachen. Diese wilde Lockenpracht war nicht zu bändigen.

»Komm in die Halle. Ich werde dort auf dich warten. Das gibt dir etwas Privatsphäre.« Er öffnete die Tür und warf ihr noch einen kurzen Blick zu, ehe er sie schloss. Sie war ein Anblick, der seine Welt wieder vollkommen ins Lot bringen konnte. Sie war eine atemberaubende Schönheit, die sowohl zu Unschuld als auch zu Leidenschaft imstande war. Er war sich nicht sicher, welcher Eigenschaft er den Vorzug gab.

Rory wartete an einem Tisch in der großen Halle auf ihn, und Graeme ließ sich ihm gegenüber nieder, um dann einer Dienstmagd ein Zeichen zu geben, ihm etwas Porridge zu bringen. »Was ist es denn diesmal, Rory?«

»Er wollte, dass ich dich hole.«

Graeme hielt seine Hand in der Luft und beschloss, dass er sein Haar ebenso wenig glätten konnte wie Catherine das ihre. »Was? Woher weißt du das? Hat er meinen Namen genannt?«

»Nein. Er war aufgeregt und unruhig, und Moyra hat weiter versucht, aus ihm schlau zu werden. Als sie deinen Namen nannte, hat er genickt.«

Das war eine neue Entwicklung. »Er hat genickt? Ganz sicher?« Sein Bruder hatte zwar bereitwillig mit ihm und Catherine gesprochen, aber soweit er wusste, hatte Boyd nie auf Moyra reagiert.

»Aye. Moyra hat gesagt, es war sehr ausgeprägt. Er will dich sehen.« Rory ergriff seine Hand und zog daran. »Kannst du nicht jetzt kommen?«

»Nein. Ich habe Catherine gesagt, ich würde auf sie warten. Sie möchte ihn kennenlernen.« Er würde Rory nicht sagen, dass Catherine und er bereits bei Boyd gewesen waren, um mit ihm zu reden. Er wollte nicht riskieren, Rorys Gefühle zu verletzen, genauso wenig wie Boyds.

»Du bringst Catherine zu Boyd? Ja, warum? Du erlaubst keinem anderen, ihn zu sehen.«

»Catherine ist anders.« Er wollte der Frage nicht auf den Grund gehen, warum er diese Aussage machte, und obwohl er erwartete, dass Rory ihn bitten würde, dies zu erklären, wurde er von Catherine gerettet, die die Treppe herunterkam.

Das wusste er, weil jede Person in der Halle innegehalten hatte, um sie anzuschauen. Sie hielt sich wie eine Prinzessin von hoher Geburt. Er stand auf und freute sich, als er Rory auf sie zueilen sah, um sie zu begrüßen.

»Ich wünsche Euch einen Guten Morgen, Lady Catherine«, sagte sein Bruder.

»Guten Morgen.« Sie errötete und Graeme hoffte, dass sie nicht verlegen war, weil sie in seiner Kammer geschlafen hatte.

Wenn es nach ihm ginge, würde sie seine Kammer gar nicht verlassen.

»Hättest du gern etwas Porridge?«, fragte Graeme, der auf die Schale zeigte, welche die Dienstmagd gerade vor ihn hingestellt hatte.

Sie schüttelte den Kopf. »Nein, ich werde später essen.«

»Gut«, entgegnete Rory. »Kommt. Wir werden Euch zu Boyds Kammer bringen.«

Graeme verdrehte die Augen über seinen Bruder. Der Junge würde nie imstande sein, abzuwarten, bis er seinen Porridge verspeist hätte. Also ließ er die Schale auf dem Tisch stehen und streckte die Hand nach Catherine aus. Sie ergriff sie und ein kleines Lächeln huschte über ihr Gesicht. Dann folgten sie Rory die Treppe wieder nach oben und den Gang entlang bis zu Boyds Kammer.

Sobald sie den Raum betraten, eilte Rory an das Bett seines älteren Bruders. Boyd war jetzt vierzehn, doch er hatte nicht die Muskulatur seiner Brüder und seine Haut war auch nicht von der Sonne gebräunt. Blass, still und schüchtern – das waren die drei Qualitäten, die Graemes Wunsch jedes Mal befeuerten, Merrill das Leben mit seinen bloßen Händen aus ihm herauszuquetschen, wenn er seinen Bruder besuchte.

»Boyd, das ist Catherine. Ich habe sie im Wald gefunden, wo sie von einem wilden Keiler angegriffen worden war.« Er dachte, es sei das Beste, seine vorhergehenden Unterhaltungen vor Rory zu verbergen und er nahm an, dass Boyd weder etwas sagen noch tun würde, was darauf hinwies, dass er Catherine bereits kennengelernt hatte.

Für ihn schockierend, drehte Boyd den Kopf und lächelte Catherine zu.

Boyd lächelte *selten*.

Rory hüpfte von einem Bein auf das andere. »Du magst Catherine? Sie ist nett, Boyd.«

Graeme fasste Boyd an der Hand und fragte: »Du wolltest mich sehen?«

Boyd nickte und machte den Mund auf, um zu sprechen ... es kam jedoch kein Ton heraus. Catherine nahm zu Graemes Überraschung die freie Hand des Jungen und barg sie in ihrer. »Nimm dir alle Zeit, die du brauchst, Boyd. Wir haben es nicht eilig.«

Boyd sah zu Graeme und wieder versuchte er zu sprechen, doch er brachte immer noch kein Wort hervor. Die Tränen traten ihm in die Augen, als er es ein drittes Mal erfolglos versuchte. Catherine machte einen Vorschlag. »Wir kommen ein anderes Mal wieder und dann kannst du es uns erzählen. Verzage nicht. Ich habe am frühen Morgen auch Schwierigkeiten, zu sprechen.«

Graeme fasste seinen Bruder an der Schulter und flüsterte: »Nur zu, Boyd. Rory vermisst dich ebenso wie ich und ich bin sicher, dass Catherine dich gern reden hören möchte.«

Sie gewährten ihm einige Zeit, doch als er nicht sprach, legte Graeme seine Hand auf Catherines Rücken und führte sie zur Tür. Er konnte nicht dastehen und die Qual auf dem Gesicht seines

Bruders sehen. Zumindest hatte er Boyd lächeln sehen.

»Ich werde noch ein bisschen bleiben und abwarten, ob er spricht, Graeme«, meinte Rory.

»Aye. Wenn du mich noch einmal brauchst, kommst du und holst mich.«

Sie waren fast bei der Tür, als Graeme sicher war, einen erstickten Laut gehört zu haben. Konnte das Boyds Stimme gewesen sein? Er drehte sich um und blickte seinen Bruder an. Boyds Gesicht war rot vor Anstrengung. Wieder öffnete sich sein Mund und die Worte kamen so laut hervor wie das Klirren zweier Schwerter auf dem Übungsplatz.

»Bring Merrill um, Graeme. Bitte!«

KAPITEL NEUN

ZWEI TAGE SPÄTER betrat Graeme die große Halle weit später als gewöhnlich, und Conn gesellte sich kurz darauf zu ihm. Er hatte Conn von Boyds flehender Bitte berichtet, und sie beide waren der gleichen Meinung. Boyd würde nicht genesen, bis sie Vergeltung verübt hatten. Er hatte sich bei Catherine entschuldigt, doch sie beteuerte, Verständnis dafür zu haben.

Conn zog die Stirn kraus und warf seinem Bruder einen vielsagenden Blick zu. »Du bist spät aus dem Bett gekommen. Hast du nicht gut geschlafen?«

Graeme schnaubte. »Ich schlafe nicht viel, aber wenn, dann sehr gut.« Er widmete sich wieder seinem Porridge und brach dann ein Stück von dem frischen Brot ab, das vor ihm stand. »Brot? Oder isst du nichts?«

Conn schüttelte den Kopf und sah auf seine Hände hinab, in denen er einen Stock hielt, mit dem er spielte, und den er wohl von draußen mit hereingebracht hatte. Er war also schon spazieren gegangen – ein untrügliches Anzeichen dafür, dass Conn tief in seinen Gedanken versunken war. Schließlich sagte sein Bruder: »Planst du, sie zu heiraten, wenn das alles vorbei ist?«

Graeme ließ von seiner Speise ab und starrte seinen Bruder an. »Im Moment geht es mir nur um Rache, so wie es schon immer war. Ich biete einer misshandelten Frau Schutz. Nur das sollte dich im Moment kümmern.«

»Nach allem, was ich höre, bietest du ihr mehr als nur deinen Schutz.«

Graeme sprang so schnell von der Bank auf, dass er sie umwarf. Er packte seinen Bruder am Hals und flüsterte: »Gib auf deine Worte acht. Du wirst ihr gegenüber nicht respektlos sein. Es geht dich nichts an, was in meiner Kammer vor sich geht.«

Conns Gesicht lief rot an, aber es gelang ihm dennoch, seinen Bruder anzustarren. »Ich fürchte, es ist fast unmöglich, die Geräusche zu überhören, die in der dunklen Nacht bis in die Halle dringen. Ich weiß, ich habe vorgeschlagen, du solltest die Lady heiraten, aber dass du sie so behandelst, hatte ich nicht erwartet.«

Graeme ließ von seinem Bruder ab. »Du musst dich auf Merrill konzentrieren. Wir werden bald angreifen.«

Conn setzte sich an den Tisch und rieb sich den Nacken. »Bist du sicher? Oder bist du so vernarrt in die Frau dieses Mannes, dass du dein Lebensziel aus den Augen verloren hast?«

»Ich habe nichts aus den Augen verloren«, knurrte er. »Merrill wird durch meine Hand sterben, und ich werde auch für den Tod aller sorgen, die sich mir in den Weg stellen. Catherine hat mir einen weiteren guten Grund geliefert, die Frauen und Kinder nicht zu töten. Sonst hat sich nichts geändert.«

Sein Bruder warf ihm einen langen Blick zu und nickte dann. »Wenn du nichts dagegen hast, dass ich meinen Gedanken eine Stimme gebe, ist es an der Zeit, die Sache zu beenden. Wir haben lange genug gewartet.«

»Du hast recht, Conn. Es ist Zeit.« Er hatte über alles nachgedacht, was er von Boyd, Conn und Catherine gehört hatte. Er würde Merrill, seine Familie und seine Krieger ins Visier nehmen. Welche Mitglieder von Merrills Familie er verschonen würde, wenn das überhaupt in Frage kam, hatte er noch nicht entschieden.

Conns Stimme erklang in einem Tonfall, den er nicht oft vernahm. »Dich mit dem Mädchen zu sehen, erinnert daran, dass wir diese Sache zu einem Ende bringen müssen – Vergeltung üben und dann unser Leben weiterleben. Wir sind unbeweglich. Wir brauchen Frauen und Kinderlachen, und wir müssen stolz auf unser Land sein können. Wir haben viele verloren, doch wir waren zu jung, um die Bedeutung von Frauen und Ehepaaren zu erfassen.«

»Ich bin deiner Meinung. Die Entscheidung über das Los seiner restlichen Familie ist das einzige Versprechen, das ich nicht geben kann. Ich muss noch zu einem Urteil kommen. Du hast aber recht, wir könnten mehr Zuwachs für unseren Clan gebrauchen.« Vor nicht allzu langer Zeit hatte er mit Rory dasselbe Gespräch geführt, und er konnte nicht leugnen, dass die letzten beiden Tage die schönsten waren, die er je mit einem Menschen verbracht hatte. Vielleicht *konnten* sie beide ja heiraten, wenn all dies hier vorüber war. Sein Bruder hatte recht. Die Zeit war reif.»Ich bin deiner Meinung.«

Tomag kam von draußen herein und setzte sich zu ihnen.

»Arbeiten die Männer fleißig und üben sich mit ihren Schwertern?« fragte Graeme und konzentrierte sich auf die Mahlzeit vor ihm.

»Aye.« Er pausierte, und dann fügte er hinzu: »Verzeih, dass ich mich zu Wort melde, aber du hast einen Angriff versprochen, und es ist an der Zeit, die Männer in die Pläne einzuweihen. Wenn das Mädchen dich zu einer Abwandlung derselben veranlasst hat, dann ist es meiner Ansicht nach nur recht und billig, unsere Krieger davon in Kenntnis zu setzen.«

Graeme nickte. »Conn und ich haben das Gleiche besprochen.«

»Und dein Plan?«, drängte Tomag.

Er überlegte, was er Tomag antworten sollte, denn er wusste, dass seine Männer weiterhin jedes einzelne Mitglied von Merrills Clan tot sehen wollten. Allerdings hatte er bereits entschieden, nicht alle zu töten, und davon würde er sich nicht abbringen lassen.

Graeme blickte Tomag an. »Bevor ich meine endgültige Entscheidung treffe, habt ihr noch etwas über die Suche von Merrills Männern nach seiner Frau gehört?«

»Nein. Keiner seiner Männer ist hier gesehen worden. Meiner Befürchtung nach sind sie heimgekehrt und schmieden Pläne, obwohl ich nicht weiß, welche das sind. Wir müssen ihnen einen Schritt voraus sein«, antwortete Tomag.

»Darin stimme ich zu«, meldete sich Graeme, wobei der sich nachdenklich über das Kinn strich. »Wir werden nach unserem ursprünglichen Plan bald angreifen.«

Conn wirkte verwirrt. »Hast du nicht in Betracht gezogen, sie zurückzuschicken, damit sie Merrill ausspioniert und uns dann über den Grundriss der Burg und die Zusammensetzung seiner Streitmacht informiert?«

»Nein«, antwortete er. »Das würde bedeuten, Catherine in Gefahr zu bringen, und das werde ich nicht tun. Sie hat mir eine Karte gezeichnet, doch sie weiß nicht viel. Wenn wir angreifen, werden wir den Aufbau der Burg erkennen, und ich werde ihre Tochter im Hauptturm finden. Catherine wird wissen, wo sie untergebracht ist. Sie ist kränklich und erst vier Sommer alt. Wie viele andere könnten dort sein?«

Tomag stand auf und ging im Kreis, während er eindeutig von irgendetwas beunruhigt war.

»Sprich dich aus, Tomag.«

Tomag beschrieb noch einen weiteren Kreis, und er ließ dabei seine Hand zum Griff seines Schwertes wandern, ehe er sie wieder zurückzog. Graeme kannte diese Geste von ihm und wusste sie als einen Hinweis auf seine Aufgebrachtheit zu deuten.

»Es scheint, als würde ich das.« Er blieb stehen und stand nun Graeme gegenüber. »Du hast zugelassen, dass deine Gefühle ins Spiel kommen.

Es war besser, als du niemanden von seiner Burg ins Herz geschlossen hattest. Jetzt wirst du zögern. Ich sage das, weil jeder mit einem objektiven Blick auf die Sache Catherine zurückschicken würde, um mehr Informationen zu beschaffen, doch du weigerst dich. Allein diese Haltung lässt mich wissen, dass du viel zu sehr mit dem Herzen beteiligt bist.«

Graeme stand auf, und seine Hand wanderte ebenfalls zum Griff seines Schwertes. »Willst du andeuten, ich sei ein ungeeigneter Anführer? Glaubst du, ich werde Merrill je verzeihen, dass er meine Eltern und meinen Bruder vor meinen Augen getötet hat? Dass er Boyd in einen Schatten seiner selbst verwandelt hat? Denn wenn dem so ist, dann sage ich dir, dass du dich gewaltig irrst.« Er hatte seine Antwort mit einem wütenden Flüstern begonnen und endete nun mit einem Brüllen.

Conn drehte den Kopf von einem zum anderen, in Erwartung dessen, was als Nächstes passieren würde. Graeme war aufgebracht. Die Andeutung seines Stellvertreters war verräterisch.

Anstatt zurückzustecken, entgegnete Tomag: »Ich habe deinem Vater versprochen, mich um dich zu kümmern. Ich habe ihm dieses Versprechen zwei Tage vor seinem Tod gegeben, wie auch schon viele Male zuvor. Jedes Mal, wenn euer Vater auch nur den Hauch von Ärger kommen sah, versprach ich ihm, dich zu beschützen. Als er an diesem Tag zu mir kam, war er noch sorgenvoller als sonst. Merrill war unvernünftig und dreist geworden, und der Laird sorgte sich ob seiner Absichten. Er hoffte, einer Konfrontation ausweichen zu können, aber wie wir alle wissen, ist es anders gekommen.«

Er hielt inne und fügte dann hinzu: »Du hast einer Frau aus einem anderen Clan, die noch vor kurzem das Lager mit diesem Teufel geteilt hat, erlaubt, dir den Kopf zu verdrehen.«

Tomags Bemerkung traf ihn mitten in die Magengrube. Er verstand, warum der Mann so wütend war, aber er konnte so einen Umgangston seines Kriegers ihm gegenüber nicht dulden, und das schon gar nicht in der großen Halle, wo es alle hören konnten. »Meine Ziele sind unverändert. Kümmere dich nicht um Catherine. Es gibt einen guten Grund, warum ich sie von Merrills Burg fernhalten will. Wir werden den Clan in zwei Tagen angreifen und Merrill und jeden, der sich uns in den Weg stellt, töten. Wenn du glaubst, du könntest nicht für den MacGregor Clan kämpfen, dann verlass unser Land.«

Tomag erbleichte, nickte dann und senkte den Blick auf den Boden. »Ich bitte um Verzeihung, Laird. Ich werde deinen Kriegern mitteilen, dass sie in zwei Tagen zum Angriff bereit sein müssen. Gibt es sonst noch etwas, womit ich dir bei diesem Unterfangen behilflich sein kann?«

»Ja, das gibt es. Conn und ich haben eine Entscheidung getroffen und möchten, dass unsere Krieger diesbezüglich vorbereitet sind. Wir werden die Frauen und Kinder nicht töten, sondern jeden willkommen heißen, der sich unserem Clan anschließen möchte. Glaubst du, imstande zu sein, unsere Männer davon zu überzeugen, dass dies das Richtige ist, oder muss ich selbst zu ihnen sprechen?«

Tomag tat sein Bestes, um sein Grinsen zu verbergen. »Unsere Krieger werden die Aufnahme von Frauen in den Clan begrüßen. Mach dir darüber keine Gedanken. Solange Merrill und seine engste Familie tot sind, werden sie es akzeptieren.« Tomag trat einen Schritt zurück und hob die Hand. »Ich spreche von der Merrill Familie, mit Ausnahme von Catherine und ihrer Tochter. Und wenn ich so kühn sein darf, mein Laird?«

Graeme warf seinem Sekundanten einen strengen Blick zu. »Sprich aus, was du denkst.«

»Ich würde mich freuen, hier noch ein paar weitere hübsche Gesichter zu sehen«, sagte er und schlug den Blick nieder, wobei seine Mundwinkel zuckten.

»Ja, ich glaube, das würde uns alle freuen. Erzähle mir mehr darüber, warum Papa einen Angriff von Merrill vermutet hatte. Was war geschehen? Keiner von uns weiß, warum Merrill die Angehörigen unseres Clans so kaltblütig getötet hat. Weißt du etwas, was wir nicht wissen? Verheimlichst du es? Conn und ich haben verdient, zu erfahren, warum das geschehen ist.«

Tomag schüttelte den Kopf und blickte auf seine Stiefel. »Dein Vater hat es nicht gesagt, und es stand mir nicht zu, danach zu fragen. Ich weiß nicht mehr als ihr.« Er hielt einen Moment inne, dann fragte er erneut: »Sonst noch etwas, mein Laird?«

»Nein, bereite nur unsere Männer vor. Bald

werde ich zu euch kommen.« Er schritt hinüber, um vor dem unschätzbaren Sekundanten seines Vaters stehen zu bleiben – ein Mann, der ebenfalls versprochen hatte, ihm treu zu dienen. »Ich werde das zu Ende bringen, Tomag. Das verspreche ich dir.« Er klopfte ihm auf die Schulter.

Tomag begegnete seinem Blick, und Graeme glaubte, das Wasser in den Augen des Mannes erkennen zu können. »Ich entschuldige mich aufrichtig. Ich habe meine Grenzen überschritten. Was du planst, ist richtig und gerecht für das, was uns angetan wurde. Es ist an der Zeit, dass wir endlich Rache nehmen.«

Conn stand auf und fügte hinzu: »Ich stimme dir zu, Tomag. Wir dürfen unser letztes Ziel nicht vergessen. Ich verstehe zwar, welchen Eindruck Catherine auf dich macht, doch das darf nichts ändern. Das muss erledigt werden, dann könnt ihr beide, du und die Lady, entscheiden, wie es weitergeht.«

»Genau«, murmelte Graeme.

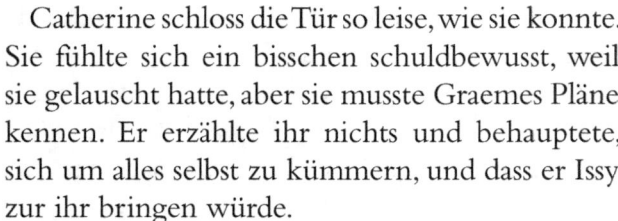

Catherine schloss die Tür so leise, wie sie konnte. Sie fühlte sich ein bisschen schuldbewusst, weil sie gelauscht hatte, aber sie musste Graemes Pläne kennen. Er erzählte ihr nichts und behauptete, sich um alles selbst zu kümmern, und dass er Issy zur ihr bringen würde.

Allerdings fiel es ihr nicht leicht, einem Mann zu vertrauen. Nach all den Lügen, die ihr von ihrem Vater und ihrem Ehemann aufgetischt worden waren, und allen Misshandlungen, die sie durch ihre Hände erfahren hatte, fragte sie sich, wie sie je wieder Vertrauen in einen Mann setzen könnte.

Graeme hatte angekündigt, dass sie in zwei Tagen angreifen würden. Er hatte auch erwähnt, dass er sich nicht sicher wäre, ob er die Familie ihres Mannes verschonen könnte.

Sie musste sich auf den Weg machen.

Sie musste wissen, wie es um ihre kleine Tochter stand, und außerdem wurde sie von einem Bedürfnis getrieben, Margaret zu beschützen, wenn sie sich auch etwas einfallen lassen musste, um zu verhindern, dass diese die Wahrheit erfuhr. Catherine hegte keinerlei Gefühle von Zuneigung für Henry, doch Margaret und Henry waren Blutsverwandte. Wusste sie von der Bluttat, die ihr Bruder gegen die MacGregors inszeniert hatte?

Nach allem, was sie inzwischen erfahren hatte, verdiente ihr Mann das, was für ihn geplant war, und seine Mutter war ebenso boshaft, eigennützig und grausam. Aber Margaret, Wesley und Issy hatten absolut nicht verdient, was ihnen zustoßen könnte. Für Margaret würde sie sich später eine Strategie einfallen lassen.

Sie vertraute Graeme, dass er sein Versprechen, Issy zu retten, einhalten würde, aber wenn sie ihn nicht zur Burg begleitete, wie sollte er überhaupt wissen, wo er ihr Mädchen finden konnte? Die von ihr für ihn angefertigten Skizzen, stammten aus dem Gedächtnis und waren anfällig für Fehlinterpretationen. Was, wenn er sie nicht finden konnte? Merrills Mutter könnte mit ihr fliehen, sie irgendwo verstecken oder ihr sogar ein Leid antun.

Dieses Risiko konnte sie nicht eingehen. Die einzige Möglichkeit, Issy vor dem Kampf samt dessen Folgen zu schützen, bestand darin, zu ihr zu gelangen. Sie konnte keine zwei weitere Tage mehr abwarten. Vielleicht konnte sie Benneit ausfindig machen und ihm auftragen, er solle Issy, Margaret und Wesley vor dem bevorstehenden Angriff verstecken. Mit etwas Glück würde ihr das im Geheimen gelingen, ohne Henry auf sich aufmerksam zu machen.

Mit dem Rücken zur Tür stehend, ging sie ihre Möglichkeiten im Kopf durch. Was würde sie tun? Wenn sie Graeme von ihren Plänen informierte, würde er sie mit Sicherheit in seiner Burg einsperren. Sie würde ein Pferd stehlen und den Rückweg finden müssen.

Dann kam ihr ein weiterer Gedanke ... was würde sie tun, wenn sie sie gewarnt hatte? Henry würde sicherlich herausfinden, dass sie dort gewesen war, wenn sie sich zu lange aufhielt. Sollte sie die Flucht ergreifen, nachdem sie mit Benneit gesprochen hatte? Issy, Margaret und Wes finden und nach einer Höhle suchen, in der sie sich verstecken konnten? Wie weit würde sie gehen, um Issy zu schützen? Sollte sie ihren Mann informieren, um sicherzustellen, dass der Angriff gar nicht erst stattfand?

Ihre Schultern sanken in sich zusammen, und sie ließ sich in den nächstgelegenen Stuhl fallen. Nein. Sie durfte Graeme nicht in Gefahr bringen, genauso wenig wie sie Issy gefährden konnte. In der Tat, ihn zu verlassen, würde das Schwierigste sein, was sie je getan hatte. Sie hatte wahrhaftig ihr Herz an ihn verloren.

Vielleicht sollte sie mit Graeme reden, um mehr über seine Pläne herauszufinden. Vielleicht konnte sie ihn sogar überreden, sie zu Merrills Burg zu bringen.

Irgendwie wusste sie, dass sie ihn dringend davon überzeugen musste, heute aufzubrechen. Wenn er sich weigerte, wäre sie gezwungen, sich allein auf den Weg zu machen. Sie fasste sich an den Kopf, denn plötzlich tat er ihr von all den Entscheidungen und Möglichkeiten weh – was konnte gelingen und was konnte schiefgehen?

Wenn sie eine schlechte Entscheidung traf, konnte sie alles verlieren.

Die Tür öffnete sich, und als sie sich umdrehte, stellte sie erfreut fest, dass es Graeme war. Nun konnten sie die Angelegenheit klären; es bestand kein Grund, länger zu warten.

Er streckte die Hand nach ihr aus, umfasste eine Wange und küsste sie so, wie sie es liebte: mit einer leichten Berührung seiner Zunge, seiner warmen Lippen und einem Stöhnen, das sich ihm entrang, als er sie näher an sich zog. Bei ihm fühlte sie sich so besonders. Er beendete den Kuss und flüsterte: »Habe ich dich gestern Abend erschöpft? Du siehst müde aus, meine Süße. Warum schläfst du nicht ein wenig?« Er nahm ihre Hände in seine.

»Graeme, darf ich dir ein paar Fragen stellen?« Sie musste von ihm selbst über seine Pläne hören.

»Nur zu. Du weißt, ich würde alles für dich

tun.« Er schlang seine Hände um ihre Taille, hob sie hoch und setzte sie auf das Bett, bevor er sich neben ihr niederließ. »Was macht dich heute Morgen so besorgt?«

Sie holte tief Luft, ehe sie antwortete. »Issy. Ich muss wissen, wie es Issy geht. Ich fürchte, es geht ihr nicht gut. Meine Zeichenkünste sind nicht die besten. Vielleicht wirst du Issy nicht finden können.« Da er versprochen hatte, er würde alles für sie tun, beschloss sie, sich noch weiter vorzuwagen. »Würdest du mich heute dorthin bringen? Ich könnte dich zu dem versteckten Eingang in der Mauer führen, und wir könnten uns in den Keller schleichen und Issy finden. Ihr Vater besucht sie nie. Wir könnten kommen und gehen, ohne gesehen zu werden.«

Er nahm ihre Hand in die seine und strich mit dem Daumen über die weiche Haut auf ihrem Handrücken. »Es gibt keinen Grund, sich um Issy zu sorgen. Wir werden sie finden, Catherine. Es ist gar nicht so lange, zwei weitere Tage abzuwarten. Morgen möchte ich mit dir und meinem Bruder in meiner Kabinettstube sitzen, damit du uns alles erzählst, was du über die Burg weißt. Vielleicht ist dir etwas bekannt, das wichtiger ist, als du denkst.«

»Es sind schon einige Tage vergangen.« Sie kniff die Augen fest zusammen, aber die Tränen schafften es trotzdem durch ihre Lider zu fließen. »Sie ist so krank. Zwei Tage könnte zu spät sein. Bitte, können wir nicht heute aufbrechen? Ich muss sie sehen.«

Er ließ seine Hand an ihre Wange wandern und

strich zart mit dem Fingerrücken darüber. Sie neigte ihren Kopf in Richtung seiner Hand und wollte so viel mehr von diesem Mann, aber sie konnte bereits erahnen, dass seine Entscheidung gefallen war. Dem würde nicht so sein, zumindest nicht, bis alles vorbei war.

Graeme hauchte ihr federleichte Küsse auf die Wange, bevor er sprach. »Ich habe mich entschlossen, dich hier zu lassen. Ich kann mir keine Sorgen um dich machen, während ich nach Issy oder deinem Mann suche.«

»Aber ich bin die Einzige, die sie kennt und die genau weiß, wie sie aussieht, und wo sie untergebracht ist. Was, wenn du sie nicht finden kannst? Was, wenn sie meine Tochter woanders hingebracht haben? Ich würde wissen, wen ich fragen müsste, um herauszufinden, wo sie ist. Du würdest keine Ahnung haben.«

»Catherine, der Krieg ist kein Ort für eine wunderschöne Lady.«

»Aber ich werde mich wieder als Junge verkleiden«, entgegnete sie und sprach jetzt schneller, denn sie wollte ihn verzweifelt gern überzeugen. »Ich werde dir helfen, meinen Ehemann zu finden. Er trägt seinen Männern auf, vor ihm zu kämpfen. Er wird seine eigene Haut nicht riskieren, also versteckt er sich in der Burg. Ich kann dir eine Hilfe sein … Und dann könnte ich Margaret finden und sie befreien.«

»Ich werde ihn auf die gleiche Weise finden, wie ich ihn gefunden hätte, wenn wir uns nicht begegnet wären. Wir hatten vor, ihn einige Tage später, nachdem ich dich im Wald gefunden hatte, anzugreifen. Aber wir waren gezwungen, unsere Pläne zu ändern, als wir erfuhren, dass er seine Männer auf die Suche nach dir geschickt hatte.«

Sie griff nach seinen Händen und umfasste beide Handgelenke. »Bitte Graeme, ich mache mir solche Sorgen um Issy. Ich habe unsere gemeinsame Zeit genossen, aber mein Verstand ist von Furcht überkommen.«

Er stand vom Bett auf. »Es tut mir leid, aber ich kann nicht riskieren, dass du erwischt wirst und bei dem Scharmützel vielleicht ums Leben kommst. Hier bist du sicherer. Du musst mir in dieser Sache vertrauen. Ich werde deine Tochter finden und sie zu dir bringen.« Sein Tonfall hatte etwas Endgültiges und seine Augen waren kälter als gewöhnlich, wenn er sie anschaute. Er hatte sich entschlossen. »Ich kann dir keine weiteren Versprechen machen, als deine Tochter zu dir zu bringen. Ich habe keine Absichten, Frauen oder Kinder umzubringen, aber ich weiß nicht, was mit seiner Familie passieren wird. Margaret ist von seinem Blut und Wesley sein Erbe.«

»Aber du hast mir versprochen, Issy zu retten und sie ist von Henry. Bitte, ich flehe dich an, das nicht zu tun. Bitte verschone Margaret und Wesley. Sie sind nicht wie Henry.«

»Meine Süße, ich kann dir nicht versprechen, sie zu retten. Meine Krieger werden ihren Tod als Vergeltung für meine Mutter und meinen Bruder fordern. Ich werde deine Bitte bedenken, aber ich mache dir kein anderes Versprechen außer deiner Tochter. Bei einem Angriff gibt es viele unbekannte Faktoren und ich werde keine Versprechungen machen, es sei denn, ich kann sie einhalten.«

Sie stand auf und kehrte ihm den Rücken zu, um dann zum Fenster hinaus zu schauen, um sich einen Augenblick zum Nachdenken zu verschaffen. Er zwang sie, auf eigene Faust loszuziehen. Sie hatte keine Wahl. Sie würde tun, was sie tun musste, um ihr Kind zu retten.

Graeme würde fuchsteufelswild werden. Sie hoffte, er würde ihr irgendwann verzeihen, aber sie musste so vorgehen, als ob er das nicht tun würde. Sie drehte sich um und blickte ihn an.

»Ich akzeptiere es, Graeme. Darf ich dich um etwas anderes bitten?«

Graeme nickte, doch ihr entging der rasche Ausdruck von Überraschung nicht, der über sein Gesicht huschte. »Liebe mich bitte. Ich vermisse dich bereits.« Sie würde diesen letzten gemeinsamen Augenblick auskosten. Er trat näher und nahm sie in die Arme. »Ich kann auch nicht genug von dir bekommen, Mädchen.«

Er küsste sie und sie schlang die Arme um seinen Nacken, ehe sie ihren Körper an seinen schmiegte.

Das war ihr Lieblingsplatz – ein letztes Mal.

KAPITEL ZEHN

CATHERINE STÜTZTE SICH im Bett auf ihren Ellbogen ab und betrachtete ihn, während er sich anzog. Er hob eine Augenbraue und verzog die Mundwinkel.

»Es gefällt dir, mir beim Anziehen zuzusehen, meine Süße?«

»Aye. Dein Körper ist für meine Augen sehr anziehend. Du hast prachtvolle Muskeln in deinen Armen und sogar in deinen Beinen.«

»Wenn du nicht aufhörst, mich anzuschauen, als würdest du mich zum Abendessen verspeisen, werde ich nicht gehen können.«

Während sie zusah, wuchs seine Erektion unter dem Plaid, das er gerade angelegt hatte, und drückte gegen den schweren Stoff. Sie kicherte und freute sich über diese neue Macht, die sie besaß.

»Lach mich aus, dann werde ich meinen Steifen schnell wieder los.«

Sie lachte noch lauter und kniete sich auf das Bett, um sich gegen ihn fallen zu lassen, bis er sie, genau wie sie erwartet hatte, mit seinen Armen auffing. »Ich werde dich gehen lassen, aber nicht, bevor ich dir etwas sage. Ich liebe dich, Graeme MacGregor. Du bist das Beste, was mir je widerfahren ist.«

Graeme nahm ihr Gesicht in seine Hände und schaute sie an, wobei er sie mit seinen Augen festhielt. Er musste nichts erwidern, aber sie wusste, dass er dasselbe empfand. So lange hatte er gegen jede Andeutung von Sanftheit in sich selbst angekämpft, dass er seine eigenen Gefühle kaum in Worte fassen konnte. Der Ausdruck in seinen Augen sagte ihr alles, was sie wissen musste. Er küsste sie und sein Kuss war so sanft, dass sie seufzte.

»Du gefällst mir besser als jede andere, süße Catherine. Doch jetzt muss ich gehen. Wir haben viel zu planen.« Er schenkte ihr noch einen flüchtigen Kuss und eilte dann zur Tür hinaus, während er noch sein Schwert zurechtrücke. Bevor er die Tür hinter sich schloss, warf er ihr noch einen Blick über die Schulter zu, wackelte mit den Augenbrauen und grinste anzüglich. Oh, sie würde die Erinnerung an diese letzten Momente wie einen Schatz hüten.

Sobald er fort war, wusste sie, was sie zu tun hatte. Sie würde einige der Sachen zusammenpacken, die sie mitnehmen wollte, die Jungenkleidung anziehen, die sie behalten hatte, und durch den Tunnel nach draußen gelangen, den Rory ihr gezeigt hatte. Es gab keinen anderen Weg. Da sie nicht wusste, wohin der Tunnel sie führen würde, hoffte sie, irgendwo auf dem Weg auf ein Pferd zu stoßen. Das Pferd, mit dem sie aufgebrochen war, musste sich irgendwo dort draußen befinden.

Als sie bereit war, schob sie den Teppich zur Seite und öffnete die Falltür. Sie ließ sich in die Finsternis gleiten und griff dann nach dem Halter mit der angezündeten Kerze, den sie in Reichweite auf den Boden gestellt hatte.

Sie betete inständig, dass sie weiterhin brennen möge.

Dann stieg sie vorsichtig die Treppe hinunter, und durch das Licht, das von der offenen Falltür hereinstrahlte, fand sie am Fuße der Stufen Halt. Langsam, um sicherzugehen, dass ihre Kerze nicht von einem Windstoß ausgeblasen wurde, folgte sie dem Gang in die einzige Richtung, in die er führte.

Nicht weit von seinem Anfang beschrieb der Tunnel eine Biegung, und führte dann aber eine Weile geradeaus. Je weiter sie vordrang, desto mehr Spinnweben fanden sich in ihrem Weg und desto feuchter wurde es in dieser Dunkelheit. Sie hielt sich in der Tunnelmitte und versuchte, sich noch kleiner zu machen. Als etwas über den Boden huschte und ihren Stiefel streifte, quiekte sie. Ihr Herz schlug derart schnell, dass jemand, der sich in ihrer Nähe befände, das Klopfen in ihrer Brust hören würde. Sie holte zweimal tief Luft, ehe sie ihren Weg fortsetzte.

Dreimal hätte sie beinahe beschlossen, kehrtzumachen, doch sie setzte ihren Weg fort, denn die Erinnerung an Issys strahlendes Lächeln motivierte sie. Sie lief geradewegs in eine Ansammmlung von Spinnweben und schrie auf, wobei sie mit der Hand um ihren Kopf fuchtelte und hoffte, die Spinnen wären nicht auf ihrer Haut gelandet. In der Hoffnung, einige der Spinnweben zu verbrennen, trug sie die Kerze hoch erhoben vor sich her, doch dann ging sie so langsam, dass diese List nicht sinnvoll war. Sie ging weiter. Isbeil brauchte sie. Jedes Mal, wenn sie die Kammer ihrer Tochter betrat, hob das kleine Mädchen die Arme, ein Zeichen dafür, dass sie auf den Arm genommen und gekost werden wollte.

Wer hatte ihre Tochter gestreichelt, während sie fort war? Das arme Kind hatte keine Ahnung, wo ihre Mutter hingegangen war oder wann sie zurückkehrte, *falls* sie überhaupt wiederkommen würde. Ihr Mann und seine Mutter hatten ihr zweifellos Lügen erzählt. Mehrmals musste sie innehalten, um ihr rasendes Herz zu beschwichtigen, und jedes Mal sagte sie sich das Gleiche, um sich wieder in Bewegung zu setzen.

»Mama kommt, Issy.«

Es brach ihr das Herz, Graeme auf diese Weise verlassen zu müssen, aber trotz all ihrer flehenden Worte, verstand er ihr Bedürfnis nicht, zu ihrer Tochter zurückzukehren. In Wahrheit schämte sie sich für die lange Zeit, die sie bereits von Isbeil getrennt war, insbesondere wegen eines wundervollen Mannes, der ihr einen Teil des Lebens gezeigt hatte, von dessen Existenz sie nichts gewusst hatte. Sie erinnerte sich daran, dass sie sich auch hatte vergewissern müssen, nicht noch immer von den Wachen ihres Mannes gesucht zu werden, aber das änderte nichts an ihrer Schuld.

Sie konnte ihre Tochter nicht länger im Stich lassen.

Als sie endlich am Ende des Tunnels ankam, versuchte sie, die Tür zu öffnen, doch sie klemmte. Wahrscheinlich war sie seit Monaten, vielleicht sogar Jahren, nicht mehr geöffnet worden. Sie drückte mit der Schulter gegen die Tür, die sich aber nicht bewegte. Nachdem sie sich durch die Mäuse und Spinnweben bis hierher gekämpft hatte, übermannten sie die Frustration und Angst. Sie brach in Tränen aus und war plötzlich so zornig, dass sie immer wieder mit aller Kraft gegen die Tür schlug. Ihre Kerze ging aus vor lauter Bewegung und sie warf sie auf den Boden, weil sie sie nicht mehr anzünden konnte.

Nach vier weiteren Stößen gab die Tür endlich nach. Sobald sie konnte, schob sie sie ganz auf und trat in den Wald hinaus, wobei sie hoffte, dass niemand in der Nähe war.

Doch einen Moment später wurde ihre Hoffnung zunichtegemacht. Dort zu Pferd war ein einsamer Reiter zu sehen, der sie direkt anschaute.

Graeme MacGregor. Er sah nicht erfreut aus.

Graeme war nach ihrem süßen Liebesspiel die Treppe hinuntergeeilt, nur um innezuhalten und nachzudenken. Dann war ihm einfach ein Licht aufgegangen. Catherine hatte ihm gesagt, sie liebte ihn. In seiner Brust schwoll etwas an, und es war ein Gefühl, das er nicht ganz verstand. Er sauste in die Küche, um sich etwas zu essen zu holen, ehe er sich auf den Weg zu seinen Kriegern machte.

Liebe. Liebte er sie? Ehrlich gesagt, war er sich nicht sicher – es war noch so neu –, doch er hatte auf ihre Worte nicht so reagiert, wie er es hätte tun sollen. Er beschloss, noch ein letztes Mal umzukehren und sie bis zur Besinnungslosigkeit zu küssen, weil er es einfach brauchte, bevor er sich mit seinen Männern befasste. Er konnte sich schon die Blicke vorstellen, die Tomag und Conn ihm zuwerfen würden, weil er so spät auf dem Übungsplatz auftauchen würde. Nachdem er das gefundene Stück Brot verschlungen hatte, kehrte er in die große Halle zurück und überlegte kurz, bevor er sich entschloss, seiner Laune nachzugeben.

Er rannte die Treppe hinauf, nahm drei Stufen auf einmal und stieß die Tür auf.

Er erstarrte.

In der Ecke des Raumes war der Teppich zurückgezogen, und die Falltür zum Fluchttunnel stand offen. Was zum Teufel war das? Er suchte den Raum ab, in der Hoffnung, Catherine schlafend oder in der Ecke versteckt zu finden, aber er fand sie nicht. Natürlich nicht.

Catherine war weggelaufen. Woher hatte sie von dem Tunnel gewusst? Er verdrängte diesen Gedanken und konzentrierte sich darauf, was er in diesem Moment tun musste.

Sollte er ihr nachlaufen? Er war einige Zeit fort gewesen, wer wusste schon, wie weit sie im Tunnel bereits vorangekommen war.

Als er seine Entscheidung getroffen hatte, eilte er zur Tür hinaus und sauste die Treppe hinunter, während er vor Wut schäumte. Er konnte sie nur einholen, wenn er am Ende des Tunnels wartete. Er kannte diesen versteckten Gang gut. Dunkel, feucht, voller Kriechtiere und Spinnen. Sie würde bestenfalls langsam vorankommen. Es würde ihn sogar überraschen, wenn sie den ganzen Weg schaffte, ohne schreiend umzukehren.

Er erreichte den Übungsplatz und rief: »Conn, versammle vier Männer und triff mich am Ende der Wiese. Macht euch zum Reiten bereit. Tomag, du übernimmst das Kommando, bis wir zurückkehren.«

Er konnte blitzschnell auf sein Pferd steigen, weil sein Stallbursche ihn hatte kommen sehen. Er hatte etwa vier Minuten Zeit, um seine Entscheidung zu überdenken, obwohl er glaubte, sich bereits entschieden zu haben.

Er hatte Conn und die anderen gebeten, ihn am Ende der Wiese zu treffen, weil er sie zu ihrem Mann zurückbringen wollte. Jetzt, ohne Verzögerung.

Ja, er könnte in Betracht ziehen, sich mit ihr durch den Hintereingang von Merrill Castle zu schleichen, wie sie es sich gewünscht hatte. Indem sie durch den Tunnel ging, hatte sie ihm jedoch bewiesen, dass sie ihm nicht vertraute. Er hatte versprochen, ihre Tochter in zwei Tagen zu retten. Was waren schon zwei Tage? Sie war bereits länger als zwei Tage hier.

Freilich hatte er ihr gesagt, sie könne nicht mitkommen, wenn sie Merrill angriffen. Er wusste zwar, dass sie ihre Tochter unbedingt sehen wollte, aber es bedeutete trotzdem, dass sie kein Vertrauen in ihn hatte. Sie konnte ihn nicht lieben, wenn sie ihm nicht vertraute. Ihr Liebesgeständnis war eine Lüge.

Sein Verstand versuchte, Dutzende von verschiedenen Gedanken, Ideen und Ängsten zu entwirren, während er zu der Stelle ritt, an der der Tunnel westlich seiner Burg mündete. Er saß auf seinem Pferd und wartete ... und wartete ... und sein Magen sank ihm bis in die Kniekehlen, so krank fühlte er sich von den Gedanken an all die zurückliegenden Geschehnisse. Er hätte sich von der flammenhaarigen Sirene fernhalten sollen. Sie hatte seinen gesamten Verstand auf den Kopf gestellt und ihn fast vergessen lassen, was er seinem Clan, seinen Eltern und sich selbst schuldig war.

Jetzt war er wütend und er hatte keinen Zweifel mehr daran, was er der verlogenen Verführerin antun würde. Er würde verlangen, dass ihr Mann ihn an den Toren von Merrill Castle traf, und er würde sie in seine Hände übergeben.

Ein Klopfen hallte über die Lichtung, und er erkannte, dass es von der Tür kam, wahrscheinlich ihre Faust, die gegen das alte Holz schlug.

Die Tür flog auf, und sie stürzte beinahe zu Boden. Sie stand auf, bürstete den Schmutz von ihren Kleidern und sah sich suchend in der Umgebung um, bis sie ihn sah. Er lenkte sein Pferd näher zu ihr, nah genug, um die Angst in ihrem Blick zu erkennen. Verdammt, es war ihm zuwider, dass sie sich vor ihm fürchtete. Noch hatte er kein Wort gesagt, aber ... sie erkannte die Situation genau.

»Bist du irgendwohin unterwegs, Catherine?« Er blieb auf seinem Pferd sitzen, für den Fall, dass er ihr hinterherreiten musste.

»Graeme.« Sie starrte zu Boden, und wie aufs Stichwort kamen ihr die Tränen. »Es tut mir leid. Verzeih mir, aber ich muss Issy sehen. Du kannst die Liebe einer Mutter zu ihrem Kind nicht begreifen.«

»Vielleicht nicht, aber ich verstehe, dass du mir offensichtlich nicht vertraust. Wie kannst du jemandem Liebe geloben, dem du nicht vertraust?«

»Ich habe versucht, dich zu überreden, mich heute hinzubringen. Ich habe dich angefleht, Graeme. Ich flehe dich jetzt an. Bitte hilf mir, zu meiner Tochter zu gelangen.«

»Nein. Du hast dein wahres Gesicht gezeigt. Ich bringe dich zurück, aber ich gebe dich in die Hände deines Mannes. Wir werden nicht durch den Hintereingang eindringen.« Er hielt ihr die Hand hin und fragte sich, ob sie freiwillig mitkommen oder sich gegen ihn zur Wehr setzen würde. Zu seiner Überraschung ließ sie die Schultern sinken und stapfte mit gesenktem Kopf auf ihn zu, ohne ein Wort zu sagen.

Dies war nicht die feurige Frau, die er kennengelernt hatte. »Hast du keinen Kampfgeist, Mylady?«

Sie schüttelte den Kopf, als sie bei ihm ankam, und richtete den Blick in die Ferne.

»Willst du nicht weglaufen, damit ich dich mit meinem Pferd jagen kann?« Er grinste.

Ihre Stimme war kaum ein Flüstern. »Nein.«

»Warum nicht?«

Als sie den Blick hob, um seinem zu begegnen, erkannte er, dass der Stolz in ihre Augen zurückgekehrt war. »Weil ich weiß, dass du mir nie wehtun würdest. Ich werde die Schuld für meine Fehler auf mich nehmen. Ich habe mich in einen ehrenwerten Mann verliebt und dafür werde ich mich nicht entschuldigen. Ich hätte nicht bleiben sollen. Ich habe Merrills Land verlassen, und mein Leben für das meiner Tochter aufs Spiel gesetzt und mit welchem Erfolg? Ich habe dir erlaubt, mich von meinem Ziel abzulenken. Das ist niemandes Fehler außer meinem eigenen.«

Verdammt, er wünschte, sie hätte ihn verflucht oder einen Fluchtversuch unternommen, irgendetwas, nur nicht das. Ein Teil des Feuers in ihm, das er verspürt hatte, als er zum Ausgang des Tunnels galoppiert war, war bereits aus seinen Adern gewichen.

Sie hielt ihm ihren Arm hin und brachte mit stockender Stimme hervor: »Bring mich zurück. Ich muss meine Tochter sehen. Ich werde nicht fliehen, bring mich einfach zurück. Ich muss sie mit meinen eigenen Augen sehen.«

Er zeigte auf einen Baumstamm, und sie zögerte nicht, darauf zu steigen, damit er sie besser erreichen konnte. Er beugte sich vor, packte sie um die Taille und setzte sie vor sich ab, ehe er sein Pferd wendete. Sie sagte nichts, sondern saß mit geradem Rücken wie eine Königin auf dem Pferd und berührte ihn vorsätzlich nicht.

Sobald sie die Wiese erreichten, ließ Graeme sein Pferd langsamer gehen, um mit Conn zu sprechen. »Wir reiten zu Merrill. Ich werde sie nur zu ihm zurückbringen.«

»Du hast nicht vor, selbst hineinzugehen?«

»Nein. Sie geht zurück, und wir entfernen uns. Am Rest unserer Pläne ändert sich nichts.«

Conn warf einen Blick auf Catherine, die immer noch geradeaus schaute und die beiden ignorierte. »Du vertraust darauf, dass sie ihrem Mann nichts erzählt?«

»Ja. Außerdem weiß sie nicht genau, wann wir angreifen werden. Da sie unseren ursprünglichen Plan kennt, werden wir ihn ändern. Ich entscheide das nach unserer Rückkehr, nachdem ich mir seine Burg noch einmal angesehen habe.«

Conn gab keinen weiteren Kommentar ab, sondern nickte nur, woraufhin Graeme an den Zügeln zupfte, und sie schwenkten herum, um auf den Waldweg abzubiegen, wobei er sie anführte. Sein Bruder blieb hinter ihm, und die anderen Wachen schwärmten um sie herum aus.

Sie ritten schweigend, und Catherines Rücken war so gerade wie die Seite seines Ringwalls. Sie hatte nicht angefangen zu betteln, als sie das Land der MacGregors verließen, und er vermutete, sie würde das auch nicht tun. Er versuchte, sich etwas einfallen zu lassen, um ihr zu sagen, dass sie zwar seine Gefühle verletzt hatte, er aber ihre Hartnäckigkeit bewunderte, weil sie an ihrem

ursprünglichen Ziel festhielt, doch die Worte
wollten nicht heraus.

Sie lebten in zwei verschiedenen Welten. Zwar
hatte sie für ein paar Tage die Seite gewechselt,
doch das konnte nicht von Dauer sein.

Später am Nachmittag erreichten sie das Tor
von Merrill Castle. »Wir müssen zu Merrill«,
bellte Graeme.

»Zu welchem Zweck?«

»Ich habe seine Frau gefunden, aber ich werde
sie nur in seine Hände übergeben.«

»Ihr werdet warten, und wir werden uns mit
ihm beraten.«

Je näher sie dem Gebiet von Merrill , desto
unruhiger war Catherine geworden. Als sie vor
den Toren standen, rutschte sie unbehaglich vor
ihm umher und weigerte sich, die Wachen ihres
Mannes anzusehen. Im Stillen freute er sich, dass
sie sie keines Blickes würdigte. Sie hatten einen
seltsamen Gesichtsausdruck, als ob es ihnen ein
perverses Vergnügen bereitete, sie zu sehen. Es
erinnerte ihn an den Blick der Männer, die er
umgebracht hatte, und ihre kranke Erregung
über Merrills Versprechen, dass sie es mir ihr
probieren könnten. Für einen kurzen Moment
wünschte er sich, sie an sich zu ziehen und sein
Pferd zu wenden, doch das tat es nicht.

Es war zu spät.

Einige Minuten später öffneten sich die
Tore und Henry Merrill kam herausgeritten.
Sein Gesichtsausdruck brachte Catherine zum
Zittern, und zum ersten Mal, seit er sie außerhalb
des Tunnels getroffen hatte, lehnte sie sich an ihn

zurück. Er konnte spüren, wie das Zittern ihren Körper durchlief, während ihr Mann seinen Blick schweigend vom Scheitel bis zu ihren Zehen schweifen ließ.

Nach einer langen Pause sagte Merrill: »Catherine. Bist du gesund?«

Sie nickte, hob aber den Blick nicht zu ihrem Mann.

»Wo habt Ihr meine Frau gefunden?«

»Sie war im Wald und wurde von einem Wildschwein verfolgt.«

Ihr Mann lächelte. »Du hättest dem Wildschwein erlauben sollen, sie zu bekommen.«

Graeme spürte, wie sich seine Nackenhaare aufstellten. »Ihr habt keinen Respekt für Eure Frau, Merrill?«

»MacGregor, ich bin Euch zu Dank verpflichtet, dass Ihr sie zurückgebracht habt, und nun sage ich Euch, dass Ihr mein Land verlassen solltet.«

Graeme nickte und hob Catherine von seinem Pferd, obwohl er zugeben musste, dass ihm dies weitaus schwerer fiel, als er erwartet hatte. So wütend und verletzt er sich auch immer noch fühlte, wollte er sie dennoch nicht aufgeben – schon gar nicht für Merrill.

Er wandte seinen Blick nicht von Henry Merrill ab. Die Erinnerungen an *diesen* Tag kehrten gewaltsam zu ihm zurück und erinnerten ihn an sein Ziel.

Doch in dem Moment, als er Catherine zu Boden sinken ließ, sprang Merrill von seinem Pferd und schlug sie so heftig, dass sie zu Boden fiel. »Du nutzlose Hure. Hast du mit ihm herumgehurt? Du trägst wahrscheinlich seinen Samen in dir.«

Catherine blieb liegen, das war das Klügste, was sie tun konnte, und Merrill machte keine Anstalten, sie erneut zu schlagen. Graeme wendete sein Pferd, ignorierte das wütende Gefühl in seiner Mitte, und nickte seinen Kriegern zu. Sie hatten begonnen, wegzugaloppieren, als eine Stimme zu ihm zurückdrang.

Er wendete sein Pferd rechtzeitig, um zu sehen, wie Catherine aufstand und ihre Schultern zurechtrückte, bevor sie zu ihrem Mann sprach. Das Feuer in ihren Augen war zurückgekehrt. In ihrer tapferen Hitzköpfigkeit sprach sie:»Ich bin gegangen, um eine Heilerin für unsere Tochter zu finden, die dir nichts bedeutet.«

Ihr Mann schlug sie erneut, aber Catherine schrie nicht einmal auf. Stattdessen stieß sie hervor:»Ich bin wegen unserer Tochter gegangen, aber dieser Mann hat mich gerettet. Wenn du die Wahrheit wissen willst, ich habe mit ihm gelegen, und jetzt ...«

Merrill schlug sie erneut. Graeme spornte sein Pferd an – in der Absicht, den Schuft zu töten –, aber Conns Stimme holte ihn in die Realität zurück.»Graeme, denk an dein Versprechen.«

Es wäre ihrer aller Tod, wenn er so etwas versuchte.

Catherine sprach zu Ende.»...weiß ich, was ich vermisst habe. Ich bedaure nichts.« Sie wischte sich das Blut von ihrem Mundwinkel, das vom letzten Schlag ihres Ehemannes stammte. Alles war still.

Graeme hielt sein Pferd neben Catherine an und raunte Merrill zu. »Schlag sie noch einmal und ich lasse dich für deine feige Art foltern.«

Merrill bestieg sein Pferd und sagte zu seinem Stellvertreter. »Innes, bring sie hinein.«

Graeme musste gegen alles in ihm kämpfen, das danach schrie, den Mann abzuschlachten. Er warf einen Blick zu Conn, der ihm ein kleines Zeichen gab, seine Wut zu zügeln. Er wusste, warum. Der Schuft provozierte ihn in der Hoffnung, dass er zuschlagen und ihm damit einen Grund geben würde, ihn von seinen Männern kaltblütig umbringen zu lassen.

Wenn Graeme es mit diesen Teufeln aufnahm, würden Rory und Boyd allein zurückbleiben. Sein Clan würde nicht die Lösung bekommen, die sie brauchten und verdient hatten.

Obwohl jede Faser seines Seins ihm sagte, sie wieder zurückzustehlen, wendete er sein Pferd und ritt davon. Sobald sie weit genug entfernt waren, um nicht mehr gehört zu werden, schrie Conn ihn an: »Du hast uns vor einem Blutbad gerettet. Ich dachte, dein Schaft würde die Oberhand über deine Sinne gewinnen. Wir waren in der Unterzahl und das wusstest du. Sechs gegen einhundert. Wir konnten nichts tun.«

Graeme drehte sich zu seinem Bruder um. »Ich werde den Mistkerl umbringen. Morgen greifen wir an.«

Conn lächelte. »Eine kluge Entscheidung. Jetzt bist du vernünftig. Es ist Zeit, das zu Ende zu bringen.«

KAPITEL ELF

CATHERINE BLIEB AUF dem Boden, nachdem ihr Mann sie geschlagen hatte. Sie hörte die Geräusche der sich entfernenden Pferde. Graeme und seine Männer ritten heim.

Graeme hasste sie jetzt eindeutig. Aus irgendeinem merkwürdigen Grund konnte sie ihm keine Schuld zuweisen oder es ihm übelnehmen. Bis sie Issy zur Welt gebracht hatte, war sie ahnungslos gewesen, wie sehr man ein Kind lieben konnte. Ihre Liebe zu ihrer Tochter trieb sie mehr an als alles andere, was sie je gesehen oder getan hatte.

Das Glück, das sie mit Graeme genossen hatte, war ein Geschenk, das sie nur für kurze Zeit behalten durfte, aber sie würde die Erinnerung wie einen Schatz bewahren. Sie wünschte, sie könnte auf ihn wütend sein, weil er sie zu ihrem Ehemann zurückgebracht hatte, doch er war ein Mann, der auf Loyalität beharrte und sie hatte entschieden, ihn zu verlassen.

Sie dachte an das, was sie zu Henry gesagt hatte. Bis heute hatte sie ihm nie Widerworte gegeben und nun hatte sie ihn vor seinen

Männern beleidigt. Für diesen Affront würde er sie bezahlen lassen, daran hatte sie keinen Zweifel, aber sie hoffte, dass sie schwanger wäre. Sie hatte den Samen eines guten Mannes in sich. Jede Nacht würde sie beten, dass Graemes Samen in ihr gedieh.

Nachdem sie im Burghof angekommen waren, packte ihr Ehemann sie am Haar und riss sie zurück. »Beweg dich du Dirne. Du hast mit meinem Feind in seinem Bett gehurt. Du wirst noch sehen, was du davon hast.«

Er stieß sie zu seinem Stellvertreter, Innes. »Zehn Schläge am Hauptpfosten für die Hure. Mach es bei Einbruch der Dämmerung heute Abend. Sperr sie in einen Kerker.«

Sie sagte kein Wort zu ihrem Ehemann und folgte Innes in den Hauptturm. Er lachte den ganzen Weg die Treppe hinunter vor sich hin und dann blieb er unten stehen, wo alle außer Hörweite waren. Er wirbelte herum und verdrehte ihr brutal die Brust. »Ich werde meinen Spaß haben, dich auszupeitschen, Mädchen. Ich kann kaum erwarten, zu sehen, ob du schwanger bist. Wenn du MacGregors Samen in dir trägst, werde ich dich nehmen, wann immer ich will. Dein Ehemann wird sich nicht mehr für dich interessieren, wenn das passiert.«

Er bewegte sich auf das Ende des Korridors zu und zerrte sie mit sich. Sie würde den Mund halten, bis sie herausgefunden hatte, wie es ihrer geliebten Issy ging. Er stieß sie in die Zelle, die ihr Mann letztes Jahr hatte bauen lassen, in der Hoffnung, sie mit Gefangenen zu füllen. Sie trat

ein und blickte nicht über ihre Schulter, bis die
das Klicken der sich schließenden Tür und das
Geräusch des Schlüssels im Schloss hörte.

Innes zwinkerte ihr zu. »Bis später, Dirne.«

Die Zelle war klein, aber nicht so klein, wie sie
gedacht hatte. Vier oder fünf Gefangene würden
leicht darin Platz finden. Ein Eimer Wasser stand
neben der Tür und ein weiterer leerer Eimer
an der entfernten Wand, der vermutlich für
die Verrichtung der Notdurft vorgesehen war.
Mehrere Handschellen zierten zwei der Wände,
einige hoch und andere niedrig am Boden
angebracht, und sie schauderte unwillkürlich
bei dem Gedanken, hier unten an die Wand
angekettet zu werden. Es gab einen Schemel, also
setzte sie sich hin und dann hob sie die Hand
an ihre Wange, um zu sehen wie schlimm die
Schwellung von den Schlägen ihres Ehemannes
war. Bei dem geringsten Druck zuckte sie
zusammen und ließ die Hand sinken. Wie die
anderen Verletzungen würde auch diese heilen.

Wie sie hoffte, dass jemand kommen würde,
der ihr etwas über ihre süße Tochter erzählte. Sie
musste nicht lange warten, bis Dolag ihr Gesicht
gegen das Gitter drückte. »Mylady? Ist es wahr?
Ihr seid heil und gesund?«

Sie eilte zu der Eisentür. »Dolag. Issy? Wie geht
es ihr?«

»Ach, Mylady. Es ist das Gleiche mit ihr. Es wird
nicht besser, aber sie vermisst Euch schrecklich.
Ich werde ihr sagen, dass Ihr sie bald besuchen
werdet. Ganz egal, wie wütend der Lord ist, wird
er Euch erlauben, sie zu sehen. Ich habe gehört,

Ihr sollt ausgepeitscht werden? Bitte sagt, dass das nicht wahr ist. Ihr seid zu zart.«

»Aye, es ist wahr und ich gehe freiwillig. Normalerweise lässt er mich sie nach der Bestrafung sehen. Ich werde mit Freuden zehn Schläge auf mich nehmen, wenn ich dann mein Mädchen wieder in den Armen halten kann.« Die Tränen traten ihr in die Augen und sie ließ sie ungehindert über ihre Wangen laufen. »Sag ihr, wie sehr Mama sie liebt, bitte?«

Ein Geräusch war vom Korridor her zu hören. Dolag sprang auf und drehte den Kopf.

Catherine schlängelte ihre Hand durch die Gitter und stieß sie fort. »Geh, Dolag. Geh. Ich möchte nicht, dass du wegen mir bestraft wirst.«

Dolag verschwand und Catherine ließ sich auf den Boden sinken, um sich dort zu einer Kugel zusammenzurollen und von Herzen zu schluchzen. Als die Tränen versiegten, schloss sie die Augen und schlief ein.

Beim Erwachen brauchte sie einen Augenblick, bis sie sich die Ereignisse des Nachmittags in Erinnerung rief. Das Brüllen ihres Ehemannes durchbrach ihren vernebelten Verstand.

»Steh auf du Hure. Es ist Zeit für deine Bestrafung.« Die Tür öffnete sich. Henry packte sie beim Haar und riss sie auf die Füße. »Nimm sie, Innes. Und sorge dafür, dass jeder Hieb zählt.«

Catherine war so versessen darauf, ihre Tochter zu sehen, dass sie nicht anders konnte, als zu fragen: »Mylord, Issy? Könnte ich bitte kurz …«

Schwungvoll holte er mit seiner Hand aus und

traf sie seitlich am Kopf, womit er sie gegen die Steinmauer schleuderte. Für einen Augenblick sah sie Sterne, doch sie zwang sich, bei Bewusstsein zu bleiben.

»Nein, du wirst Isbeil nicht sehen. Du hast mich in einem Maß beschämt, das jede Vorstellung überschreitet. Ich bin gezwungen, dich zu disziplinieren, damit ich die Ordnung in meiner Burg aufrechterhalten kann.« Sein braunes Haar musste gestutzt werden, aber Henry Merrill war dennoch ein gut aussehender Mann, wenn auch nicht so gut wie Graeme MacGregor.

Innes band ihr die Hände zusammen und zerrte sie die Treppe hinauf und hinaus in den Burghof. Sie schaute sich nur einmal um, da sie sehen wollte, wie viele gekommen waren um ihren Moment der Demütigung zu erleben.

Es waren zu viele. Sie schloss die Augen und weigerte sich, weiter zu schauen. Innes führte sie zu dem Pfosten und zog ihr die Arme über den Kopf, ehe er das Seil, das ihre Handgelenke zusammenhielt, um einen Nagel über ihrem Kopf schlang, und sie so in Stellung brachte, das ihr Rücken nach außen zeigte.

»Zehn Schläge sind deine Strafe fürs Weglaufen. Fang jetzt an.« Henrys Stimme hallte über das Gejohle der Menge. Sie hörte gleichermaßen männliche und weibliche Stimmen; die Menge war wie von Sinnen, sie dürstete nach Blut und viele von ihnen fingen nach dem ersten Hieb an zu jubeln. Catherine rang das Bedürfnis nieder, zu schreien, doch angesichts des überwältigenden Schmerzes, der sie durchfuhr, konnte sie ihre

Knie nicht daran hindern, unter ihr einzusacken. Obwohl sie um ihre Beherrschung rang, schrie und schrie und schrie sie nach dem zweiten Hieb. Zwei weitere Hiebe rissen ihr die Haut auf, ehe sie den Kopf an den Pfosten lehnte und wimmerte: »Graeme, hilf mir bitte.«

Glücklicherweise hörte sie wegen der lärmenden Menge niemand.

Graeme hatte alles mit seinen Männern besprochen und sie hatten vor, Merrill am folgenden Tag einige Stunden vor Einbruch der Dämmerung anzugreifen, in der Hoffnung, sie unverhofft und vielleicht betrunken anzutreffen.

Er hatte seine Schuldgefühle vor seinen Brüdern geheim gehalten, obwohl all seine Männer ihre Meinung zur brutalen Behandlung Merrills, als er Catherine geschlagen hatte, zum Ausdruck gebracht hatten. Sie hatten offen darüber diskutiert, was sie mit einem Mann tun würden, der eine Frau so behandeln konnte.

Aber Graeme verbarg alles. Er konnte ihnen nicht sagen, wie kurz davor er war, sich zu übergeben, weil er Catherine bei diesem Mistkerl gelassen hatte. Wie er sich jeden Moment in Gedanken züchtigte.

Wie er sich wünschte, er hätte Merrill von seiner Grausamkeit abhalten können.

Wie sehr er sie vermisste.

Oder wie sehr ihn der Gedanke von ihr in den Händen eines derart perversen Mannes schmerzte.

Er würde sie dort herausholen. Er würde sie und das kleine Mädchen retten.

Am Ende seiner planenden Sitzung mit seinen Männern, kehrte Graeme in den Hauptturm zurück. Rory folgte ihm schweigend, doch als Graeme in einen Sessel vor der Feuerstelle sank, stellte der Junge sich vor ihn hin.

»Graeme?«

»Was ist, Rory?«

»Es gibt da etwas, das ich dir erzählen muss.«

Graeme hielt seinen Kopf in den Händen und war nicht interessiert daran, sich anzuhören, was sein Bruder über Catherine zu sagen hatte. Er wusste, dass der Junge es nicht guthieß. Verdammt, er hieß es selbst nicht gut. »Worum geht es?« Er hob den Blick zu seinem Bruder und war über den verzweifelten Ausdruck auf dessen Gesicht überrascht. »Rory?«

»Es ist meine Schuld. Alles ist meine Schuld.«

»Was?«

»Der Tunnel. Ich habe ihn ihr gezeigt. Ich dachte, wenn Merrill sie holen käme, würde sie einen Ort brauchen, an dem sie sich verstecken konnte, also habe ich es ihr erzählt. Es ist alles mein Fehler, dass sie weggelaufen ist und es ist mein Fehler, dass du sie zu diesem Mistkerl zurückgebracht hast. Es ist mein Fehler, dass ihr Ehemann sie geschlagen hat.« Rorys feuchte Augen ließen Graeme wissen, wie belastet der Junge sich fühlte.

»Rory, sie wäre ohnehin zu Issy zurückgekehrt. Und glaube mir, es war nicht zum erstem Mal, dass der Mann sie geschlagen hat.«

»Aye, aber sie hat sich weggeschlichen. Wenn sie sich nicht weggeschlichen hätte, wärst du nicht so wütend auf sie. Und du wärst dann nicht wieder so, wie du vor Catherine warst. Ich habe dich lieber gemocht, als sie hier war. Boyd auch. Ich wünschte, ich könnte dich begleiten, wenn du sie zurückholst. Bitte!«

Graeme hob die Hände, um seine Augen zu bedecken. Was sollte er seinem Bruder sagen, um sein Leid zu lindern?

»Sie hätte einen anderen Weg gefunden. Du hast ja nicht die Tür für sie geöffnet, oder sie in die Dunkelheit gestoßen. Das hat sie selbst getan. Es ist nicht dein Verschulden.«

»Warum geht sie zurück, wenn er sie früher schon geschlagen hat? Das verstehe ich nicht. Du warst lieb zu ihr.«

Graeme schaute seinen jüngsten Bruder an, der in vieler Hinsicht noch immer unwissend war. Er rieb sich das Kinn, während er Catherines Beweggründe am besten zu erklären suchte. »Sie fühlte wegen ihrer Tochter den Drang, zur Burg zurückzukehren. Ihre Tochter ist ein kleines, kränkliches Mädchen von vier Sommern und Catherine hat es nicht ertragen können, noch länger von ihr getrennt zu sein. Ich vermute, dass sie bereit war, seine Schläge auszuhalten, solange sie mit ihrer Tochter zusammen sein kann.«

»Das verstehe ich nicht.« Er schien sich glücklicherweise zu beruhigen.

»Das tue ich auch nicht, Rory.«

»Verzeihst du mir, Graeme?«

»Aye, ich verzeihe dir, Junge. Geh zu Bett. Morgen wird ein geschäftiger Tag werden.«

Rory nickte und wandte sich zum Gehen.

»Rory?« Er stand auf und stemmte die Hände in die Hüften.

»Aye?«

»Ich habe mich auch lieber gemocht, als sie hier war.«

Rory grinste. »Sie ist lieb. Ich mag euch beide zusammen. Sie mag dich auch. Das konnte ich an der Art sehen, wie sie dich angeschaut hat.«

»Geh zu Bett.«

Rory drehte sich um und rannte die Treppe hinauf.

Endlich war er allein. Er lenkte seine Schritte zur Feuerstelle hinüber und stützte sich mit den Händen auf den steinernen Kaminsims darüber, um in die Flammen zu starren. Er konnte an nichts anderes denken, als an seine flammenhaarige Schönheit – und wie er sie verloren hatte.

Von einem Fremden gefolgt betrat Conn die Halle. »Graeme, dies ist etwas, das du hören solltest.«

Graeme drehte sich um, stellte ein Bein auf einen Schemel und stützte den Ellbogen auf sein Knie. Er war müde. Worum ging es?

Der Mann nickte und nestelte an seinem Plaid herum – es war ein Merrill Plaid, wie Graeme jetzt erst bemerkte.

Graeme setzte den erhobenen Fuß wieder auf den Boden, sein Herz schlug schneller in seiner Brust. »Aye? Hast du Neuigkeiten oder eine Nachricht?«

»Neuigkeiten. Über Catherine, die Frau, die Ihr zurückgebracht habt. Merrills Frau. Er hat sie heute vor allen Leuten grausam auspeitschen lassen. Als sie zusammenbrach, trat der Unmensch sie. Ich konnte nicht ... mein Vater lehrte mich, Frauen zu respektieren, niemals die Hand gegen sie zu erheben, weil wir so viel größer und stärker sind. Es macht mich krank, wenn ich sehe, was er seiner Frau antut. Ich bitte respektvoll darum, Eurem Clan beitreten zu dürfen. Ich habe keinen Respekt vor diesem Haufen.«

»Kannst du uns den Grundriss von Merrill Castle beschreiben?«

»Ja. Das meiste davon. Ich war noch nicht in den Gemächern des Lairds oder im Kerker, aber ich kenne ihre ungefähre Lage. Dort wird sie jetzt gefangen gehalten.«

»Im Kerker? Sie haben eine Frau in den Kerker gesteckt?« fragte Conn und blickte Graeme an.

»Ja, man hat sie wie ein Tier gefesselt.«

»Dein Name?« Graeme tat sein Bestes, um seine Wut zu verbergen, denn er wollte diesen Mann nicht verscheuchen. Er könnte für sie sehr hilfreich sein.

»Heck.«

»Heck, willkommen im Clan. Ich werde dir nicht gestatten, an unseren Geheimnissen teilzuhaben, bis du dich bewährt hast, aber ich würde mich freuen, wenn du eine Karte der Burg anfertigen könntest.«

»Ja. Das kann ich. Ich erledige das gleich. Ich tue alles, wenn Ihr mich aufnehmt.«

»Besorg ihm alle erforderlichen Utensilien, die er benötigt, Conn.«

Als sein Bruder sich zur Kabinettstube aufmachte, wandte sich Graeme wieder an Heck. »Wo befindet sich der Hintereingang in der Ringmauer?« Catherine hatte ihm die Stelle beschrieben, doch er wollte den Mann auf die Probe stellen.

»In der südöstlichen Ecke, mein Laird.«

»Ich habe eine weitere Bitte. Ich würde gerne einen meiner eigenen Männer in Merrills Burg schicken. Ich brauche Informationen. Kannst du das für mich tun? Kannst du jemanden überreden, einen neuen Krieger einzulassen?« Graeme wollte jemanden schicken, der Catherine beschützen und ihm genau sagen könnte, wie es ihr ging. Er musste wissen, ob Merrill ihr Leben bedrohte.

»Aye, das werde ich, Laird. Er hat viele Krieger eingebüßt, also will er neue einstellen. Ich weiß genau, mit wem ich sprechen muss, um jemanden hinein zu schleusen.«

»Sobald du mit der Karte fertig bist, wird Conn dich zu dem Krieger führen.« Er besprach seine Anordnungen mit Heck und war gerade fertig, als Conn mit den notwendigen Utensilien zurückkehrte, die er auf den Tisch legte.

Graeme setzte Conn über seinen Plan ins Bild und hielt dann auf die Tür zu. Er musste ins Freie, um nachzudenken. »Conn, ich bin in ein paar Minuten zurück. Ich muss einen Spaziergang machen.«

Conn nickte. »Ich werde mich um die Sache kümmern. Ich dachte, du könntest vielleicht einen Ritt machen wollen, nach dem was du gehört hast. Reite zum See hinunter und wieder zurück. Mach deinen Kopf frei. Morgen wirst du ihn brauchen.«

Graeme verließ den Hauptturm und schlug den Weg zu den Stallungen ein, um dem Ratschlag seines Bruders nachzukommen. Er sattelte Starlight und galoppierte zum See hinaus. Dort angekommen, stieg er ab und ließ sich am Ufer nieder um auf das Wasser hinaus zu blicken. Zu seiner Überraschung spürte er, wie ihm die Augen schwer wurden. Also lehnte er sich gegen den Felsen in seinem Rücken um ein kurzes Nickerchen zu halten.

Kurz bevor der   Schlaf ihn übermannte, tanzten grüne Augen und rote Haare durch seine Gedanken.

Er hatte keine Ahnung, wie lange er geschlummert hatte, aber eine sanfte Stimme rief nach ihm. »Graeme, hilf mir.« Er sprang vom Boden auf und drehte sich im Kreis, um zu sehen, wer nach ihm gerufen hatte. Da war niemand. Er fühlte sich töricht und dann rannte er um den See herum, in der Erwartung, dort jemanden zu entdecken, doch er wusste bereits in seinem Herzen, dass niemand dort war.

Catherine war es, die nach ihm gerufen hatte.

Seine Catherine. Er rieb sich den Schlaf aus den Augen und dachte angestrengt nach. Er wollte sie vor ihrem eigentlichen Angriff von dort befreien. Die anderen würden ihn für verrückt erklären, aber er war fest entschlossen. Im Laufe der Nacht würde er sie herausschmuggeln und hierher bringen, um ihre Verletzungen zu versorgen, ehe Merrill und seine Männer es mitbekamen. Und wenn er ihre Tochter ebenfalls mitbringen könnte, würde er das tun.

Es war sinnlos, jemanden zu wecken, um Bescheid zu sagen, wohin er wollte. Sie würden darauf bestehen, ihn zu begleiten, doch er wollte dies allein tun. Er bestieg sein Pferd und ritt los.

Geraume Zeit später hatte er Merrills Land erreicht, aber er war noch immer ein gutes Stück vom Bergfried entfernt. Er beschloss, einen anderen Weg einzuschlagen, in der Hoffnung, nicht entdeckt zu werden. Sobald er in der Nähe der Burg war, stieg er ab und ließ sein Pferd an einer Stelle zurück, an der es grasen konnte, während er weg war. Er rieb ihm den Hals und tätschelte seine Flanke. »Du wartest doch auf mich, oder?«

Dann schlängelte er sich durch die Bäume, bis er auf die Mauer stieß. Die Tür befand sich in der südöstlichen Ecke, genau wie es ihm beschrieben worden war, und er schlich sich hindurch, damit sich seine Augen an die Dunkelheit gewöhnen konnten. Er war nur eine kurze Strecke gegangen, als er von hinten am Kopf getroffen wurde. Dann stürzte er schwankend zu Boden und die Dunkelheit überwältigte ihn.

Als er das nächste Mal wach wurde, stand Merrills Stellvertreter vor ihm, der beide Hände zu Fäusten geballt hatte und lachte. »Ach, wir sind aufgewacht. Gut. Mir ist ein wacher Mann lieber, der mir zuschaut, wie ich ihn zu Tode prügele. Haltet ihn fest, Jungs.«

Dann erkannte Graeme, dass drei Männer ihn festhielten, während Innes ihn mit seinen Fäusten traktierte. Zwei weitere standen hinter Innes, und einer davon war Merrill. Er hatte keine Chance.

Was für ein Dummkopf er gewesen war.

KAPITEL ZWÖLF

CATHERINE HOB DEN Kopf, als sie den Schlüssel im Schloss hörte. Jemand eilte an ihre Seite. Sie hörte Benneits Stimme. »Hier, Mylady. Ihr Ehemann erlaubt Euch eine Pritsche und zwei Decken. Verzeiht mir, das Hemmnis, Euren Fuß an die Wand zu ketten, aber Innes bestand darauf.«

Margaret kam hinter Benneit herein. »Liebste Catherine, was hat mein Bruder dir angetan? Hätte ich das gewusst, hätte ich ihn mit eigener Kraft gehindert.«

Catherine litt zu starke Schmerzen, um zu lächeln. Sie versuchte, sich aufzusetzen, doch eines ihrer Beine wollte sich nicht bewegen. Margaret machte sich an ihr zu schaffen und versuchte, es ihr bequemer zu machen. »Mein Bruder hat die Selbstbeherrschung verloren«, sagte sie mit bebender Stimme. »Er ist derjenige, der in den Kerker gehört. Catherine …«

Selbst in diesem schwachen Licht konnte Catherine das Mitleid in Margarets Augen erkennen, nachdem sie ihren Blick schließlich auf Catherines Rücken gerichtet hatte. »Er ist von Sinnen ... irrsinnig und von Sinnen. Hier, gestatte mir, dir zu helfen, es dir bequemer zu machen und dann werde ich eine Salbe auf deine Wunden auftragen. Benneit, ich weiß, dass du ihr nur helfen willst, aber wir müssen trotzdem ihren Anstand wahren.«

Benneit nickte. »Mylady, zieht nicht. Wenn Ihr an dem Strick zieht, wird Eure zarte Haut an den Handgelenken nur wund werden. Bitte verletzt Euch nicht noch mehr. Es gibt keinen Grund für Euch, näher an der Tür zu sein.«

Benneit hob sie hoch genug, dass Margaret die Pritsche vorsichtig unter sie schieben konnte, ohne ihre Wunden zu berühren. Er half ihr, sich in eine bequeme Position in Bauchlage zu begeben, als würde diese überhaupt möglich sein. Die Pritsche war zumindest eine Verbesserung zu den kalten Steinfliesen. Sie bettete den Kopf auf dem Kissen und seufzend wollte sie einschlafen und in einer Woche von nun an gerechnet in Graemes Bett aufwachen. Margaret trug die Salbe fertig auf, während Benneit sich um den Rest ihrer Unterbringung kümmerte und immer wieder brummte und schnaubte, als er sein Bestes tat, um den Bereich zu säubern.

Sobald Margaret fertig war, flüsterte Benneit: »Mylady, ich werde Euch mit einer Decke zudecken, aber wenn das zu schmerzhaft ist, dann sagt es bitte. Es mag anfangs an Euren Verletzungen wehtun, aber vielleicht wird es nicht zu schmerzhaft sein, sobald die Decke einmal an Ort und Stelle liegt.«

In dem Moment, in dem die Decke sich über ihre Schultern senkte, musste sie die Zähne vor Schmerz zusammenbeißen. »Bitte keine Decke«, stöhnte sie. »Leg sie nur über meine Beine, Benneit. Und bitte stell das Wasser näher. Ich kann mich nicht so weit bewegen.«

»Natürlich, Mylady.«

»Issy? Ihr werdet euch um Issy kümmern?«

Margaret ergriff ihre Hände. »Natürlich, Catherine. Ich liebe Issy, als ob sie meine eigene Tochter wäre. Ich würde nie zulassen, dass Henry ihr etwas antut. Mach dir keine Sorgen um sie.«

»Danke, Margaret.« Sie verließ die kleine Zelle, aber nicht, bevor Catherine die Tränen in ihren Augen gesehen hatte. Margaret war ihr eine wahre Schwester, wie es ihre liebe Schwester Anna zuhause gewesen war.

Wie sie Anna vermisste. Ihr Herz war so zerrrissen und sie wusste nicht, was sie tun sollte. Sollte sie ihnen sagen, was Graeme vorhatte? Wenn Margaret es ihrem Bruder erzählte, könnte alles anders kommen und Henry wäre dann derjenige in der Offensive, was wahrscheinlich mehr MacGregors töten würde. Sie konnte nicht riskieren, Henry Merrill einen weiteren Amoklauf des Tötens zu ermöglichen. Wenn er vor sieben Jahren in der Lage war, das zu tun, dann war er heute zu Gleichem imstande.

Nein, sie musste an dem Glauben festhalten, dass Graeme das Richtige tun würde, sobald der Moment gekommen war. Sie glaubte, dass er ein guter Mann war, ein ehrenwerter Highlander mit schottischen Blut. Er würde Frauen und

Kinder nicht umbringen. Sie musste mit einer Überzeugung an ihn glauben, die nicht ins Wanken geriet.

Das musste sie, wenn sie ihn von ganzem Herzen liebte.

Benneit nahm den Eimer, hob die Schöpfkelle und füllte sie bis zum Rand mit frischem Brunnenwasser, das er ihr an die Lippen hielt. »Trinkt. Ihr müsst trinken oder Ihr werdet nie hier herauskommen. Ich werde nicht gehen, ehe Ihr getrunken habt.« Sie seufzte und kam seiner Aufforderung nach, obwohl sie nicht im Mindesten interessiert war.

Sie trank ein bisschen, das sie herunterschluckte, und dann versuchte sie, ihn wegzustoßen.

»Noch einen Schluck für Isbeil. Bitte!«

Sie schaute zu ihrem treuen Diener auf und dann nickte sie und trank so viel Wasser wie sie konnte. »Lass es in der Nähe stehen.«

Er erfüllte ihre Bitte und ging.

Kurze Zeit später war am Ende des Ganges ein Tumult zu hören. Sie schloss die Augen und hoffte, dass man sie ignorieren würde. Die Geräusche von mehreren Fußpaaren trugen mit einigen Stimmen zu ihr, worunter als Erste die ihres Ehemannes war.

»Behaltet ihn am Leben, damit ich im Hof gegen ihn kämpfen kann. Er muss sich nur auf den Füßen halten können und dann werde ich ihn vor Zeugen niedermachen, die schwören werden, dass er mich zuerst angegriffen hat. Wartet nicht, bis er viel Kraft geschöpft hat.«

Dann hörte sie ihn leise lachen. »Er hat dir einige gute Schläge versetzt, Innes.«

»Aye, aber ich habe sie ihm zurückgezahlt – und dann einige mehr«, konterte Innes.

»Er ist ein Kämpfer«, sagte ein anderer.

Sie hielt die Augen geschlossen, bis die den Schlüssel im Schloss hörte. Sie sperrten einen weiteren Gefangenen mit ihr ein? Um Himmels willen, aber wie konnten sie einen Mann mit ihr hier einsperren?

Sie kannte die Antwort. Als das Verlies gebaut wurde, hatte niemand daran gedacht, dass sie vielleicht eine separate Zelle für Frauen brauchten. Ehe sie noch einen Moment zum Nachdenken hatte, waren die Männer schon in ihrer Zelle. Sie legten den Körper des Mannes bei der Wand ab und fesselten ihn an beiden Händen und Füßen. Es war unwahrscheinlich, dass er imstande wäre, sie zu berühren. Sie erkannte einen vertrauten Schopf braunen Haars, ehe sie die Augen zukniff.

Er konnte es nicht sein.

Bestimmt hatten ihre Augen ihr einen Streich gespielt. Sie wollte unbedingt noch einmal schauen, aber sie hielt sich zurück, bis die Wachen gegangen waren.

Auf das Geräusch der sich schließenden Metalltür und dem Riegel folgte das Schlurfen von sich entfernenden Schritten und endlich machte Catherine die Augen wieder auf. Es gab nur eine Fackel im Gang, weshalb es für sie schwer war, seine Züge zu erkennen, doch sie musste sicher sein. Der Mann rührte sich nicht und hatte von den Schlägen wahrscheinlich das Bewusstsein verloren.

Auf dem Bauch kroch sie so weit wie möglich zu ihm, wobei sie immer noch mit dem Fuß an der Wand gefesselt war. Als sie nahe genug war, keuchte sie. »Graeme?« Noch ein bisschen näher und sie seufzte, denn sie erkannte den Mann, dem sie ihr Herz geschenkt hatte. Sein Gesicht war voller Schnitte und blauer Flecken und seine Lippen waren geschwollen und blutig. Er lag flach auf dem Rücken, die Hände an die eine und die Füße an die andere Wand gefesselt. Sie wackelte und zappelte, bis sie ihren Kopf auf seine Schulter legen konnte, und dann stieß sie einen weiteren Seufzer aus, als sie seinen geliebten Duft einatmete. »Oh, Graeme. Was hast du getan?«

Durch ihre eigene Fesselung und seine Fesseln war dies die einzige Möglichkeit, wie sie sich berühren konnten – ihr Kopf an seiner Schulter. Sie versuchte mehrere andere Möglichkeiten, aber sie konnte ihm nicht näher kommen.

Sie lehnte ihren Kopf wieder an seine Schulter. »Graeme?« Tränen füllten ihre Augen, denn sie wusste, er würde ihr nicht antworten. Den Blick an die Wand gerichtet fragte sie sich, wie ihr Leben sie beide in diese furchtbare Lage hatte bringen können. Tränen rannen ihr über die Wange, und sie legte den Kopf zurück, um ihn anzublicken. Wie sie ihn liebte. Aus einem sonderbaren Grund tröstete seine Anwesenheit sie, der Konsequenzen seiner Gefangenschaft für sie beide zum Trotz. Sie streckte einen Arm nach ihm aus und strich ihm das Haar aus dem Gesicht. Er regte sich und wich zurück, als sie eine große Beule an seinem Hinterkopf ertastete. Sie legte ihre Lippen auf die seinen, vorsichtig, um ihm nicht an der Stelle wehzutun, an der seine Lippe gespalten waren, und flüsterte: »Verzeih mir.«

Seine Lippen antworteten den ihren und er küsste sie sanft. Sie schlug die Augen auf und erkannte, dass er sie anschaute. »Nein. Verzeih mir. Ich hätte dich nicht in die Höhle des Löwen schicken sollen. Bist du verletzt?«

»Ja«, flüsterte sie. »Er hat mich auspeitschen lassen, aber jetzt bleibe ich hier, bis er entschieden hat, ob ich dein Kind trage. Das ist ein besserer Ort als sein Bett. Bist du allein gekommen?«

»Ja. Im Schlaf habe ich dich meinen Namen rufen hören. Ich musste kommen.« Seine Stimme wurde ein wenig lauter.

Sie legte ihren Finger auf seine Lippen. »Leise. Ich will nicht, dass sie dich hören. Wissen Tomag und Conn, dass du hier bist?« Sie hoffte, seine Antwort würde »Ja« lauten. Denn dann würden sie ihn bald holen kommen. Es gab Hoffnung.

»Nein. Ich habe es niemandem gesagt. Ich dachte, ich könnte seine Wachen umgehen, indem ich durch die Hintertür hereinkomme.«

»Trotzdem. Sie werden dich holen kommen, nicht wahr? Haben wir noch Hoffnung?«

»Ja, aber es könnte ein oder zwei Tage dauern, bis sie wissen, wo ich zu finden bin.«

Sie kroch zurück, um die Kelle zu finden und ihm Wasser einzuflößen. Das meiste davon lief ihm über das Kinn. »Heb den Kopf, Graeme. Ich halte dir das Wasser an den Mund, und du solltest so viel wie möglich trinken. Wir wissen nicht, was morgen passieren wird.«

Graeme schluckte, was er konnte, und dann ließ er den Kopf wieder auf den kalten Stein sinken. »Deine Tochter?«

»Ich habe sie noch nicht gesehen, aber meine Zofe sagte, ihr Zustand sei unverändert. Das erfüllt mich mit Freude.«

»Das ist gut. Catherine?«

Sie legte die Kelle zurück und blickte dann zu ihm.

»Lege deinen Kopf wieder an meine Schulter. Ich möchte deinen Duft einatmen. Damit ich weiß, dass du in der Nähe bist.«

Sie erfüllte seine Bitte. »Glaubst du, wir schaffen es?«

»Wir werden es schaffen. Das Einzige, was uns daran hindern könnte, ist, dass wir an Fieber sterben.«

»Nein. Wir müssen überleben.«

»Wenn wir zusammen sterben, könnte noch Schlimmeres geschehen.«

Sie kuschelte sich enger an ihn und schloss die Augen. »Ich liebe dich, Graeme.»

Wären ihre Augen offen gewesen, hätte sie sein Lächeln erkannt.

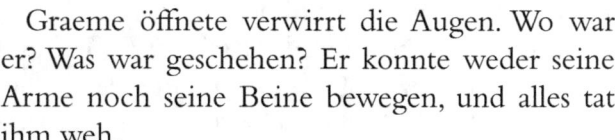

Graeme öffnete verwirrt die Augen. Wo war er? Was war geschehen? Er konnte weder seine Arme noch seine Beine bewegen, und alles tat ihm weh.

Ihm war kalt, so eisig kalt. Noch nie war ihm so kalt gewesen. Was hatte sich getan?

Eine Frauenstimme rief seinen Namen. »Graeme? Du hast Fieber. Trink das. Bitte?«

Er schüttelte den Kopf.

»Bitte, Graeme? Du könntest sterben, wenn du nicht isst oder trinkst. Bitte tu es für mich.«

Er warf ihr einen wirren Blick zu – er war sich nicht sicher, wer sie war, aber er wusste, dass sie etwas Besonderes war. Als sie näher kam, lächelte er. »Catherine, meine kleine Catherine. Ich liebe dich, Catherine.«

Catherine ließ bei seinem Geständnis die Kelle sinken. So hatte sie sich nicht gerade gewünscht, diese Worte zum ersten Mal von ihm zu hören, aber sie würde sie so oder so akzeptieren. Sie küsste ihn auf die Stirn. »Ich liebe dich auch, Graeme MacGregor, und ich werde dich immer lieben.«

»Wir werden für immer zusammen sein, Catherine. Wusstest du das nicht?«

Sie war so aufgewühlt, dass sie kein Wort hervorbrachte. Es zerriss sie, ihren starken Krieger so darnieder zu sehen. »Aye. Für immer.«

Seine Augen wirkten glasig und er sah krank aus. Sie versuchte noch zwei weitere Male, ihn zum Trinken zu bringen, doch er lehnte ab. »Graeme, bitte trink, bitte!«

Bevor er sprach, schloss er die Augen und öffnete sie dann wieder. Jedes Mal, wenn sein

Blick auf sie fiel, brachte er ein Lächeln zustande. Vielleicht liebte er sie wirklich.

»Catherine? Wusstest du, dass wir Seelenverwandte sind? So werden Leute wie wir genannt.«

»Seelenverwandte? Diesen Ausdruck habe ich noch nie gehört. Wer hat dir das erzählt?«

Abermals fielen ihm die Augen flatternd zu. »Wer hat es dir gesagt, Graeme?«

Diesmal schlug er die Augen nicht auf, aber er lächelte sie dennoch an. »Der Engel. Er sagte, wir seien Seelenverwandte. Wir würden zusammengehören. Ich habe versucht, nach Hause zu gehen, aber sie sagte, du brauchst mich.«

»Nach Hause?« Der arme Graeme lag im Fieberwahn. Sie hatte schon von Leuten gehört, die im Fieberwahn fantasierten. Aber noch nie hatte sie erlebt, dass es so schnell auftrat. Was sonst könnte ihn aber dazu bringen, so einen Unsinn zu reden?

»Aye, ich wollte in den Himmel, aber sie haben mich abgewiesen. Sie haben mir versprochen, ich würde es nicht bedauern, wieder zu dir zurückzukehren.«

Sie drückte ihm einen keuschen Kuss auf die Stirn. Ein Keuchen kam ihr über die Lippen, als sie seine glühend heiße Haut unter ihren Lippen fühlte.

Wieder schlug er die Augen flatternd auf. »Habe ich dir gesagt, dass ich auch meinen Vater gesehen habe? Er sagte mir, es sei zu früh. Ich habe noch so viel für meine Brüder und meinen Clan zu tun. Er sagte, ich solle auf Tomag hören.«

Catherine hatte keine Ahnung, was sie mit diesen merkwürdigen Erklärungen anfangen sollte. Sie wischte ihm die Stirn mit einem Lappen, den sie in Wasser tauchte, und wünschte, sie könnte mehr für ihn tun.

»Ich bin so froh, dass ich für dich zurückgekommen bin.« Er schloss die Augen und schlief ein.

Benneit räusperte sich vor der Tür. Er war vor einer Weile gekommen, um nach ihr zu sehen und frisches Wasser zu bringen. Das war kurz nachdem die Männer ihres Mannes Graeme in ihre Zelle gebracht hatten geschehen. »Mylady, ist er wach?«

»Aye, aber er fantasiert. Er redet von Engeln und davon, nach Hause zu gehen.«

»Glaubt mir, es ist kein gutes Zeichen, wenn er sich heimberufen fühlt. Habt Ihr ihm etwas Wasser einflößen können?«

»Nein, er weist mich ab.« Sie legte eine Hand seitlich an seinen Kopf und fuhr mit den Fingern durch sein mattes Haar.

»Mylady, Ihr müsst ihm zu trinken geben. Männer, die Fieber haben, werden ohne Wasser sterben.«

Sie hob den Kopf und starrte ihren Diener an. »Wahrhaftig?«

»Ja. Ich habe das schon oft erlebt. Wenn man ihnen zu trinken gibt, haben sie eine Chance. Ich muss gehen. Zwingt es ihm auf, oder er wird sterben.«

»Benneit, ich muss dich um einen Gefallen bitten.«

»Jeden, Mylady.«

»Ich möchte deinen guten Ruf nicht aufs Spiel setzen, aber wäre es möglich, dass du den Schlüssel stiehlst?«

»Mylady, Ihr seid nicht in der Verfassung zu gehen. Ihr werdet nicht weit kommen, so verwundet wie Ihr seid.« Er schüttelte den Kopf. »Und Ihr wisst, was Euer Mann sagen würde, wenn ich Euch freiließe.«

»Nicht für mich. Wenn Graeme erwacht, möchte ich *ihn* freilassen.«

»Warum? Das würde Euch nur Ärger einbringen. Ihr wisst doch, wie Euer Mann ist.«

»Weil er mir das Leben gerettet hat, als ich die Burg verließ, um eine Heilerin für Issy zu finden, und er dann für mich zurückgekommen ist. Mein Mann hat ihm und seiner Familie genügend Leid zugefügt. Weißt du, dass er Graemes Eltern und seinen Bruder getötet hat?«

Benneit starrte auf den Boden. »Ja, ich habe die Leute davon reden hören.«

»Ich werde nicht daneben stehen und zulassen, dass Henry Graeme umbringt. Es ist Unrecht, was er erleidet, und ich möchte es wiedergutmachen.« Sie wusste nicht, wie sie ihrem Diener klarmachen sollte, warum sie ihm unbedingt helfen wollte. Niemand würde verstehen können, wie stark ihr Drang war, diesen Mann zu retten – ihr Gewissen, ihre Intuition und ihr Herz riefen ihr zu, es zu tun.

Ein Geräusch war vom Ende des Ganges zu hören. Benneits Augen weiteten sich und er flüsterte: »Ich werde sehen, was ich tun kann, aber nur für Euch, Mylady.« Er drehte sich auf dem Absatz um und ging ohne ein weiteres Wort.

Sie lauschte Benneits Schritten, der sich zurückzog. Was konnte sie außerdem noch tun?

Sie wachte weiter über Graeme, und seine Augen bewegten sich lebhaft unter den Lidern, während er schlief. Manchmal runzelte er die Stirn, ein anderes Mal lächelte er. Als sich seine Augen nicht mehr bewegten, flüsterte sie: »Ich liebe dich, Graeme MacGregor. Komm zurück zu mir, bitte?« Sie befürchtete, er würde einfach aufgeben. Das Fieber tobte in ihm, und seine Atmung war so flach geworden, dass sie Angst bekam. Lag es daran, dass er tief schlief oder er seine letzten Atemzüge tat? Sie konnte nicht aufhören, an Benneits Warnung zu denken. Wenn sie ihn nicht zum Trinken brachte, konnte er sterben ... und dann würde sie keinen Schlüssel mehr brauchen.

Dieser Gedanke erschreckte sie und spornte sie zum Handeln an. Sie packte ihn bei den Schultern und ihren eigenen Schmerz im Rücken ignorierend, schüttelte sie ihn mit aller Kraft. »Graeme, wach auf.«

Er runzelte die Stirn, doch er schlug die Augen nicht auf.

Sie versuchte es erneut. »Graeme!«

Er rührte sich immer noch nicht.

»Bitte, Graeme. Wache für mich auf. Ich wünsche mir einen Kuss von dir. Bitte!« Beim Gedanken, ihn zu verlieren, ihn vor ihren Augen seinen letzten Atemzug tun zu sehen, rollten ihr die Tränen über die Wangen. »Wenn du mein

Seelenverwandter bist, darfst du mich nicht verlassen. Noch nicht!«

Zu ihrer Überraschung spitzte er seine Lippen. Sie beugte sich vor, um ihn ohne weitere Verzögerung zu küssen.

Er küsste sie zurück!

Hoffnung blühte in ihrem Bauch auf. »Küss mich, Graeme.«

Er schmunzelte und küsste sie erneut, dieses Mal neckte er sie mit seiner Zunge. Sie beendete den Kuss und blickte ihn an.

Plötzlich kam ihr eine Idee.

KAPITEL DREIZEHN

CATHERINE FÜLLTE DIE Kelle und hielt sie sich dicht an die Lippen. Graeme hatte die Augen immer noch nicht aufgeschlagen, und er schien wieder zu schlafen.

Sie hielt sich die volle Kelle an den Mund und flüsterte ihm zu. »Küss mich wieder, Graeme.«

Wieder hielt er ihr die Lippen hin, Sie füllte ihren Mund mit Wasser und legte ihre Lippen an seine, um dann zu warten, dass er sie mit der Zunge neckte. *Komm, Graeme.*

Sobald seine Zunge ihre Lippen berührte, neigte sie ihren Kopf über seinem, öffnete ihre Lippen und ließ das Wasser in seinen Mund fließen. Sie achtete darauf, ihm nur ein wenig einzuflößen, bis sie ihn schlucken hörte, doch dann gab sie ihm mehr. Sie legte ihre Hand an seinen Hals, damit sie spüren konnte, wie er schluckte, und massierte ihn sogar behutsam, um ihn zu ermutigen.

Er trank das ganze Wasser aus ihrem Mund. Am liebsten hätte sie zum Himmel geschrien, aber sie wartete ab, um sicherzugehen, dass er es bei sich behielt.

In regelmäßigen Abständen fuhr sie damit fort, dasselbe zu tun, um ihm dann die Gelegenheit zu geben, selbst zu trinken und wenn nicht, würde sie ihm das Wasser einflößen. Leider schlief sie nach mehreren Wiederholungen ein.

Graeme schwamm im See, doch das Wasser war wärmer, als er es je erlebt hatte. Er rollte sich auf den Rücken, strampelte mit den Füßen, richtete den Blick in den blauen Himmel und spürte, wie die Sonnenhitze seinen Körper wärmte. Eine leise Stimme rief nach ihm, und er rollte sich auf den Bauch und suchte nach ihrem Besitzer. Da war sie, die Frau, die er von ganzem Herzen liebte.

Catherine. Sie stand im Sand am Seeufer, obwohl er noch nie einen See mit weißem Sand gesehen hatte. Sie winkte ihm zu, und so schwamm er zu ihr, bis seine Füße den Grund des Sees berührten.

Die Stimme seines Bruders rief ebenfalls nach ihm, aber er sah ihn nicht. »Rory?«

»Graeme, wo bist du? Wir können dich nicht finden.« Er konnte die Tränen in den Augen seines kleinen Bruders erkennen.

»Hier, Rory. Ich bin bei Catherine. Kannst du uns nicht sehen?« Er rief Rory zu, aber die Vision seines Bruders verblasste und wurde schnell durch Catherine am Rande des Sees ersetzt.

Er stand aufrecht und seine Schultern ragten über den Wasserspiegel hinaus – das Wasser war von einem schillernden Blauton, wie er ihn in Schottland noch nie gesehen hatte. Catherine stand auf dem Sand vor üppigen, ihm unbekannten Bäumen. Sie trug kein Oberteil, ihre Brüste waren voll und üppig, aber ein langer, geblümter Rock war um ihre Hüfte gebunden. Ihr rotes Haar fiel in langen Wellen über ihren Rücken. Was für eine Schönheit sie doch war.

Sein Dasein hatte sich an dem Tag zum Besseren gewandelt, an dem Catherine in sein Leben getreten war. Er konnte nicht umhin, sich in Erinnerung zu rufen, wie er seine Männer aufgrund seiner Intuition und dem Wind aus den Highlands zu den Merrills geführt hatte. Diese Intuition hatte ihm gesagt, dass dieser Tag ein besonderer Tag werden würde, aber er hatte die Wahrheit nicht erkannt. Eine stärkere Macht hatte ihn zu Catherine geführt, *nicht* zu Merrill. Sie waren dazu bestimmt gewesen, einander zu begegnen, und zusammen zu sein, damit ihre Seelen sich endlich vereinten. Er schritt auf sie zu, doch er schien nicht von der Stelle zu kommen. Er konnte ihre Hand sehen, die ihm zu verstehen gab, er solle weitergehen, aber seine Füße schienen nicht zu gehorchen.

Er blickte sie verwirrt an. »Ich versuche es ja, Catherine. Ich kann nicht zu dir gelangen.«

»Dann werde ich zu dir kommen«, flüsterte sie. Als sie näher kam, erkannte er, dass sie eine braune Schale aus Baumrinde trug, die mit einer klaren Flüssigkeit gefüllt war. Er wollte sie berühren, bei ihr sein, doch seine Kräfte schwanden und als sie bei ihm war, rutschte er aus und sank gegen sie.

»Ich schaffe es nicht.«

»Doch, du schaffst es. Du musst das trinken. Vertrau mir, so wie ich dir vertraue.« Sie hielt ihm die Schale an die Lippen und er trank. »Wenn du das trinkst, dann gebe ich dir einen Kuss.«

Er lächelte und besann sich, wie süß sie schmeckte. Sie setzte die Schale wieder an seine Lippen, und er trank ausgiebig, ehe er husten musste und die Stirn in Falten legte.

Sie lächelte. »Aye, du hast einen Kuss verdient.« Sie legte ihre Lippen auf die seinen und er trank ihren süßen Nektar, von dem er immer mehr haben wollte.

Er gehörte Catherine.

Für immer.

Als sie erwachte, schaute er sie an. Sie hob den Kopf, um sich zu vergewissern, ob sie sich das eingebildet hatte. »Graeme?«

»Bist du es, Catherine?«

»Ja, ich bin es.« Warum kam es ihr plötzlich so vor, als hätten sie dieses Gespräch schon einmal geführt, vielleicht sogar schon tausendmal?

»Meine Liebe, du bist in der Dunkelheit eines Kerkers genauso schön wie im Licht der gleißenden Sonne.«

Catherine starrte diesen Mann an, als hätte sie ihn noch nie gesehen ... und doch ... kam es ihr so vor, als hätte sie ihn weitaus häufiger gesehen, als sie sich erinnern konnte. Was war es? Die Wärme in seinen Augen umhüllte sie, führte sie fort aus dem kalten Kerker, aus ihrem harten

Leben, lockte sie ihm zu vertrauen und sich mit ihm zu etwas Besserem zusammenzuschließen. Sie stellte sich vor, wie sie im Sommer über eine Highland-Wiese liefen und Isbeil ihnen folgte, und mit ihnen Schritt halten konnte. In ihrer Vision lachte Catherine, als er sie hochhob und im Kreis schwang. Issy klatschte in die Hände und sprang auf und ab, wie sie es seit ihrer frühen Kindheit nicht mehr getan hatte.

Der Blick in seine blauen Augen versetzte sie an einen Ort in der gleichen Farbe, mit silbernen Sternen, die im Hintergrund funkelten. Doch an diesem Ort war nichts unter ihnen, und sie konnte auch nicht sagen, wo er aufhörte und sie anfing. Wolken zogen an ihnen vorbei und durch sie hindurch und hinterließen in ihr ein Gefühl der Zufriedenheit, das sie nie gekannt hatte.

Und einfach so, verschwand die Vision, aber sie hatte das Bedürfnis, ihn zu berühren. Sie legte ihre Hand auf seine Stirn. »Dein Fieber ist abgeklungen.«

»Ich hatte Fieber? Ich erinnere mich nicht. Tatsächlich weiß ich nicht, wie ich hierhergekommen bin. Das Letzte, woran ich mich erinnere, ist, dass ich durch die Hintertür in der Ringmauer dieses Schurken gekommen bin.«

Sie bettete ihren Kopf an seiner Schulter und küsste sein Kinn, um dann die Augen zu schließen und ein kurzes Dankesgebet an Gott aufzusagen, dass er ihn gerettet hatte.

»Wie lange bin ich hier?« Er zog an seinen Fesseln, aber sie gaben nicht nach.

»Ich weiß es ehrlich gestanden nicht. Ich wurde hierher gebracht, als du… als ich zurückgekommen bin. Sie haben dich später in der Nacht gebracht. Ich habe die Anzahl der Nächte nicht gezählt, die seitdem vergangen sind.«

»Warum wimmerst du so meine Süße? Hast du immer noch Schmerzen?«

Es gab keinen Grund ihn anzulügen. Er konnte nicht mehr tun als sie. Sie saßen zusammen fest. »Mein Rücken ist vom Auspeitschen wund.«

»Catherine, meine süße Catherine. Verzeih mir. Es war mein Fehler, dich hierher zurückgebracht zu haben. Er streckte die Hand nach ihr aus, aber er war nicht in der Lage sie zu berühren.

»Fühlst du dich stark, Graeme?«

»Stark? Nein. Aber mit einem Schwert könnte ich uns hier herausbringen. Warum fragst du?«

»Als Benneit das letzte Mal hier war, habe ich ihn gebeten den Schlüssel zur Tür zu stehlen. Vielleicht können wir dich befreien.« Ihre Stimme sank zu einem Flüstern, damit sie nicht belauscht würden.

»Ich werde nicht ohne dich gehen.«

»Aber ich bin unfähig, mich zu bewegen und ich werde nicht ohne Issy gehen. Du könntest Hilfe holen und später zurückkommen.«

Er dachte eine ganze Weile nach. Er hielt Ihren Blick und eine tiefe Traurigkeit traf sie bis ins Mark. Sie wollte sich auch nicht von ihm trennen. »Bitte Graeme, dies ist unsere einzige Chance.«

Er bewegte seine Beine und dann die Arme. »Ich werde steif sein, aber ich glaube, ich bin in der Lage freizukommen. Kann er mir eine Waffe geben? Ein Messer oder einen Dolch?«

»Ich werde mit Benneit sprechen, wenn er kommt. Bis dahin musst du essen. Du hast seit Tagen nichts mehr zu dir genommen. Das wird dir helfen, wieder zu Kräften zu kommen.«

Er bewegte die Hände, schürzte die Lippen und zuckte mit den Schultern.

»Aye, ich werde dir etwas zu essen geben. Ich habe etwas Brot aufgehoben.« Sie kehrte zu ihrer Pritsche zurück und holte den kleinen Laib hervor, den sie unter ihrer Decke versteckt hatte. Als sie zu ihm zurückkehrte, waren seine Augen voller Zorn.

»Was ist los?« Sie hielt ihm ein Stück Brot hin, und er nahm es.

Als er fertig war, sagte er: »Ich habe deinen Rücken gesehen. Sag Benneit, er soll mich befreien. Ich werde dieses Scheusal mit meinen bloßen Händen töten.«

Cathrine dachte, er wäre zu wütend, um ihr zuzuhören, aber jetzt, da er wieder bei klarem Verstand war, schien es der rechte Moment, ihn zu bitten, seine Pläne noch einmal zu überdenken. »Zuerst müssen wir reden.«

»Wir haben wahrscheinlich nicht viel Zeit. Rede rasch. Ich möchte mich so schnell wie möglich auf den Weg machen. Ich weiß nicht, wie lange ich fort war und wo meine Brüder sind.«

Sie legte die Finger an seine Lippen und flüsterte: »Schweig. Du willst niemanden verärgern, oder ich werde den Preis dafür zahlen.«

Augenblicklich hielt er inne und bei ihren Worten wurde sein Blick sanfter. »Sprich aus, was du im Sinn hast.«

»Benneit kann nur heimlich kommen, also müssen wir geduldig auf sein Eintreffen warten, und ich weiß, dass das schwierig ist. Bis dahin möchte ich dich um etwas bitten.«

»Warum bitten? Ich würde alles für dich tun, das weißt du.«

»Ich verstehe, dass du nach Vergeltung für deinen Clan strebst. Die Erinnerung an den Tod deiner Eltern, den du mit angesehen hast, muss dich tagtäglich quälen. Ich kann es dir nicht verdenken, aber bitte verschone all die Unschuldigen. Unter den Wachen gibt es gute Männer und Diener, die kein anderes Zuhause kennen. Dein Clan hat viele Menschen verloren. Warum bietest du Henrys Leuten nicht ein neues Zuhause an? Wenn sie sehen, wie du sie behandelt, werden sie dir gern dienen.«

Sie hielt inne und schöpfte Luft. »Und ich möchte dich bitten, seine Schwester Margaret und ihren Sohn nicht umzubringen. Sie ist Witwe, und Wesley ist ein kleiner Junge von sechs Sommern. Die beiden sind nicht wie er. Gewähre ihnen die Möglichkeit, ein anderes Zuhause zu finden, wenn dein Clan sie nicht aufnehmen will.«

»Ich werde es dir gestehen. Mein Clan will Merrills Familie tot sehen, aber ich kämpfe damit, was rechtens ist. Bitte mich nicht, diese Männer hier zu retten, denn das werde ich nicht. Ich möchte all jene am Tor erschlagen, die dich dreckig angesehen haben. Dein Mann hat sie jahrelang mit Lügen gefüttert. Wir werden alle Krieger töten, die sich uns in den Weg stellen, so wie Merrill es bei seinem Angriff auf meinen Clan getan hat. Ich werde einwilligen, die Dienerschaft zu verschonen. Meine Männer werden das akzeptieren können, da sie sich nichts zuschulden haben kommen lassen. Sie werden froh sein, Frauen in unserem Clan willkommen zu heißen, aber Henrys Familie? Ich verschone Isbeil und dich, aber ich kann nicht versprechen, seine Mutter, seine Schwester und ihren Sohn zu verschonen. Das scheint mir ein gerechter Tausch für eure Rettung zu sein, und Genugtuung für den Tod meiner Mutter und meines Bruders.«

Er presste eine Hand an seine Stirn, als würden ihm diese Gedanken Schmerzen bereiten. »Wäre Tomag nicht mit einer Gruppe von Kriegern auf der Jagd gewesen, dann wären wir alle verloren gewesen. Bei ihrer Rückkehr dachte ich, Tomag würde verrückt werden, so sehr war er von seinem Kummer überwältigt. Diese Krieger sind es, die meine Familie begraben und meine Trauer geteilt haben. Sie haben überlebt, aber sie tragen schwer daran, uns nicht geholfen zu haben. Tomag glaubt, sie hätten deinen Mann aufhalten können.«

»Du glaubt das nicht?«

»Nein.« Er schloss die Augen. »Ich weiß noch, wie viele Männer Merrill bei sich hatte, und es waren viel mehr, als er jetzt hat. Er hat nicht alle im Dorf getötet, ich weiß nicht, nach welchen

Maßstäben er seine Entscheidungen getroffen hat. Aber Rache ist notwendig, damit mein Clan heilen kann.«

»Benneit sagt, viele hätten das Dorf wegen der Grausamkeit meines Mannes verlassen. Mit jedem Jahr ist es schlimmer geworden, aber das ist unwichtig. Für mich zählt nur dies. Es gibt viele gute Menschen, die hier leben. Du sagtest, du würdest den Rest der Frauen und Kinder verschonen, Graeme. Margaret und Wesley haben den Tod nicht verdient.«

»Ich werde deine Worte über Margaret und ihr Kind bedenken«, flüsterte Graeme. »Aber es tut mir leid. Wenn wir angreifen, werden wir die Krieger töten und auch alle anderen, die uns aufhalten wollen.«

»Du musst dich ein wenig zurückhalten, Graeme, denn sonst bist du nicht besser als mein Mann.«

Ihre Blicke trafen sich, und sie starrten sich eine ganze Weile lang an. Sie merkte, dass er ihr nicht alles abnahm, was sie gesagt hatte. Sie gab sich alle Mühe die Tränen zurückzuhalten, die ihr bei dem Gedanken an so viele Tote in die Augen stiegen. Es tat weh, an all den Schmerz und den Verlust zu denken, und daran, dass Graeme sich die Bürde dafür auflud. Sein Clan dürstete nach Rache, doch zu welchem Zweck? »Bitte, Graeme. Überlege es dir noch einmal. Du musst das nicht tun. Duelliere dich mit meinem Mann allein. Er ist es, der euch Unrecht getan hat. Verschont die anderen, bitte!«

»Dir zuliebe werde ich es mir noch

einmal überlegen. Aber ich mache keine Versprechungen. Und es werden viele seiner Krieger sterben müssen, sonst werden wir ihn nie erreichen, das weißt du. Kannst du das nicht verstehen?«

Tränen trübten ihren Blick, und sie war nicht imstande ihm zu antworten. Sie hatte alles in ihrer Macht Stehende getan, um ihn zu überzeugen. Vielleicht würde er von allein erkennen, was richtig war. Sie würde ihn in Ruhe lassen, damit er seine eigenen Gedanken formen konnte. Graeme MacGregor war ein guter Mann. Sie musste an ihn glauben, und ihm vertrauen, dass er das Richtige tun würde.

Sie schauten sich noch ein paar Augenblicke lang an. Seine Stimme drang zu ihr herüber, und klang tief und heiser vor Ergriffenheit. »Warum liebst du mich, Catherine? Ich habe vor, das zu tun, was du verabscheust.«

Abermals lehnte sie den Kopf an seine Schulter: »Wie könnte ich dich nicht lieben? Du hast mir Dinge geschenkt, die ich nie gekannt habe.« Sie strich mit dem Finger an seinem Arm hinab, der über seinem Kopf gefesselt war. »Du berührst mich mit einer Zärtlichkeit, die so fremd für mich ist, insbesondere wenn sie von einer Hand kommt die so leicht töten kann. Du hast mir süße Worte ins Ohr geflüstert und mich mit einer Zärtlichkeit gehalten, die einem Säugling gebührt. Du hast mich deinen Namen vor Lust schreien lassen.«

Sie wünschte, er würde sie anschauen, doch sein Blick war abgewandt.

»Aber schau mal, was ich dir angetan habe? Du solltest mich dafür hassen, dich zu diesem Ungeheuer zurückgebracht zu haben.«

»Ich war eine Närrin. Ich hätte dir vertrauen sollen. Stattdessen sind wir jetzt in dieser misslichen Lage.«

»Ich danke dir, dass du mir verziehen hast und ich gelobe, dich von diesem Untier fortzubringen.« Er wandte ihr wieder seinen Blick zu. »Das verspreche ich dir.«

»Ach, Graeme, Wer weiß schon, welcher der beste Weg für uns gewesen wäre? Man sagt, dass sich alles so ergibt, wie man es am wenigsten erwartet. Vielleicht hat uns das Schicksal aus einem bestimmten Grund hierher geführt. Aber was auch immer passiert, weiß ich, dass ich für unsere kurze gemeinsame Zeit für immer dankbar sein werde.« Sie gab ihm einen sanften Kuss auf den Hals und schlief ein, während sie seinem Atem lauschte.

Geraume Zeit später schlich sich Benneit den Gang entlang. Als er ankam, hörte sie den Schlüssel im Schloss und drehte den Kopf. Die Nacht war hereingebrochen und so hoffte sie, dass die Krieger ihres Mannes betrunken waren.

»Ich habe den Schlüssel, Mylady. Seid Ihr sicher, dass ich ihn freilassen soll?«, flüsterte Benneit.

»Aye.« Sie drehte sich und mit einem Blick auf Graeme stellte sie erfreut fest, dass er wach und bereit war, befreit zu werden.

»Vielen Dank, Benneit«, meldete sich Graeme

zu Wort, während der Diener sich an seinen Fesseln zu schaffen machte.

»Ich tue das für meine Herrin, nicht für Euch. Hört gut zu. Ich habe den Männern entlang des Weges ein zusätzliches Mittel in ihr Bier getan. Die meisten von ihnen schlafen, aber es ist eine heikle Sache, die richtige Pulvermenge zu wählen. Ich weiß nicht, wie lange die Wirkung andauern wird. Ihr müsst rasch durch die hintere Tür in der Ringmauer verschwinden. Ich werde euch dorthin führen.«

Während Benneit seine Fesseln löste und Graeme seine nach der langen Fesselung angespannten Muskeln dehnte, flüsterte er Catherine zu, »Komm mit mir, Catherine. Ich werde dich beschützen.«

Sie schüttelte den Kopf. »Nein, ich bleibe bei meiner Tochter. Wenn du erfolgreich bist, werden wir auf euch warten.«

»Ich habe etwas für dich.« Er griff in seine Tunika und zog eine Halskette hervor. »Sie gehörte meiner Mutter. Ich möchte, dass du sie bekommst. Sie hätte dich geliebt, wenn sie die Gelegenheit gehabt hätte, dich kennenzulernen.«

Catherine betastete die Silberkette in ihrer Hand, an deren Ende ein runder Anhänger baumelte, dessen Silberwirbel sich um einen kleinen blauen Stein in der Mitte wandten. »Graeme, das ist wunderschön. Das sollte eines Tages deiner Frau gehören.«

»Nie hatte ich die Hoffnung, jemanden zu finden, der so liebevoll und großzügig ist wie du. Meine Mutter wäre stolz auf meine Wahl. Wenn wir es beide in Sicherheit schaffen und du frei bist, werde ich dich auf Knien bitten, meine Frau zu werden. Bitte behalte die Kette als meinen Treueschwur für dich.«

Catherine wurden die Augen feucht, als sie mit ihren Fingern über das kühle Metall strich. Dann blickte sie Graeme in die Augen und legte die Kette um ihren Hals. »Ich trage sie um deiner Mutter willen und um sie zu ehren, dich aufgezogen zu haben, damit du in mein Leben treten kannst und ich die wahre Liebe erleben darf.«

Graeme küsste sie auf die Stirn, rieb sich die Glieder und trat schließlich einen Schritt von ihr zurück, bereit, Benneit zu folgen.

»Graeme. Einen Gefallen für deine Freiheit?«

Er drehte sich um. »Bitte um etwas anderes, als meinen Lebenszweck zu ändern, und es gehört dir.«

Sie wollte ihn ein letztes Mal schmecken. Sie hatten sich zwar geküsst, als er im Delirium gewesen war, aber er war nicht er selbst gewesen. »Einen letzten Kuss.«

Sie sah, wie sanft seine Augen wurden, als er zu ihr zurückkehrte. Sie konnte stehen, weil sie nur an einem Bein gefesselt war. Er umfasste ihr Gesicht und sagte: »Mit Vergnügen. Nichts würde mir größere Freude machen.«

Seine Lippen sanken auf die ihren und er küsste sie. Es war ein Kuss, wie sie ihn noch nie zuvor ausgetauscht hatten. Es war ein Kuss der Begierde, der Verzweiflung, der Sehnsucht, und der Liebe – dessen war sie sich sicher. Er beendete den Kuss, und sie flüsterte: »Geh. Viel Glück auf deiner Reise.«

»Ich werde für dich und Issy zurückkehren. Vertraust du mir?«

Sie schloss die Augen und unverzüglich spürte sie die federleichte Berührung seiner Lippen auf jedem Lid. »Du musst mir vertrauen, Mädchen. Ich verspreche, über alles nachzudenken, was du gesagt hast.«

Konnte sie das? Konnte sie einem Mann vertrauen, der unschuldige Menschen töten konnte, selbst wenn er glaubte, einen gerechten Grund zu haben?

Ja, das konnte sie. Sie vertraute darauf, dass er genau das tun würde, was er versprochen hatte. »Ich vertraue dir. Nun geh und verweile nicht länger.«

Er drückte ihr einen keuschen Kuss auf die Lippen und verließ die Zelle, ohne sich noch einmal umzusehen.

Sie kroch auf ihre Pritsche und weinte sich in den Schlaf.

Graeme folgte Benneit den Gang entlang, und er kam dabei so langsam voran, dass es ihn verblüffte. Wie lange war er an diese Wand gefesselt gewesen? Seiner Vermutung nach waren es vielleicht ein paar Tage gewesen, aber die Steifheit seiner Muskeln ließ ihn wissen, dass es länger gewesen sein musste.

Jedes Mal, wenn sie sich einer Wache näherten, hielt Benneit eine Hand hoch, um ihn aufzuhalten, und der Diener vergewisserte sich erst, dass die Männer bewusstlos waren, ehe sie weitergingen. Sie passierten zahlreiche schlafende Wachmänner, die alle in sich zusammengesunken waren, während sie ein kompliziertes Labyrinth durchquerten, indem er sich allein niemals hätte orientieren können. Es gab zu viele Abzweigungen, zu viele Wege.

Er stand in Benneits Schuld und in Catherines.

Als sie am Ende angelangt waren, drückte Benneit ihm einen kleinen Dolch in die Hand und zeigte auf die Tür. Bevor Graeme sich davonstahl, ergriff er die Schulter des Mannes und nickte ihm zu, als Zeichen seiner Wertschätzung und Anerkennung für seine Taten.

»Nicht für Euch«, wiederholte Benneit noch einmal. »Für sie. Ihr verdankt ihr auch Euer Leben. Laird«

Er runzelte die Stirn, unsicher, was das bedeutete, aber Benneit erklärte es ihm, ohne seine Antwort abzuwarten. »Als Ihr vom Fieber befallen wart, hat sie Euch Wasser von ihren eigenen Lippen eingeflößt. Hätte sie das nicht getan, wärt Ihr jetzt tot. Ich habe schon viele andere gesehen, die ohne Wasser an dem gleichen Leiden gestorben sind. Sie hat Euch gerettet. Vergesst das nicht. Bringt sie fort von hier – sie und das kleine Mädchen.«

Graeme nickte, doch dann eilte er durch den Hintereingang hinaus. Er erinnerte sich, dass er sich an der südöstlichen Ecke der Burg befand, und somit lief er in die Richtung, aus der er gekommen war. Er rannte und rannte, so schnell er konnte, und betete, entkommen zu können, ehe er entdeckt wurde.

Seine Ausdauer ließ jedoch rasch nach, sodass er nicht wusste, was er tun sollte. Er hielt an einem kleinen Bach an, um Wasser zu schöpfen und sich zu erfrischen und dann folgte er dem Lauf des Baches in der Hoffnung, sein Pferd zu finden. Sein klarer Verstand schwand allmählich und seine Schritte wurden langsamer. Wo zum Teufel war sein Pferd? Er hatte es doch nicht weit von hier zurückgelassen, oder? Er drehte sich im Kreis und suchte überall, im Wald und im nahen Tal, aber es gab keine Spur von Starlight. Sein Pferd hatte ihn im Stich gelassen.

Wie lange war er fort gewesen? Er lief weiter und betete, den Weg bis an die Grenze zum Gebiet der MacGregors zu finden. Wenn er es bis dorthin schaffte, würde einer seiner eigenen Wachleute auf ihn stoßen.

Einige Zeit später verlangsamte er seinen Marsch, um nach etwas Essbarem zu suchen, und seine Gedanken verfinsterten sich. Wann hatte er zuletzt etwas gegessen? Er wischte sich den Schweiß von der Stirn auf der Suche nach irgendetwas, und wollte schon zum Himmel schreien, als er einen kleinen Apfelbaum entdeckte. Leider waren die Äpfel zu hoch im Baum, als dass er sie hätte erreichen können, und obwohl er versuchte, hinaufzuklettern, fehlte ihm die Kraft dazu. Als er nach der Anstrengung wieder zu Atem gekommen war, suchte er im Gras nach einem oder zwei Äpfeln. Er hatte sich gerade zu Boden sinken lassen und mit dem Rücken gegen den Baum gelehnt, als er nicht weit entfernt Geräusche von Pferden vernahm.

Verdammt, aber er würde sich verstecken müssen. Er konnte kaum auf die Beine kommen, aber er schaffte es zu einem Gebüsch, in dem er sich verstecken konnte. Es war ihm gerade gelungen, auf den Boden zu fallen, als er die Stimme seines Bruders hörte.

Er brachte es gerade noch fertig, aus dem Gebüsch kriechen und zu versuchen, seinem Bruder und seinen Kriegern mit der Hand zuzuwinken, als sie durch die Bäume stürmten und an ihm vorbeigaloppierten. Sieben von ihnen, wenn er richtig gezählt hatte. Leider sahen sie ihn nicht. Er legte die Finger an die Lippen und stieß den lautesten Pfiff aus, den er konnte. Die letzten beiden Pferde wurden langsamer, aber nur eines drehte sich um.

Tomag.

Tomag stieß einen Schrei aus, um die übrigen Männer aufzuhalten. Graemes treuer Stellvertreter stieg ab und rannte an seine Seite, und Graeme könnte schwören, er hätte Tränen in seinen Augen gesehen. »Heiliger Strohsack, aber du bist eine Augenweide für diese armen Augen, die dich seit einer Ewigkeit suchen, Junge.«

Er half ihm gerade auf die Beine, als die anderen Männer mit ihren Pferden ankamen. Conn sagte: »Graeme? Wer zum Teufel hat dir das angetan?«

Er sackte gegen seinen Stellvertreter und das Letzte, was er hörte, war Conns Stimme. »Leg ihn auf dein Pferd, Tomag. Wir müssen ihn nach Hause bringen.«

KAPITEL VIERZEHN

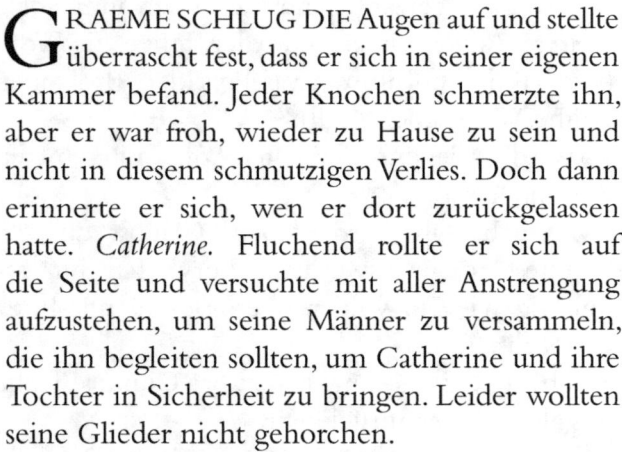

G RAEME SCHLUG DIE Augen auf und stellte
überrascht fest, dass er sich in seiner eigenen
Kammer befand. Jeder Knochen schmerzte ihn,
aber er war froh, wieder zu Hause zu sein und
nicht in diesem schmutzigen Verlies. Doch dann
erinnerte er sich, wen er dort zurückgelassen
hatte. *Catherine.* Fluchend rollte er sich auf
die Seite und versuchte mit aller Anstrengung
aufzustehen, um seine Männer zu versammeln,
die ihn begleiten sollten, um Catherine und ihre
Tochter in Sicherheit zu bringen. Leider wollten
seine Glieder nicht gehorchen.

Rory saß auf einem Schemel neben ihm.
»Graeme? Bist du wohlauf? Ich werde Conn
holen.«

Er rannte zur Tür hinaus, bevor Graeme ihn
aufhalten konnte und ihn um etwas Trinkbares zu
bitten, denn seine Lippen waren so trocken, dass
er die Haut von ihnen abziehen könnte, wenn er
es versuchte. Als er sich in seinem Bett aufsetzte,
stieß er einen deftigen Schrei aus, sobald der
Schmerz seiner Verletzungen ihn überkam.

Conn und Tomag drängten in seine Kammer.

»Wirst du es überleben, du schlauer Hund?« fragte Tomag mit einem Lächeln.

»Aye, ich werde leben. Wasser?« Er deutete auf die Karaffe auf der Kommode. »Hat Starlight den Heimweg gefunden?«

»Ja, daher wussten wir, dass du in Schwierigkeiten steckst«, antwortete Tomag.

Conn reichte ihm das Wasser und setzte sich neben das Bett auf einen Schemel. Rory steckte den Kopf zur Tür herein, sein Haar war vom Laufen ganz zerzaust, und Conn gab ihm noch weitere Anweisungen, ehe der Junge zu Wort kam. »Rory, hol ihm etwas Porridge, Brot oder Brühe. Was immer es gibt.«

»Wird er leben?«, brachte Rory mit schiefer Stimme hervor.

»Freilich. Ich werde leben. Glaubst du, du könntest mich loswerden, Rory? Ich bin so hungrig wie ein wilder Eber. Besorg mir bitte etwas zu essen.«

Sobald Rory gegangen war, bat Conn: »Erzähl uns alles, ehe er zurückkehrt.«

Graeme rückte ein Kissen in seinem Rücken zurecht und ließ sich dagegen sinken. »Da gibt es nicht viel zu erzählen. Ich bin aufgebrochen, um Merrill dafür umzubringen, dass er Catherine geschlagen hatte, und sie haben mir eins über den Schädel gezogen. Dann wurde ich verprügelt, gefesselt und in den Kerker geworfen. Catherines Diener hat mehrere ihrer Wachen unter Drogen gesetzt, um mich zu befreien. Wie lange war ich fort?«

»Drei Tage. Hast du Catherine gesehen?«

Graeme trank einen weiteren Schluck Wasser, ehe er antwortete. »Aye. Sie war im Kerker neben mir angekettet.«

»Dann stimmt es, dass er seine Frau in den Kerker geworfen hat? Perverser Fiesling.« Tomag ging am Fußende des Bettes hin und her.

»Er hat sie zuerst auspeitschen lassen.«

»Was denkst du?«, fragte Conn. »Hast du etwas erfahren, das uns hilft?«

»Wir greifen Merrill an, und wir werden jeden töten, der versucht, uns aufzuhalten. Ich weiß, wo Catherine und ihre Tochter zu finden sind.«

»Was ist mit seiner Familie?«, fragte Conn. »Wie sehen deine Pläne für sie aus?«

»Catherine sagte, seine Schwester habe ihr geholfen. Ich weiß nicht, was ich tun soll – was der Clan wünscht. Ich habe das Gefühl, ich solle alle töten, wie er es mit unserer Mutter getan hat, aber Catherine fleht mich an, seine Schwester und ihren Sohn zu verschonen. Er hat dort eine alte Mutter, doch um ihr Leben bettelt Catherine nicht.«

»Sie muss so boshaft sein, wie ihr Sohn«, meinte Conn. »Töte die Mutter und die Schwester, verschone den Jungen.«

Tomag verschränkte die Arme. »Ich verstehe eure Verwirrung, aber ich möchte euch etwas sagen, worüber ihr beide nachdenken solltet.«

»Was? Ich begrüße deinen Rat.« Er hatte Catherine versprochen, über ihre Worte nachzudenken, und genau das würde er auch tun.

Tomag blickte die beiden Brüder an. »Ich weiß,

wir alle lechzen nach Vergeltung und wir wollen alle töten. Das hat uns den Antrieb verliehen, die Sache zu Ende zu bringen, doch nun, da es so weit ist möchte ich eine Alternative vorschlagen. Ich möchte von euch, dass ihr euch fragt, was euer Vater tun würde, und euch an eure Ehre als Highlander erinnern. Ihr müsst immer imstande sein, mit euren Entscheidungen zu leben und einem anderen Schotten darlegen können, warum ihr so gehandelt habt. Wenn ihr das nicht könnt, wird es euch für den Rest eures Lebens nachhängen. Macht euch keine Sorgen um eure Krieger. Ihr habt ihren Respekt, und sie werden eurer Führung folgen.«

»Aber was ist, wenn sie nicht mit uns einverstanden sind?«, fragte Conn.

»Denkt daran, was die Krieger von eurem Vater hielten. Hätten sie mit ihm gehadert, wenn sie mit seinen Entscheidungen nicht einverstanden gewesen wären?«

Graeme sah seinen Bruder an, um seine Reaktion einzuschätzen. Conn schien genauso überrascht, wie er sich fühlte. Natürlich kannten sie beide die Antwort auf die Frage – die Männer ihres Vaters hatten ihn nie in Frage gestellt –, aber Graeme hatte sich das nie so überlegt. Die Zustimmung der Krieger war ihm so wichtig erschienen, weil es nicht nur um seinen persönlichen Wunsch nach Rache an Merrill ging, sondern um Vergeltung für ihren gesamten Clan.

»Aye, ich kann sehen, dass ich euch beiden etwas zum Nachdenken gegeben habe«, meinte

Tomag. Jetzt bist du der Laird, Graeme, und die Männer sehen dich auch als solchen an. Bedenke das, während du wieder gesund wirst.«

Graeme runzelte die Stirn. »Gesund werden? Morgen greifen wir an.«

»Behalte diesen Gedanken im Hinterkopf, du Narr.« Tomag streckte die Hand vor ihm aus.

»Welchen Gedanken?«

Rory kam herein und reichte Graeme ein Stück Brot, etwas Käse sowie eine Schüssel mit Hammeleintopf.

»Auf den Gedanken, dass du kampfbereit bist. Du brauchst einen oder zwei Tage, um dich auszuruhen und zu Kräften zu kommen. Ich bezweifle, dass du mit dem Gedanken spielst, hier zu bleiben, oder?«

Graeme schnaubte.

»Genau wie ich vermutet habe.« Tomag verschränkte die Arme. »Ich werde dich eigenhändig verprügeln, wenn du versuchst, morgen zurückzugehen. Du musst dich auskurieren.«

Rory starrte Graeme mit einem seltsamen Gesichtsausdruck an.

»Was ist los, Rory?«, fragte Conn.

»Graeme, du siehst schlimm aus. Du bist voller blauer und lila Flecken. Deine Lippe ist aufgeschnitten und dein Gesicht und …«

»Rory. Es geht mir gut.«

»Papa hat über dich gewacht«, flüsterte Rory.

Graeme wollte sich gerade einen Bissen vom Eintopf in den Mund stecken, als er erstarrte.

»Was hast du gesagt?« Eine schnelle Vision seines Vaters kam ihm in den Sinn.

Rory wiederholte:»Papa hat über dich gewacht, oder Mama, oder Alpin. Du siehst dem Tode nahe aus, wirklich. Wie konntest du entkommen? Man muss dir geholfen haben. Schau dir deine Handgelenke an, wo du gefesselt warst. Sie sind ganz blutig. Sind die Knöchel auch so schlimm?«

Warum besann er sich plötzlich auf das Gespräch mit seinem Vater? Hatte er von seinem Vater geträumt? Die Erinnerung schwirrte am Rande seines Gedächtnisses. Hatte sein Vater ihm nicht gesagt, er hätte viel zu tun?

Graeme zog seine Beine unter der Bettdecke hervor, um nachzusehen. »Ich denke schon. Ich komme schon zurecht, Junge. Mach dir keine Sorgen.«

Dann fiel es ihm ein. Sein Kopf ruckte hoch und er richtete den Blick auf Tomag.

»Was ist los, Junge?«, fragte dieser. »Ist etwas nicht in Ordnung?«

»Nein«, flüsterte er. Er konnte ihm nicht von seinem Traum erzählen, von seinem Vater, der ihm riet, auf Tomag zu hören. Sie würden ihn alle für irre halten. Nun, alle außer Boyd – er dachte, Boyd würde es verstehen, wenn er hier wäre.

»Rory, hol einen Badezuber für ihn«, meinte Conn.

»Einen Badezuber? Hast du den Verstand verloren, Conn?«, brüllte Graeme.

Tomag beugte sich über das Bett und legte die Hände zu beiden Seiten von Graemes Beinen auf die Decke. »Nein, er hat den Verstand nicht verloren. Du schon. Und so wird es ablaufen. Du wirst das Essen verspeisen, während Rory den Zuber und das Wasser holt. Und wenn du nicht badest, wird dein ganzer Körper von Eiter infiziert werden. Du bist schmutzig und stinkst, und du wirst sicher sterben, wenn du nicht auf uns hörst. Wir besprechen unsere Strategie gerne morgen, aber wir werden erst am darauffolgenden Tag oder später angreifen, je nachdem, wie weit du zu Kräften gekommen bist. Für den Moment wirst du essen und dich waschen, dann wird Moyra die Bettwäsche wechseln, und deine Wunden versorgen, wo es nötig ist. Dann wirst du wieder schlafen. Wenn du all das getan hast, werden wir reden – nicht vorher.«

Die Tür öffnete sich und Moyra trat ein, die keuchte, als ihr Blick auf Graeme fiel. »O je, Graeme.«

»Da hast du recht, Moyra. Was würdest du für seine Wunden vorschlagen?«, fragte Conn und blickte an Tomag vorbei.

»Zwei Wannenbäder. Eines, um den Dreck und das verkrustete Blut zu entfernen, und ein weiteres mit sauberem Wasser zum Waschen.«

»So machen wir es«, entgegnete Tomag. »Kümmere dich darum, Moyra. Wenn du Hilfe brauchst, um den Jungen in der Wanne zu halten, ruf mich, dann setze ich mich auf ihn.«

»Von wegen«, protestierte Graeme. »Ich werde nicht zweimal baden wie ein Kind, und wir greifen morgen an. Ich kehre zurück und hole Catherine.«

»Und wie willst du das anstellen?«, fragte Conn, der mit verschränkten Armen vor ihm stand.

Graeme schob sich aus dem Bett und versuchte, sich an seinem Bruder vorbeizuschieben. Das einzige Problem war, dass er es nicht konnte. Er versuchte es ein zweites Mal, bevor er fluchend zurück auf das Bett fiel.

»Nimm die Arme hoch», sagte Moyra und bahnte sich ihren Weg durch den Raum zu ihm. Er stand auf, damit er Moyra helfen konnte, ihm die Tunika auszuziehen. Schmerzen durchströmten ihn, da der Stoff in all seinen Wunden steckte.

Sie warf sein Plaid und seine Tunika vor die Tür, und er konnte sich nur noch zurück auf das Bett fallen lassen. Zwei Burschen brachten die Wanne herein, und zwei andere füllten sie mit Wasser. Als sie weg waren, kam Rory wieder herein.

Graeme versuchte aufzustehen, aber er brach sofort zusammen. »Verdammt.«

»Du hast nicht genügend Kraft, um mich herumzuschubsen, mein Laird«, sagte Moyra und schnalzte mit der Zunge. »Ich denke, du solltest auf Conn und Tomag hören.«

Er seufzte und stimmte ihr zu. Er war nicht imstande, sich zu bewegen. »Da du recht zu haben scheinst, Tomag, schicke eine kleine Gruppe in das Gebiet von Catherines Vater, Clyde von Beaton. Er hat sie an Merrill verkauft. Seitdem ist sie nicht mehr zu Hause gewesen. Geh, bilde dir ein Urteil. Sie hatte eine Schwester, die sie sehr mochte, und sie fragt sich nach dem Wohlergehen ihrer Mutter. Mich würde auch interessieren, welche Heilerin Catherine für ihre Tochter gesucht hat. Sammle nur Informationen, mehr will ich nicht.«

Er rückte an die Bettkante und flüsterte: »Ich gehöre ganz dir, Moyra. Ich würde mich freuen, wenn du alles tut, was in deiner Macht steht, um mir zu helfen, schnell wieder gesund zu werden.«

Graeme ließ sich von seinen Brüdern in die Wanne helfen, lehnte sich zurück und schlief prompt ein.

Catherine setzte sich auf und starrte auf die Tür, um zu sehen, wer sich näherte. Trotz aller Umschläge, die Benneit aufgelegt hatte, tat ihr der Rücken noch immer schrecklich weh, doch das Klicken, das nun an ihre Ohren drang, hatte einen eindeutigen Klang.

Das Geräusch stammte von den Stiefeln ihres Mannes. Er hatte die Angewohnheit, mit den Absätzen seiner Stiefel über den unebenen Steinboden zu scharren, sodass seine Schritte mit einem unverwechselbaren Geräusch erklangen. Sie hatte gelernt, dieses Geräusch zu erkennen und zu fürchten. Der Schlüssel rasselte im Schloss, und dann trat er mit einem wutverzerrten Gesichtsausdruck ein, der durch sein Lächeln noch verstärkt wurde. »Also, meine Liebe. Dein Diener hat mich betrogen. Du hast ihn überredet, meine Krieger zu betäuben und deinen Geliebten zu befreien, hm? Warst du nicht glücklich, dich jeden Tag mit ihm hier im Dreck zu paaren?«

»Was?« Cathrine fehlten die Worte. Was hatte er Benneit angetan?

»Du wirst Benneit nicht mehr sehen. Ich habe mich seiner angenommen.«

Ihre Augen füllten sich mit Tränen. Ihr geliebter Benneit. Was würde mit ihm geschehen, mit ihr, mit all den Menschen, die ihr etwas bedeuteten?

»Erlaube mir, dir deinen neuen Diener vorzustellen. Das ist Jabari. Mit ihm wirst du nicht ungestraft davonkommen. Er kann weder hören noch sprechen, also kannst du so viel um Hilfe flehen wie du willst, aber ihn wirst du nicht umstimmen können. Ich lasse ihn bei dir.«

Das Geräusch seiner Stiefel hallte wider, als er die Kammer verließ. Sie starrte auf die Tür zu ihrer Zelle und wartete darauf, ihren neuen Diener in Augenschein zu nehmen.

Der größte Mann, den sie je gesehen hatte, erschien in der Tür. Sie zuckte zusammen, weil er sie so erschreckt hatte. Aber es war nicht die Größe, die sie erschreckte. Schließlich waren Graeme und sein nächstältester Bruder beide riesige Männer.

Dieser Mann war anders. Er musste sich ducken, um in ihre Zelle zu kommen, und er füllte die Türöffnung aus. Seine Arme waren wie Baumstämme, aber das war es nicht, was sie überraschte. Dieser Mann war anders als alle anderen, die sie bisher gesehen hatte.

Sie stand auf und trat einen Schritt vor. Sein Kopf war kahl rasiert und seine Haut war dunkelbraun.

Er stand still und schaute sie unverwandt an, so wie sie ihn anschaute.

Dann grinste er sie an.

Mit diesem Lächeln im Gesicht sah er gar nicht so einschüchternd aus. Sie beschloss zu versuchen, was sie konnte.

»Jabari, würdest du mir bitte helfen, meine Tochter zu besuchen?«

Sein Lächeln verwandelte sich in einen finsteren Blick. Sofort trat er zurück in den Gang und schloss die Tür zu ihrer Zelle hinter sich.

Catherine schloss die Augen, ließ sich auf die schmutzige Pritsche zurückfallen und machte sich wieder einmal Sorgen um ihren treuen Benneit. Wo mochte er nur sein?

KAPITEL FÜNFZEHN

ALS GRAEME DAS nächste Mal aufwachte, war die Sonne gerade über den Horizont geklettert. Den größten Teil des Tages hatte er verschlafen. Er rollte sich auf die Seite und stellte fest, dass er allein in seiner Kammer war.

Das gefiel ihm ganz und gar nicht. Seine Hand wanderte zu der Stelle, an der Catherine geschlafen hatte, und sein Herz wurde ihm schwer, weil er sich wünschte, er könnte sie nur mit einem Gedanken oder einem Gebet zurückbringen. Eine bestimmte Stelle in seiner Brust schmerzte und er rieb sie, ohne nachzudenken.

Dieser Schmerz würde nicht verschwinden, egal wie sehr er rieb. Er sehnte sich nach Catherine. Sie war ein Teil von ihm geworden, und sie beide gehörten zusammen - wenn er die Wahl hätte, würden sie sich für immer so nahe sein wie sie sich im Kerker gewesen waren. Obwohl sie an gegenüberliegenden Wänden gefesselt waren, hatten sie, sobald sie festgestellt hatten, dass Catherine sich weit genug strecken konnte, um ihren Kopf an seine Schulter zu lehnen, den Rest ihrer Zeit zusammen verbracht und sich berührt.

Das war nahe genug für ihn, um ihren Duft einzuatmen, die seidigen Strähnen ihres Haars an seiner Wange zu fühlen und dem Geräusch ihres regelmäßigen Atems zu lauschen, während sie schlief.

Er mühte sich, an all das nicht zu denken, was sie durchgemacht hatte, die Auspeitschungen, die Schläge, die Grausamkeit ihres Mannes – alles wegen ihm. Er hatte sie zu einem geistig umnachteten Laird zurückgebracht, einem Mann, der das Leben nicht verdient hatte, und Graeme wünschte sich nur, er könnte den Mann zweimal töten: einmal für seine Familie und seinen Clan und einmal für die Frau, die er zu seiner Frau machen würde.

Aber dieses Mal würde er jedoch sorgfältig vorgehen. Er würde eine Strategie entwickeln und auf seine Krieger, seinen Bruder und seinen Stellvertreter hören. Zu Ehren der Frau, die er heiraten würde, gäbe er vielleicht zur Schonung ihrer zarten Gefühle nach, und ließe mehr von Merrills Leuten am Leben, als er geplant hatte. Vielleicht sogar seine Mutter und seine Schwester. Irgendwie wusste er, dass sie recht hatte. Catherine sprach von Ehrbarkeit und gerechter Behandlung. Tomag hatte von der Ehre der Highlander gesprochen, von den Schotten, von Stolz, und ihn an etwas erinnert, das er oft vergaß.

Er war der Laird des MacGregor Clans, und er würde das Richtige tun.

Ein leises Klopfen erklang an seiner Tür. Er versuchte, aus dem Bett aufzustehen, doch noch immer weigerten sich seine Beine, seinen Befehlen zu gehorchen. Frustriert über seine eigene Schwäche fuhr er sich mit der Hand durch das Haar und rief: »Herein.«

Die Tür öffnete sich langsam, und ein Gesicht lugte um die Ecke.

Boyd?

»Boyd, bitte komm herein. Mach die Tür zu, wenn du willst.« Er war fassungslos, dass sein Bruder aus seiner Kammer herausgekommen war und ihn gefunden hatte, und er wollte ihn nicht verscheuchen.

Boyd trat ein, zunächst zögernd, aber dann schloss er die Tür. Er setzte sich auf den Schemel neben dem Bett und richtete seinen Blick auf Graeme. Mit brüchiger Stimme flüsterte Boyd: »Du wirst leben?«

»Ja«, nickte Graeme und versuchte zu zeigen, dass er gesund war. »Ich werde wieder gesund. Mach dir keine Sorgen um mich. Henry Merrill kann mich nicht lange niederstrecken.«

Boyd verarbeitete diese Information und Graeme bemerkte, wie sich seine Mundwinkel fast zu einem Lächeln nach oben bogen. Doch dann hielt er inne und runzelte die Stirn. »Catherine?«

»Catherine?« Graeme richtete sich im Bett auf, so dass er fast mit dem Rücken an der Wand saß. »Catherine ist noch nicht hier, aber ich werde sie holen und zurückbringen.«

Boyd dachte einen Moment lang nach, dann ging er auf die andere Seite des Bettes und setzte sich auf die Stelle, auf der Catherine geschlafen hatte. »Ich werde auf sie warten.«

»Du hast sie gemocht, Boyd? Ja, ich auch.«

»Ich liebe sie«, sagte Boyd.

Graeme seufzte und nickte langsam mit dem Kopf. »Ich liebe sie auch. Mach dir keine Sorgen. Wir werden sie zurückholen.«

Boyd rollte sich auf der Seite zusammen, bis er es bequem hatte. Ein weiteres Klopfen ertönte, und seine beiden anderen Brüder kamen herein, ohne darauf zu warten, dass er sie hereinbat.

Conn war sichtlich aufgeregt. »Graeme, Boyd ist nicht in seiner Kammer.« In der Kammer angekommen, warf er einen Blick auf die andere Seite des Bettes und erstarrte. »Boyd?«

Graeme nickte. »Boyd ist gerade zu mir gekommen. Er hat beschlossen, hier zu bleiben, bis Catherine zurückkommt.«

Rory eilte an Boyds Seite und klopfte ihm auf die Schulter. »Wenn sie zurückkommt, wird Catherine Graeme heiraten.«

Graeme warf Rory den schärfsten Blick zu, den er aufbringen konnte. Er hatte wirklich vor, Catherine zu heiraten; er wollte nur nichts tun oder sagen, was Boyd vertreiben konnte. Dies war eine große Veränderung in seinem Verhalten. Er hatte seine Kammer allein verlassen und eine andere aufgesucht.

Rory sagte: »Du solltest sie heiraten, Graeme.«

»Vielleicht werde ich das, aber schick Boyd nicht weg.«

Boyd ergriff seine Hand und sagte: »Aye, heirate Catherine.«

Conn sah ihn an und grinste. »Boyd war schon immer der Kluge.«

Boyd lachte.

Am nächsten Morgen erhob sich Graeme aus dem Bett und freute sich, dass er wieder bei Kräften war. Am Abend zuvor hatte er es endlich bis in die große Halle geschafft und zwei Schalen Eintopf gegessen, während Rory und Boyd fasziniert zugesehen und über seinen Appetit gelacht hatten. Graeme hatte gewartet, bis die meisten ihrer Krieger mit dem Essen fertig waren, da er kein Aufsehen um seine − oder Boyds − Rückkehr machen wollte. Sein Bruder war ihm die Treppe hinunter gefolgt und geblieben und er hatte sogar etwas Brot mit ihm gegessen. Sie alle waren mit den Fortschritten des Jungens mehr als zufrieden.

Als Graeme jetzt die Treppe hinunterstieg, sah er, dass viele seiner Krieger beim Frühstück saßen. Es war an der Zeit, mit ihnen zu sprechen und seine Pläne darzulegen.

Er baute sich auf seinem Podest auf und hob die Arme, um sie zum Schweigen zu bringen. »Vielen Dank, dass ihr mir in diesen schwierigen Zeiten zur Seite gestanden habt. Ich habe beschlossen, dass wir Henry Merrill heute Abend angreifen werden. Wir werden bis eine Weile vor Einbruch der Dunkelheit warten. Ich möchte sie dann angreifen, wenn sie am wenigsten mit einem Angriff rechnen, und ich hoffe, dass einige seiner Krieger bereits zu viel Bier intus haben oder mit einer Frau im Bett sind, die sie ablenkt.«

»Greift herzhaft zu und bereitet euch darauf vor, noch heute aufzubrechen. Die letzten Einzelheiten gebe ich später bekannt, nachdem ich sie mit Conn und Tomag in meiner Kabinettstube besprochen habe. Merrills Leben endet heute Abend durch meine Hand, und diese Tat vollziehe ich zu Ehren meines Vaters, meiner Mutter, meines Bruders Alpin und für alle MacGregors.«

In der Halle brachen Jubel und Rufe aus, und alle seine Männer sprangen auf, um seiner Entscheidung Applaus zu spenden. Lächelnd bahnte er sich einen Weg durch die Menge. Sein Bruder und Tomag hatten sich bereits hinausgestohlen und warteten in der Kabinettstube auf ihn.

Tomag nickte ihm zu, sobald er die Tür hinter sich geschlossen hatte. »Das sind gute Neuigkeiten und es ist eine gute Entscheidung, mein Laird.«

Sobald sie Platz genommen hatten, wandte er sich an Tomag, der kurz vor dem Frühstück von seinem Ritt zurückgekehrt war. »Was hast du herausgefunden?«

»Ihre Mutter lebt nicht mehr«, antwortete Tomag, »aber ihre Schwester lebt noch, und ist unverheiratet. Ein schönes Mädchen, wenn auch nicht so hübsch wie Catherine. Und die Heilerin, nach der sie gesucht hat, ist nicht mehr da.«

Graemes Blick verengte sich. »Na los, rede.«

Tomag schmunzelte, doch einen Moment später wandelte sich seine Miene in ein Stirnrunzeln.

»Ihr Vater ist ein gemeiner Schuft.«

»Wie heißt er noch mal?«, fragte Conn.

»Clyde Beaton. Ein fieser Mann. Es stimmt, dass ich auf meine alten Tage weich geworden bin. Die meiste Zeit meines Heimritts habe ich nur daran gedacht, dass Catherine ihr kurzes Leben mit zwei Fieslingen verbracht hat. Beatons beiden Söhne standen ihm zur Seite, und sie sind ebensolche Dummköpfe wie ihr Vater. Sie alle bellen der Schwester Befehle zu, obwohl sie unverletzt zu sein scheint. Kein glückliches Mädchen. Es heißt, die Mutter sei vor einem Jahr gestorben, einfach in ihrem Bett eingeschlafen und nicht mehr aufgewacht.«

Graeme konnte nicht anders, als Tomags Einschätzung zuzustimmen. »Es passt alles. Ich habe meine Meinung nicht geändert. Wir bringen das heute Nacht zu Ende, egal wie lange es dauert. Ich würde sie lieber ahnungslos überrumpeln, indem wir uns in der Dunkelheit um die Ringmauer schleichen. Wir klettern über die Mauer und greifen von allen Seiten an. Das ist die einzige Möglichkeit.«

Ein Klopfen ertönte an der Tür. »Herein«, bat Conn.

Rory kam herein, Boyd hinter ihm. Es überraschte ihn zwar, dass seine beiden jüngeren Brüder an der Versammlung teilnehmen wollten, aber er war auch sehr erfreut.

»Greifen wir heute Abend an?«, fragte Rory. »Das haben die Männer gesagt.«

»Das tun wir. Rory, vielleicht wäre es das Beste, wenn du mit Boyd zurückbleiben würdest. Ich brauche ein paar Männer zum Schutz unserer Burg. Was meint ihr dazu?« Graeme hoffte, der Junge würde selbst erkennen, warum er diese Bitte geäußert hatte. Boyd würde nicht allein zurückgelassen werden wollen.

Rory warf einen Blick auf Boyd, dessen Gesicht sich aufhellte.

»Wir werden sie beschützen«, flüsterte Boyd. »Bringst du mich später noch einmal hinaus, Rory?«

Conn und Graeme warteten beide erwartungsvoll und hofften, dass Rory die Bedeutung der Aufgabe, die ihm gerade auferlegt worden war, erkennen würde. Endlich würden sie ihren Bruder in ihre Welt zurückholen.

Rory reckte das Kinn und warf sich in die Brust auf. »Aye, es wäre uns eine Ehre, unsere Burg zu schützen. Boyd und ich nehmen an.«

Graeme verbarg seine Erleichterung, und Conn schlenderte hinüber und klopfte Boyd auf die Schulter. »Wir vertrauen darauf, dass ihr beide gute Arbeit leistet. Wir lassen einen Trupp Krieger zurück, die deine Anweisungen befolgen, Rory.«

Die beiden Jungen lächelten.

Später an diesem Tag organisierte Tomag seine Krieger und gab den Männern letzte Anweisungen. »An diesem Tag will der MacGregor Clan Vergeltung für den Tod unseres Lairds, seiner Frau und seines Sohnes nehmen. Wir werden Henry Merrill aufspüren und alle töten, die versuchen, diese Mission zu verhindern. Geht und möge der Herr auf dieser Mission mit uns sein.« Graeme sprach ein kurzes Gebet, bestieg sein Pferd und ritt mit Conn an seiner Seite an die Spitze der Streitmacht. Als er bereit war, nickte er seinem Bruder und seinem Stellvertreter zu, spornte sein Pferd an und ließ den MacGregor Kampfschrei ertönen. Die Krieger zu beiden Seiten hissten die MacGregor Flagge und ihre Rufe wurden von allen auf ihrem Land gehört.

Die Rache war nah.

Als die Burg der Merrills in Sicht kam, wies Graeme jeder Mannschaft seiner Männer die Richtung, in die sie sich halten sollten. Gruppen von zehn bis zwölf Männern machten sich auf den Weg zu einem Dutzend verschiedener Stellen an der Ringmauer, alle mit Strickleitern ausgestattet, die ihnen beim Aufstieg helfen sollten. Mit seinen Vogelsignalen schickte Graeme seine Männer zu ihren Aufgaben, perfekt aufeinander eingespielt, wie er es seit vielen Monden geplant hatte. Diese Nacht würde die Nacht der MacGregors sein.

Conn fragte: »Töten wir alle oder halten wir sie fest?«

Graeme hielt den Blick geradeaus, und hatte in Gedanken eine flammenhaarige Schönheit vor Augen. »Tötet alle Krieger, die sich uns in den Weg stellen. Tötet keine Frauen und Kinder. Nehmt sie und alle, die nicht gegen uns kämpfen, als Gefangene.«

Er ritt zu den Toren und wartete darauf, dass seine Männer eindrangen und sie öffneten. Sein Plan war, Henry Merrill direkt zu konfrontieren und dann in den Kerker zu gehen, um Catherine zu retten.

Sie würden den Sieg davontragen.

KAPITEL SECHZEHN

CATHERINE HIELT SICH den Bauch, ehe sie sich zum dritten Mal über den Eimer beugte. Das konnte zwei Dinge bedeuten.

Sie wusste, dass sie möglicherweise Graeme MacGregors Baby in sich trug, aber es war noch zu früh, um sicher zu sein. Es war auch möglich, dass ihre Krankheit auf die schlechten Zustände in ihrem Kerker zurückzuführen war. Die Feuchtigkeit nahm ihr das Interesse am Essen, also nahm sie nur wenig zu sich. Die Heilerin ihrer Mutter hatte ihr erzählt, wie wichtig es war, jeden Tag zu essen, vor allem Frauen, die möglicherweise schwanger waren. Sie konnte einfach nicht herunterbringen, was sie ihr zu essen gaben.

Einerseits war sie ekstatisch, doch andererseits fürchtete sie um das Leben des Kindes, das sie in sich trug. Sie aß wenig und ernährte sich nur von den wenigen Bissen, die ihr Diener ihr gelegentlich brachte. Die Tür zu ihrer Zelle öffnete sich und Jabari trat ein, der sie mit schmalem Blick ansah, als sie sich über den Mund wischte. Er schüttelte den Kopf, ehe er die beiden Eimer nahm und hinausging, um mit frischem Wasser wiederzukommen. Er griff nach der Kelle und hielt sie ihr hin, wobei er auf das Wasser zeigte. Dann gab er ihr eine Handvoll Minzblätter, nachdem sie fertig getrunken hatte.

Nach ihrem Brechanfall war die Minze zwar wundervoll, aber sie erinnerte sie nur an Graeme. Wie sie ihn vermisste. Jede Nacht fragte sie sich, ob er es bis zum Gebiet der MacGregors geschafft hatte oder nicht. Wie konnte sie überhaupt wissen, ob er überlebt hatte?

Sie würde es erfahren, wenn er sie holen käme, doch es waren ein paar Tage vergangen und sie hatte nichts gehört. Er hatte ihr das Versprechen abgekommen, ihm zu vertrauen und das tat sie., aber … würde er, sobald er konnte, wiederkehren und sie holen? Wie fähig war er, wiederzukommen? Vor seiner Flucht war er in schlechtem Zustand gewesen und er hatte kein Pferd. Außerhalb der Mauern könnte er auf alle Arten von Gefahren gestoßen sein. Doch ihre schlimmste Befürchtung hatte sich nicht bewahrheitet. Er war nicht erwischt und wieder in die Zelle gebracht worden.

Was, wenn Graeme tot war?

Sie ließ sich auf die Pritsche fallen, schloss die Augen und als sie einschlief, träumte sie von einem süßen Mann mit dunklen Locken und blauen Augen, die ihr überallhin folgten, wohin sie auch ging.

Augen, die sie liebten.

Sie wachte in der Dunkelheit von Rufen und Schreien auf, die aus dem Hof zu ihr drangen.

Ehe sie noch etwas davon gedanklich einordnen konnte, waren Rufe vom Ende des Korridors zu hören.

Henry stürzte den Gang entlang und schrie nach Jabari. Er entriegelte die Tür und riss sie auf. Dann packte er sie beim Arm und schrie: »Siehst du, was du getan hast? Dein Geliebter hat meine Burg angegriffen und er bringt jeden um, der sich ihm in den Weg stellt. Nicht nur unsere Krieger – Frauen, Kinder und auch die Alten. Jabari hol Isbeil und bring sie her. Wir werden die Burg durch den Tunnel verlassen.«

Catherine konnte ihren Ohren nicht trauen. Graeme war mit seinen Kriegern hier? Ihr erster Gedanke war, dass sie eine Möglichkeit finden musste, zurückzubleiben, aber Henry hatte Jabari gerade befohlen, Issy herzubringen.

Endlich würde sie ihre Tochter sehen.

Sie folgte ihrem Ehemann den Gang entlang und Jabari traf sie am anderen Ende mit einer weinenden Isbeil im Arm, die er wie einen Mehlsack hielt.

»Issy, Mama ist hier. Weine nicht meine Kleine. Wo ist Dolag? Jabari, bring Dolag her.«

»Nein.« Henry schlug Catherine ins Gesicht. »Hüte deine Zunge. Du erteilst keine Befehle. Dolag bleibt zurück. Sie kann mit den anderen durch MacGregors Schwert sterben.«

Sie kamen an Dolag vorbei die in Tränen ausbrach, sobald sie hörte, dass Henry sagte, sie könne sterben, und Catherine fasste ihre Hand, um sie aufmunternd zu drücken. Selbst wenn Henrys Familie und die Männer in Gefahr waren, so glaubte sie fest, dass Graeme Wort halten und die Frauen und Kinder verschonen würde. Ihr Mann schob sich an Jabari vorbei. »Gib das Kind der Mutter«, befahl er. »Du musst uns beschützen. Bring jeden um, der uns aufzuhalten versucht.« Jabari gab Catherine das Kind und dann zog er sein Schwert.

Catherine bemerkte es kaum. Sie war viel zu beschäftigt, ihre Tochter auf ihre süßen Wangen zu küssen und sie gab sich alle Mühe, das Kind zu besänftigen, als sie den Gang weiter entlangeilten. »Still, Kind. Du bist jetzt bei Mama. Ich werde dich beschützen.«

Henrys Mutter eilte herbei und Henry machte ihr eine ungeduldige Geste. »Folge uns oder du wirst wahrscheinlich sterben, aber erwarte von uns nicht, dass wir wegen dir langsamer gehen.«

Die alte Frau richtete den Blick auf sie alle, doch dann reihte sie sich am Ende der kleinen Gruppe ein.

Henry schob Frauen und Kinder aus dem Weg, als er in eine weitere Kammer im Keller stürmte. Von oben drangen Rufe und Todesschreie an ihre Ohren. Graeme war hier und brachte wahrscheinlich jeden um, der sich ihm in den Weg stellte. Sie hatte versucht, ihn umzustimmen und Gnade gegenüber denen walten zu lassen, die sich nicht gegen ihn stellten, doch es hatte den Anschein, als hätte er nicht auf sie gehört. Die Tränen flossen ihr über die Wangen, als sie den dumpfen Aufprall der Körper auf dem Boden über ihr hörte und Gerüche drangen an ihre Nase, bei denen sie sich am liebsten noch einmal übergeben hätte, obwohl ihr Magen jetzt leer war.

Zum Nachdenken hatte sie keine Zeit, sondern sie musste sich einfach bewegen, denn Jabaris Hand schob sie vorwärts. Sie folgte ihrem Ehemann eine feuchte Treppe in einen dunklen Gang hinunter, und bemerkte erst jetzt, dass er einen Beutel mit irgendetwas trug. Nach einem genaueren Blick vermutete sie, dass es ein Beutel mit Goldmünzen war – ein Teil des Vermögens, das er seiner Aussage nach besaß. Sie rannten und rannten durch ein endloses Labyrinth von Gängen, bis sie nach geraumer Zeit endlich bei einer weiteren Treppe ankamen. Sie stiegen hinauf und sie stürzte zweimal, aber Jabari half ihr beide Male wieder auf die Füße. Rodina war ein Stück hinter ihnen und keuchte und schnaufte auf ihrem Weg durch das Labyrinth.

»Sobald wir draußen sind, obliegt es dir, uns zu einem sicheren Ort zu bringen, du Biest«, blaffte Henry.

Jabari ignorierte ihn und strebte nach oben, wobei er Catherine hinter sich herzog.

Sie tat, was von ihr erwartet wurde und drückte ihre Tochter an ihre Brust, während sie ihr süße, beruhigende Worte ins Ohr flüsterte. Catherine blieb nichts anderes zu tun, als sie festzuhalten und zu beten, dass Graeme sie retten würde. Sie betete, dass er das Richtige tat.

Als sie den oberen Treppenabsatz erreichten, drang das Mondlicht in den Gang. Sie waren bis zum Waldrand vorgedrungen. Merrill rannte in drei Richtungen, ehe er endlich das Wort an Jabari richtete. »Wir müssen fliehen. MacGregor tötet alle und steckt meine Burg in Brand.« Er zeigte auf die dunklen Rauchwolken am Himmel.

»Wohin werden wir gehen, Mylord?« Catherine hatte keine Ahnung, welche Pläne er hatte. Das Wenige, was sie über die Gegend wusste, bestand darin, dass Merrills Land an das der MacGregors und der Beatons grenzte.

Er starrte Jabari an. »Wir halten auf das Land der Beatons zu. Dein Vater wird uns aufnehmen, bis dieses Chaos vorbei ist.«

Rodina, die um jeden Atemzug rang, sackte auf den Boden. »Ich werde es nicht schaffen. Geht ohne mich weiter. Irgendwann finde ich schon den Weg.« Sie winkte ihren Sohn weiter.

Henry murmelte: »Einverstanden, alte Frau. Wir machen uns auf den Weg.«

Sie hustete und keuchte, doch dann rief sie ihnen nach. »Wenn du ein richtiger Sohn wärst, würdest du mich von deinem großen, kraftstrotzenden Krieger in Sicherheit bringen lassen.«

Catherine bemerkte ein Zucken im Kiefer ihres Mannes, das sie gelernt hatte nicht zu ignorieren.

Sie setzten ihren Weg fort, aber Rodina hörte nicht auf, ihren Sohn weiter zu bedrängen. »Ich hoffe, MacGregor bringt euch alle um.«

Plötzlich hielt Henry die kleine Gruppe an. Er machte kehrt und ging zu seiner Mutter zurück. Catherine war sich sicher, dass er endlich ein wenig Mitgefühl für die Frau erübrigte, die ihn auf die Welt gebracht hatte.

Wie sehr sie sich doch irrte. Als sie erkannte, wie ihr Mann sein Schwert ergriff, wandte sie Issys Blick ab und hielt ihr die Ohren zu. Einen Augenblick später hallte ein Schrei zu ihnen. Catherine vermutete, dass dieses Scheusal gerade seine eigene Mutter getötet hatte. Wer wäre als Nächstes dran?

Catherine wollte schreien und schreien, doch sie wusste, sie würde ihn damit nur provozieren. Also blieb sie still. Ihr Mann hatte wirklich den Verstand verloren. Sie konnte es kaum erwarten, den Mann loszuwerden, doch ihren Vater wollte sie auch nicht sehen.

Ganz gleich, welche Herausforderungen sich ihr stellten, würde ihre oberste Priorität stets aus Issys Schutz bestehen.

Sie würde Henry umbringen, wenn er versuchte, ihre Tochter anzurühren.

Graeme bahnte sich kämpfend seinen Weg über den Hof, wobei er sein Claymore nach links und rechts schwang, doch er bemerkte, dass er noch nicht in Bestform war. Schwer angeschlagen und dann als Gefangener in einem Kerker gehalten zu werden, hatte seinen Tribut gefordert. Er würde allerdings nicht aufgeben.

Wann immer er die Gelegenheit hatte, schaute er sich im Inneren des Bergfrieds um, um nach Merrill Ausschau zu halten, doch bislang hatte er ihn noch nicht gesehen. Die Zahl seiner Widersacher wurde immer kleiner. Graeme war stolz darauf, dass sich all die Stunden, die seine

Männer auf den Übungsplätzen geschunden hatten, nun auszahlten.

Er war bereits beinahe in der Halle angekommen, als jemand mit einer Waffe in der Hand in seinen Weg sprang. »Nun, so sieht man sich wieder, MacGregor. Wie ich sehe, habe ich dir ein paar ordentliche Hiebe verpasst.« Innes grinste ihn an, ehe er direkt auf ihn zukam.

Die Erinnerung an mehrere Männer, die ihn festhielten, während Innes auf ihn einschlug, beflügelte seinen Angriff. »Aye, das hast du. Solltest du dich nicht schämen, zugeben zu müssen, dass du mehrere Krieger gebraucht hast, um mich festzuhalten, damit du auf mich einschlagen konntest? Konntest du nicht allein mit mir fertigwerden, schwacher Mann?«

Innes lachte. »Wir werden sehen, wer der Schwächste ist.«

Er holte mit seinem Schwert aus und schwang es mit aller Kraft gegen Graemes Kopf, der sich allerdings im letzten Moment duckte und mit seinem Claymore seitlich ausholte. Er erwischte den Mistkerl am Arm, und die Augen des Mannes weiteten sich, da er offenbar fassungslos darüber war, dass Graeme sein Blut vergoss. Er konnte die Wut in Innes´ Blick erkennen, als dieser blindlings ausholte. Graeme wehrte die Schläge mühelos ab, wobei er überrascht feststellte, dass jeder einzelne nicht mehr die Wucht des vorigen Schlages besaß. Dann vollführte er einen kraftvollen Ausfallschritt auf seinen Gegner zu, schlug ihm die Waffe aus der Hand und stieß sein Schwert tief in den Bauch des Unholds.

Vor ihm stehend flüsterte er: »Wer ist jetzt der Schwächere?«

Es war ein Todesstoß gewesen, doch Innes war noch bei Bewusstsein. Er zog eine schwache, schmerzverzerrte Grimasse. »Ich wünschte, ich wäre es gewesen, der sein Schwert in deinen Vater gerammt hat, aber ich habe zugeschaut. Wer war denn der Schwache? Du konntest nichts tun, um das zu verhindern.«

Graeme drehte sein Schwert im Bauch des Mannes, bevor er es herauszog und ihn zu Boden stieß. »Das ist für die MacGregors und für Catherine.«

In diesem Moment war niemand in seiner Nähe, also wischte er sich den Schweiß von der Stirn und ging auf die große Halle zu. Er stieß die Tür auf, in der Hoffnung, noch mehr Männer zu finden, die darin kauerten, aber es war niemand zu sehen. Er ging geradewegs auf den Küchentrakt zu, der von der Halle abzweigte, in der Hoffnung, die Treppe zu den Lagerräumen im Keller der Burg zu finden. Dann könnte er sich auf den Weg zu den Kerkern und auf die Suche nach Issy machen. Die Treppe befand sich genau dort, wo er vermutet hatte, und er eilte hinunter, um am Fuß der Treppe zu erstarren. Diener säumten den Gang, zusammengekauert, einige hielten Messer, andere schluchzten. Die Angst in ihren Gesichtern stimmte ihn traurig, aber das war ja zu erwarten.

Er hob eine Hand, um sie zu beruhigen. »Lasst eure Waffen fallen, und ich werde euch nichts antun.«

Sofort klapperten mehrere Messer auf den Steinboden.

»Werft sie auf die andere Seite.« Sie gehorchten sofort.

Er schritt den Gang entlang, musterte jeden Einzelnen und hielt nach Merrill oder Catherine Ausschau. Er fand eine leere Kammer und führte sie alle hinein, überrascht, dass sie hineinpassten.

»Wenn ihr euch nicht mit Waffen gegen meine Männer wehrt, werden wir in Erwägung ziehen, jeden, der will, in unseren Clan aufzunehmen. Merrill und seine Krieger werden bis morgen tot sein. Ich suche nach eurem Laird. Ich habe ihn draußen nicht gesehen, und er ist nicht unter euch. Dann suche ich nach der Frau, die im Kerker gefangen gehalten wurde.«

Eine Frau mit dunklem Haar und freundlichen Augen sprach zuerst. »Merrill hat Catherine und Issy mitgenommen und sie sind vor nicht allzu langer Zeit zum unterirdischen Tunnel gelaufen. Seine Mutter und sein neuer Diener sind ihm gefolgt.«

»Dein Name?«

»Dolag, Mylord.«

Graeme erkannte sie als Catherines Zofe. Er würde sie zu seiner Festung zurückbringen. Ein Mann trat vor und erbot sich: »Ich kann Euch führen, wenn Ihr wollt.«

Es war Benneit, der Mann, der ihn befreit hatte, obwohl er aussah, als hätte er heftige Prügel dafür bezogen. Graeme winkte ihn in den Gang, dann rief er in die Kammer zurück: »Denkt an mein Versprechen, aber greift nicht zu den Waffen gegen meine Männer, sonst riskiert ihr euer Leben.«

Er nickte Benneit zu und bedeutete ihm, den Weg anzuführen, doch bevor sie mehr als ein paar Schritte zurückgelegt hatten, kam Conn die Treppe heruntergestürmt. »Mein Laird!«

»Sprich, Conn. Ich jage Merrill und Catherine hinterher. Sie haben den Tunnel genommen. Wie sieht es im Hof aus?«

»Alle Krieger, die versucht haben, uns zu bekämpfen, sind tot. Einige Diener laufen noch herum, einige Frauen befinden sich außerhalb des Burghofs. Mehrere Krieger haben ihre Waffen niedergelegt. Deine Anweisungen?«

Conn blickte Graeme an, während er keuchend versuchte, wieder Herr seines Atems zu werden. Sein Bruder wollte wissen, ob man diese Leute am Leben lassen sollte. Waldgrüne Augen tauchten in Graemes Gedanken auf und erinnerten ihn an Catherines gutes Herz und daran, was sie ihn gelehrt hatte, und so wartete er nicht lange mit seiner Antwort.

»Bringt die Diener von hier unten nach oben und versammelt alle in der großen Halle. Wenn ihr alles durchsucht habt, nehmt ihnen die Waffen ab und führt sie zurück zu unserer Burg. Ich werde wahrscheinlich in eine ganz andere Richtung unterwegs sein. Meiner Vermutung nach wird er Catherine zu Beaton bringen, dem einzigen Verbündeten, den er im Moment wahrscheinlich hat.«

Conns geschürzte Lippen wölbten sich an den Mundwinkeln, was als kleines Zeichen der

Freude gelten konnte. »Welche Pläne siehst du für den Rest seines Clans vor?«

Graeme dachte einen Moment lang nach und sagte dann: »Ich habe mich noch nicht entschieden. Bringt sie zurück zu unserer Burg.«

Conn nickte. »Betrachte es als erledigt, mein Laird.«

Er folgte Benneit bis zum Ende des Ganges und dann eine weitere Treppe hinunter. Unten angekommen, wandte er sich an Benneit und sagte: »Gut gemacht. Kehre in die Halle zurück, nimm keine Waffe in die Hand, und du kannst dich dem Clan der MacGregors anschließen. Deine Hilfe wird nicht vergessen werden.«

Benneit verbeugte sich kurz und flüsterte: »Aye, mein Laird.«

Dies sagte ihm alles, was er über diesen Mann zu wissen brauchte.

Nun musste er nur noch Catherine und Merrill finden.

KAPITEL SIEBZEHN

CATHERINE HIELT IHRE Tochter fest in den Armen und konzentrierte sich auf ihre Sanftheit anstatt auf das Grauen, das sich hinter ihnen abgespielt hatte.

Mit Jabari an seiner Seite stürmte Henry voran, als ob das Feuer seiner Burg ihn einholen wollte. Nach einiger Zeit bat Catherine: »Mein Laird, bitte, dürfen wir anhalten? Ich weiß nicht, ob ich noch lange weiterlaufen kann. Wir sind weit gekommen.«

»Es ist mir egal, wie müde du bist, Catherine», entgegnete Henry. »Ich würde dich ja zurücklassen, aber ich brauche dich. Du musst deinen Vater überzeugen, uns eine Zeit lang zu verstecken.«

Catherine seufzte und fing allmählich an zu verstehen, wie schwer es für Graeme gewesen sein musste, es bis nach Hause zu schaffen, nachdem er mit so kargem Essen im Kerker gefangen gehalten worden war. Sie glaubte nicht, es noch lange aushalten zu können. In ihren Wollstrümpfen bildeten sich Blasen, weil sie mit ihren Stiefeln in dem ungewohnten Terrain aneinander rieben. Sie konnte Issy nicht absetzen, denn das kleine Mädchen war zu schwach zum Laufen. Ihr Rücken war noch immer nicht ganz verheilt, und die Schmerzen in ihrem Knöchel setzten von dem vielen Laufen wieder ein.

Ihr Mann stürzte voran. »Catharine, wenn du nicht mithalten kannst, werde ich dich zurücklassen. Ich erinnere mich, wie sehr dein Vater mein Geld liebte. Vielleicht brauche ich dich ja doch nicht.«

Issy küsste sie auf die Wange, als wolle sie sagen, *sie* sei nicht damit einverstanden, dass ihre Mutter zurückblieb. Für ihre Tochter würde Catherine alles tun. Sie drehte den Kopf und gab ihr einen kurzen Kuss. Leider war es ein Fehler gewesen, den Blick vom Gelände abzuwenden. Sie blieb mit dem Fuß in einem Loch stecken und stürzte, wobei sie Issy fest an sich drückte, um sie nicht fallen zu lassen.

Ein stechender Schmerz ging von ihrem Knöchel aus, den sie sich bei ihrem Zusammenstoß mit dem Wildschwein verletzt hatte, und schoss in ihr Bein. Sie versuchte, sich aufzurichten und bemerkte erst jetzt, dass ihr Mann ihr vorangerannt war.

Sie konnte sehen, wie Henry Anweisungen an Jabari gab. Sie rieb sich den Knöchel und versuchte dann erfolglos, wieder aufzustehen. Jabari drehte sich um und strebte geradewegs auf sie zu. Er hob die beiden auf, als würden sie nicht mehr als eine Feder wiegen, und trug sie zu einem Felsvorsprung mit riesigen Felsblöcken. Hinter einem davon setzte er Catherine und Issy

unter einem Vorsprung ab, der sie bei Regen
schützen würde, verbeugte sich und kehrte
wieder zu Henry zurück.

»Leb wohl, Catherine. Vielleicht werden die
Wölfe euch finden.« Sie sah ihrem Mann nach,
wie er sich über die Schlucht von ihnen entfernte.

Hoffentlich wäre sie ihn für immer los.

Und sie betete, dass es in der Gegend keine
Wölfe gab.

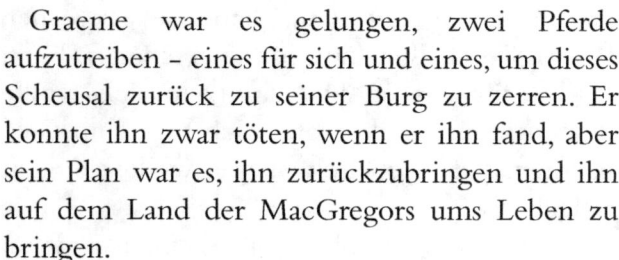

Graeme war es gelungen, zwei Pferde
aufzutreiben – eines für sich und eines, um dieses
Scheusal zurück zu seiner Burg zu zerren. Er
konnte ihn zwar töten, wenn er ihn fand, aber
sein Plan war es, ihn zurückzubringen und ihn
auf dem Land der MacGregors ums Leben zu
bringen.

Es war nur recht und billig, dass dieser Schuft
auf dem Land der MacGregors starb. Er hatte
seinem Bruder und Tomag versprochen, sie
würden dabei sein, wenn es geschah.

Im Morgengrauen stieß er auf eine bekannte
Höhle nicht weit von seinem Land entfernt.
Er war der Spur gefolgt, die einer seiner besten
Männer hinterlassen hatte, und war sich sicher,
dass er Merrill in der Höhle aufspüren würde. Er
fand eine Stelle, an dem er seine Pferde in einiger
Entfernung zurücklassen konnte, und schlich sich
an die Höhle heran.

Sobald er sicher war, dass Merrill drinnen war,
zog er sein Claymore und trat in den Eingang
der Höhle. Seine Augen passten sich an die

Dunkelheit in der Höhle an und er lächelte. Dort, im Hintergrund der Höhle stand seine Beute.

Henry Merrill grinste, sobald er seiner ansichtig wurde. Er schritt vor und meinte: »Also hast du mich gefunden, MacGregor. Du bist immer noch wütend wegen dem Tode deiner Eltern. Dein Vater hatte ihn verdient. Er war ein geiziger Mann.«

»Geizig? Mein Vater war der großzügigste Mann der Highlands.«

»Wenn er wirklich großzügig gewesen wäre, hätte er deine Mutter aus dem Eheversprechen erlöst. Sie hat ihm fünf Söhne geschenkt. Fünf! Er hat fünf Erben für sein Land. Ich wollte deine Mutter für drei Jahre. Ich habe ihm Geld geboten, ihn angebettelt, aber er wollte sie nicht freigeben.«

Graeme war perplex. Mit keinen anderen Worten hätte der Mann ihn mehr verblüffen können. »Du hast meine Mutter, meinen Vater und meinen Bruder umgebracht, weil meine Mutter dich nicht heiraten wollte, um dir Söhne zu schenken?«

»Aye«, spuckte Merrill aus. »Ich habe ihn mehrmals gewarnt, aber er hat mich ignoriert. Zuerst habe ich ihn freundlich gebeten, dann habe ich ihm gedroht. Ich habe sogar im Beisein deines Vaters mit deiner Mutter gesprochen, aber sie flehte ihn an, mein Angebot nicht anzunehmen, obwohl ich nicht verstehe, warum er sie für ihre Unverschämtheit nie geohrfeigt hat.«

»Weil mein Vater ein Ehrenmann war, wovon du nichts weißt.«

»Sechs Monde, bevor ich in euer Gebiet eindrang, war er gewarnt worden. Ich sagte ihm, er solle sie aufgeben oder ich würde sie töten. Er sprach von Liebe. Was für ein Narr.«

Graeme hätte ihn am liebsten am Hals gepackt und diesen umgedreht, um ihm langsam die Luft abzudrücken. Er konnte sich kein passenderes Schicksal für diesen Schuft vorstellen.

»Ich habe ihm Zeit gelassen und ihm Geld geboten, aber er hat sie nicht hergegeben. Ich hätte sie einfach stehlen sollen, aber es ging mir um das Prinzip seiner Dreistigkeit. Seine Hartnäckigkeit musste bestraft werden.«

Kein Wunder, dass sein Vater Tomag angewiesen hatte, auf sie aufzupassen. Sein Vater hatte gewusst, was kommen würde, und dieser Mann hatte sich als genau so unvernünftig erwiesen, wie sein Vater vermutet hatte.

»Stattdessen sah ich das Beaton Mädchen. Ihr Vater wies mich ein Jahr lang ab, aber der richtige Geldbetrag überzeugte ihn. Was für eine Verschwendung meiner kostbaren Münzen. Die Schlampe hat mir nie einen Sohn geschenkt. Du kannst sie gerne haben. Sie wird dir nur Weiber gebären.«

»Warum musstest du meinen Bruder töten? Er hatte dir nichts getan.« Graemes Stimme war zu einem Flüstern gesunken, ein Trick, den er gelernt hatte, um seine Gefühle wieder unter Kontrolle zu bringen.

»Dein Bruder war einfach nur da. Ich habe

ihn getötet, weil ich es konnte. Wenn ich den Rest von euch hätte töten können, dann hätte ich das getan. Ich hasse die Schotten.« Merrills Wut hatte sich ebenfalls gelegt. »Aber ich konnte erkennen, dass meine eigenen Krieger davor zurückschrecken würden, so junge Knaben zu töten. Es war Zeit, uns zu verabschieden.«

Merrill fuhr sich mit der Hand durchs Haar und grinste. »Ihr Schotten habt diesen törichten Sinn für Stolz, für Ehre. Ich musste schon zu viele Krieger für genau dieses Wort – Ehre - töten. Jetzt willst du mir den Garaus machen, um dich an mir zu rächen, aber ich bin unbesiegbar. Du wirst wieder scheitern. Offenbar hast du nicht bemerkt, dass ich einen meiner besten Männer bei mir habe.« Mit seiner Hand wies er zu der Seite, auf der Jabari stand.

»Wahrhaftig? Ich sehe einen weiteren hier, aber wo ist *dein* Mann?« Graeme trat einen Schritt näher an Merrill heran, die Hand noch immer am Griff seines Schwertes.

Merrill bellte: »Jabari, töte den Narren. Ich habe keine Lust, mir die Hände mit dem Blut dieses Abschaums zu beschmutzen. Er ist keine Herausforderung für mich. Er ist so schwach, wie er es vor sieben Jahren war. Ich wusste, ihn zurückzulassen würde kein Risiko darstellen.« Er grinste und nickte dem großen Mann zu.

Jabari lachte, und seine weißen Zähne leuchteten sogar in der Höhle hell auf. Er schritt auf Merrill zu, anstatt auf Graeme, und überraschte den Schurken völlig, als er ihn am Hals packte, vom Boden abhob und zu Graeme warf.

Merrill landete mit einem Grunzen. »Was zum Teufel machst du da, du Narr? Ich will, dass du den Mistkerl für das tötest, was er meiner Frau angetan hat.« Merrill stand auf und sprang fluchend vor Graeme zurück.

Aber Graeme war schneller. Er packte Merrill und wirbelte ihn herum, warf ihn zu Boden und riss dabei seine Handgelenke nach hinten. »Fessle ihn, Jabari. Wir werden ihn als *Gast* in meine Burg bringen.«

Jabari nahm das Seil, das Graeme ihm reichte, und sagte: »Mit Vergnügen, mein Laird.«

»Mein Laird? Du kannst sprechen? Du lausiger Schuft! Du arbeitest für MacGregor? Du bist unter falschen Vorwänden auf mein Land gekommen? Das wirst du mir büßen, MacGregor.«

Graeme sah Jabari an und meinte: »Ich denke, du sprichst recht deutlich. In den letzten Jahren hast du viel von dem Dialekt deiner Heimat verloren.«

Merrill stotterte weiter, während die beiden Männer ihn fesselten. Als er sowohl an den Händen als auch den Beinen gefesselt war, brachten sie ihn aus der Höhle. Graeme trat Merrill mit seinem Stiefel direkt in die Hoden. Als der Unhold sein Gemächt daraufhin stöhnend und schreiend umklammerte, sagte Graeme: »Das ist dafür, dass du deine Frau auspeitschen ließest. Du hast überhaupt keine Ehre.«

Jabari lachte, als er Merrill über das Pferd hängte. »Übrigens ist er genau so widerwärtig, wie man sagt. Habt keine Schuldgefühle, wenn Ihr ihn tötet.«

Graeme schmunzelte und bestieg sein Pferd. »Die MacGregors erwarten deine Ankunft.« Er schnippte mit den Zügeln und sie traten den Heimweg an.

Endlich würde der Gerechtigkeit Genüge getan werden.

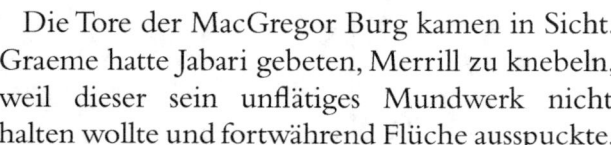

Die Tore der MacGregor Burg kamen in Sicht. Graeme hatte Jabari gebeten, Merrill zu knebeln, weil dieser sein unflätiges Mundwerk nicht halten wollte und fortwährend Flüche ausspuckte. Sein Clan hatte ebenso verdient, den Tod dieses Mannes mitzuerleben wie er selbst, denn sonst hätte er seinen Dolch genommen und ihm die Kehle durchgeschnitten.

Sie alle brauchten es. Er hatte Jabari nach Catherine gefragt, und dieser hatte geantwortet, es ginge ihr gut. Er gab ihm die Anweisung, sich ein Pferd zu beschaffen und sie zu holen, doch er wollte nicht, dass sie Zeugin dessen wurde, was kommen sollte. Jabari sollte sie vor den Toren aufhalten, bis die Tötung beendet war.

Ihr Herz war zu weich für das, was passieren würde.

Conn trat heraus, um ihn mit fünf MacGregor Krieger in seiner Begleitung, als Erster willkommen zu heißen. »Du hast dieses Scheusal gefangen und er ist noch am Leben?«

»Aye. Versammelt den Clan im Hof, aber zuerst will ich dich nach dem Stand in Merrill Castle fragen.« Graeme hielt seinen Blick nach vorn gerichtet, während sie vorankamen.

»Durchsucht und geleert. Alle Überlebenden sind hier, in Erwartung deiner Entscheidung. Sie befinden sich hinter dem Ringwall.«

»Wie viele?«

»Zwei Dutzend Diener und ein paar Krieger, die ihre Waffen gestreckt und dir bereits die Treue geschworen haben. Sie hassen Merrill. Es sind einige darunter, die das Land mit ihren Frauen und Kindern bestellt haben. Eine Frau ist hier, die behauptet, seine Schwester zu sein, aber sie ist gegen ihn. Sie hat ein kleines Kind bei sich.«

Vor den Toren hielt er sein Claymore hoch und stieß den MacGregor Kampfschrei aus. Der Moment war gekommen.

Er ließ sich Zeit, bis alle versammelt waren, ehe er den Hof betrat. Er konnte nicht umhin, an die Vergangenheit zu denken.

Vor sieben Jahren hatte ihn sein Vater hinaufgeschickt, sobald sie das Hufgetrappel der Pferde vor ihren Toren gehört hatten. Boyd und er hatten in der Halle mit den Hunden gespielt, während Conn und Rory gerade in die Küche gelaufen waren, um sich süßen Kuchen zu holen. Sein Vater hatte Alpin mitgenommen, und seine Mutter war in der Halle bei der Feuerstelle geblieben. Graeme hatte gebeten, bei ihr zu bleiben, aber sein Vater hatte ihn mit Boyd die Treppe hinaufgeschickt.

Mehr als alles andere hatte ihn die Miene seines Vaters erschreckt.

Er hatte sein Bestes getan, um mit dem siebenjährigen Boyd zu spielen und ihn abzulenken, aber nach einer Weile hatte ihn die Neugierde übermannt. Der Lärm der Menge draußen war ohrenbetäubend geworden, und so hatte er sich auf den Gang geschlichen und war die Treppe hinuntergelaufen, während Boyd direkt hinter ihm herkam.

Seine Mutter war verschwunden und die Halle war verwaist. Die Stille im Inneren stand im krassen Gegensatz zu dem Geschrei im Hof, aber er hörte, wie Moyra Conn und Rory in der Küche Anweisungen gab. Er öffnete die Tür einen Spalt, und als er sah, dass niemand in der Nähe war, schlich er sich zu den Stufen, die zur Halle führten, seinen Bruder auf den Fersen. Das Erste, was ihm auffiel, waren die Leichen, die auf dem Vorhof lagen, und viele von ihnen trugen ein MacGregor Plaid.

Sein Herz schlug schneller, als er die Gegend mit Blicken absuchte. Boyd hatte seinen Arm gepackt, und seine Finger gruben sich in Graemes Haut. Dort, mitten auf dem Hof wurde sein Vater von drei Männern festgehalten. Er brüllte und fluchte und drohte, jemanden umzubringen.

Dann verstand Graeme, warum. Seine Mutter lag schluchzend auf den Knien vor einem Mann, der ihr einen Dolch an die Kehle hielt. Alpin wurde von einem anderen Krieger neben ihr festgehalten. Boyd zerrte an seinem Arm, und die beiden kauerten sich aneinander, während sie das Grauen verfolgten, das sich vor ihren Augen abspielte.

Der grausame Mann schnitt seiner Mutter die Kehle mit dem Messer auf, und das Blut spritzte überall hin, und ihr Vater stieß brüllend wahnsinnige Laute aus und sank auf die Knie, während die drei Männer ihn immer noch festhielten. Innerhalb weniger Augenblicke schluchzte ihr Vater, was Graeme noch nie bei ihm gesehen hatte. Er umarmte Boyd, der nun weinte, noch enger, während sie zusahen.

Der Mann, von dem er jetzt wusste, dass er Merrill war, kicherte und ließ den blutenden Körper ihrer Mutter sinken. Dann schritt er vorwärts und packte Alpin. Boyds Stimme flüsterte Graeme ins Ohr: »Nein. Hör auf, bitte.«

Sie hätten nichts tun können, um es aufzuhalten.

Eine Sekunde später fiel Alpin zu Boden. Ein Schwert durchbohrte sein Herz. Die Schreie seines Vaters waren inzwischen unkontrollierbar geworden.

Diesmal ging Merrill langsamer zu Werke, und Graeme hatte Zeit zum Nachdenken. Henry Merrill schritt vor William MacGregor hin und her, rief ihm etwas zu und verhöhnte ihn. Von mehreren Kriegern zurückgehalten, konnte Graemes Vater nur noch schluchzen und fluchen. Als Merrill sein Schwert hob, um es ihm in den Bauch zu stoßen, rastete etwas in Graeme aus, das ihn zwang, vorwärts zu stürmen und: »Nein!« zu schreien.

Sein Vater schrie ihn an: »Zurück, Graeme, zurück!«

Aber seine vierzehnjährigen Beine trieben ihn vorwärts, und er sprang auf Merrill, biss ihn und packte seinen Arm. Henry Merrill lachte nur. Er stieß sein Schwert in Graemes Vater, während

Graeme seine Hand noch auf seinem Arm hatte.

Er sah aus weniger als einer Armlänge Entfernung zu, wie das Lebenslicht in den Augen seines Vaters erlosch.

Er sah auch, wie Merrill das Schwert im Bauch seines Vaters drehte, nur um es noch ein bisschen schmerzhafter zu machen.

Dann richtete Merrill seine grausamen Augen auf ihn. »Ich könnte dich töten, Junge«, sagte er und grinste tatsächlich, »aber du bist zu schwach. Ich überlasse es dir, allen zu erzählen, was ich getan habe. Wenn du jemals mein Land betrittst, werde ich dich auf dieselbe Weise töten, vor aller Augen. Aber ich kann in deinen Augen sehen, dass du eine wertlose Kreatur bist, ein Schwächling. Du und deine erbärmlichen kleinen Brüder werden mir nie etwas antun können.«

Er schleuderte ihn nach hinten und ging von ihm weg, wobei seine Krieger ihn schützten. Sobald Graeme nur noch seine Rückseite sah, beugte er sich über seinen Vater und versprach ihm, sich für seinen Tod zu rächen. Als er sich schließlich umdrehte, saß Boyd unbeweglich auf dem Boden, und der Blick in seinen Augen war leer.

Seitdem, bis zu diesem Tag, hatte sein Bruder nie wieder ein Wort mit jemandem außer ihm gewechselt.

Nun, Boyd war wieder da, und so auch er.

Nie hatte er begriffen, warum Merrill seine Familie ermordet hatte. Jetzt verstand er es, und dafür würde Merrill sterben.

Sie hatten seine Familie beim hinteren Ringwall

begraben, am äußersten Rand des Burghofs.
Bevor er dieser Travestie ein Ende machte, führte
Graeme sein Pferd zu den Gräbern und stieg ab.
Er sank vor dem Grab seiner Eltern auf die Knie
und sagte: »Ich habe getan, was ich versprochen
habe, Papa. Die Rache ist unsere.« Er senkte kurz
den Kopf, stand dann auf und drehte sich zu den
MacGregors hinter ihm um. Er hielt sein Schwert
hoch und rief: »Die Rache ist unsere!«

KAPITEL ACHTZEHN

GRAEME STIEG ERNEUT auf sein Pferd und lenkte Starlight über den Burghof, während seine Clanangehörigen zu beiden Seiten des Weges standen und ihn anfeuerten. Die Rufe »Rache, Rache« folgten ihm bis zur Mitte des Burghofes. Er würde das Blut dieses Mistkerls an derselben Stelle vergießen, an der dieser Mann seine Familie getötet hatte.

Er stieg von Starlight und warf die Zügel einem der Stallburschen zu, um dann im Kreis zu gehen. Dann zeigte er auf Merrill und meinte: »Holt ihn vom Pferd. Gestattet ihm, vor den MacGregors zu stehen. Vor seinen Anklägern.«

Die Menge tobte, doch er gab ihnen ein Zeichen zurückzuweichen. Er wusste, dass seine Männer keinen Versuch unternehmen würden, ihm diesen Moment zu nehmen. Henry Merrill gehörte ihm.

Als Merrill am Boden lag, wurde sein Knebel entfernt, obwohl seine Hände gefesselt blieben. Er spuckte auf den Boden und verfluchte die MacGregors. Graeme ließ ihm einen Moment

Zeit zum Fluchen, und Visionen von rotem Haar und grünen Augen tanzten durch seinen Kopf.

Um was hatte sie ihn angefleht, bevor er den Kerker verlassen hatte? Er erinnerte sich. Sie hatte ihn gebeten, sich in Selbstbeherrschung zu üben, zu bedenken, dass nicht alle von Merrills Leuten den MacGregors etwas angetan hatten. Seine Catherine war eine weise Frau, aber sie verstand nicht, was er gesehen hatte, wie er seine Mutter hatte sterben sehen, dann seinen Bruder und seinen Vater, oder wie die Merrills nach jedem Tod jubelten. Hatten dafür nicht alle den Tod verdient?

Nein, nur Merrill hatte den Tod verdient. Diejenigen, die sie aufzuhalten versucht hatten, hatten eine schlechte Entscheidung getroffen. Die anderen würden die Möglichkeit haben, sich seinem Clan anzuschließen, wenn sie wollten.

Und Merrill? Graeme war zu dem Schluss gekommen, dass Catherine recht hatte – er konnte dem Scheusal nicht einfach so die Kehle durchschneiden. Er würde gegen ihn kämpfen, damit der König nicht auf den Gedanken käme seine Motive infrage zu stellen. Das war eine gerechte und ehrliche Herangehensweise und es würde seinen Sieg umso befriedigender machen. Er hatte viele Zeugen, die für ihn bürgen konnten.

Nur eine einzige Frage hatte er noch nicht beantwortet, und zwar die nach Merrills Schwester, die mit ihm blutsverwandt war, aber Catherines Bitte um Gnade klang noch immer in seinem Kopf. Merrills Mutter, seine Schwester und ihr Kind waren hier irgendwo, obwohl Conn nichts von der Mutter gesagt hatte. Im Moment gingen sie ihn nichts an. Er würde entscheiden, was zu tun war, nachdem Merrill seinen letzten Atemzug getan hatte. Derzeit musste er sich auf seine Rache konzentrieren – für seinen Vater, seine Mutter, seinen Bruder und seinen Clan.

Graeme hob sein Schwert und bat die Menge um Ruhe. »Henry Merrill, du bist angeklagt, William MacGregor, seine liebe Frau Ailis und seinen ältesten Sohn Alpin getötet zu haben. Dafür wurdest du zum Tode verurteilt.«

Merrills Mundwerk begann auf die Menge einzureden. »Und wer soll mich töten? Du? Du hattest sieben Jahre Zeit, mich umzubringen, und hast nichts getan. Glaubt ihr Narren, er könnte mich jetzt töten? Das wird er nicht können, das verspreche ich euch. Er ist schwach, und diese Schwäche wird sich zeigen, wenn er meine Haut nicht mit dieser Klinge durchbohren kann. Reicht mir ein Schwert, und ich werde euch beweisen, wie schwach er ist. Ich werde ihn töten, wie ich seine Eltern getötet habe.«

Graeme lachte und warf angesichts des lächerlichen Vorschlags den Kopf in den Nacken. Dies war ein Mann, der lieber davonlief, als seine Krieger anzuführen, der nur Feinde attackierte, die zuvor wehrlos gemacht worden waren. Außerdem hatte er gerade vor zahllosen Zeugen den Mord an der MacGregor Familie gestanden, was die Sache mit ihrem König klärte, wenn er jemals befragt würde. »Du glaubst, du kannst kämpfen? Du glaubst, du bist stärker als ich?« Graeme blickte über die Schulter zu seinem Stellvertreter, der direkt hinter ihm stand. »Tomag, besorge dem Mistkerl ein Schwert. Wir werden sehen, wer der Stärkere ist.«

Während Tomag tat, was ihm befohlen wurde, flüsterte Conn ihm ins Ohr: »Bist du dir sicher? Ich bin nicht bereit, noch einen Bruder zu verlieren.«

Graeme schüttelte den Kopf und lächelte. »Mach dir keine Sorgen. Wie lange haben wir darauf gewartet?«

»Eine lange Zeit.« Conn griff seinen Bruder an die Schulter. »Mach mich stolz, Graeme.«

Tomag kehrte mit einem Schwert in der Hand zurück.

Graeme sagte: »Bindet ihm die Hände los und reicht ihm das Schwert, wenn ich bereit bin. Es wird ein fairer Kampf bis zum Tod, wenn es losgeht.«

Die Menge feuerte ihn an, und Merrill verfluchte sie alle. Graeme zog seinen Waffenrock aus, sodass er nur noch sein Plaid in den Farben der MacGregors trug. Er war sehr stolz auf diese Farben.

»Bist du bereit, Narr?«, fragte Graeme und nahm seine Kampfstellung ein, nachdem er die Schultern gelockert hatte. »Komm, greif an. Wann immer du bereit bist, greif mich an.«

Mit einem Knurren schwang Merrill das Schwert über seinen Kopf und ließ es fest auf Graemes Schwert niedersausen. Das sagte ihm genau das, was er wissen musste – hinter seinem Hieb steckte nicht viel Kraft. Dennoch beschloss er, den Kerl noch eine Weile das Schwert schwingen zu lassen, ehe er den tödlichen Schlag ausführte.

Der Narr schlug sein Schwert von der Seite, zielte auf seinen Bauch, aber Graeme wehrte ihn leicht ab. Sie parierten eine Weile, Schwert gegen Schwert, und die Menge johlte.

Dieser Kampf mit seinem Feind verlieh Graeme eine Art von Konzentration, die er noch nie zuvor erlebt hatte. Alles rückte in den Mittelpunkt seines Blickfelds. Er konnte sehen, dass der Mann schwächer wurde, also reizte er ihn mit seinem nächsten Stoß, traf ihn von der Seite und brachte ihn mit einem kleinen, nicht sehr tiefen Schnitt quer über die Brust zum Bluten.

Der Schock auf Merrills Gesicht verschaffte ihm große Genugtuung. Sein Gegner wich zurück, um den Schaden zu begutachten.

Während Merrill innehielt, kam Graeme das Gesicht seines Vaters in den Sinn, dann das seiner Mutter, deren Lächeln so liebevoll wie stets war, als er jung war. Wie sehr hatte er seine Eltern geliebt. Er wischte sich den Schweiß vom Gesicht, während er seine ganze Kraft in sich sammelte – eine Lektion, die sein Vater ihn vor so langer Zeit gelehrt hatte. »Kraft kommt von deiner inneren Stärke, Junge, nicht von der Größe deiner Muskeln.«

Trotzdem hatte er sieben Jahre damit verbracht, seine Muskeln und seine Fähigkeiten für diesen Moment zu schulen. Merrill würde nicht mehr lange leben. Aber er würde auch nicht einfach untergehen. Er war zwar schwach, aber er hatte einiges Kampfgeschick. Diese Tatsache würde MacGregor den Sieg nur noch versüßen.

Als Merrill sich nach seiner Verletzung wieder erholt hatte und das Blut immer noch an seiner Seite herunterlief, begann er Graeme zu verspotten, ähnlich wie er es vor sieben Jahren getan hatte. »Du bist immer noch schwach, MacGregor, genau wie dein Vater es war. Er war keine Herausforderung für mich, und du bist es auch nicht.«

Die Menge war außer sich und stampfte bei den Worten seines Gegners mit den Füßen auf. Diesmal war Graeme nicht in der Defensive, sondern ging in die Offensive.

Er war von Schweiß bedeckt, als die Morgensonne auf sie beide herabschien. Graeme spannte seine Muskeln an und ging dann mit einer Kraft auf den Mistkerl los, von der er nicht gewusst hatte, dass sie in ihm steckte. Er schlug zu und riss Merrill mit seinem Hieb beinahe von den Füßen.

»Das war ein guter Schlag für einen Schwächling.« Merrill schwang von rechts nach ihm, ein direkter Schlag, den er leicht abwehren konnte, aber er war überrascht, als sein Feind im letzten Moment die Richtung wechselte und ihn von der anderen Seite angriff.

Graeme passte sich an und parierte Merrills nächsten Schlag. Die aufeinanderprallenden Stahlklingen waren lauter als die Schreie der Menge. Sie umkreisten sich erneut. Ein Bild von Alpins Gesicht tauchte in seinen Gedanken auf. *Tu es, Graeme.*

Graeme griff ihn hart an, schwang sein Claymore in einem weiten Bogen, um ihm die Waffe aus der Hand zu schlagen, aber er hatte die nächste Bewegung des Mannes falsch eingeschätzt, und Merrill versetzte ihm einen hinterhältigen Hieb, der die Haut unter seinem Arm aufschnitt und das Blut in einem Rinnsal an seiner Seite hinunterfließen ließ.

Graeme ging auf ein Knie, um nicht umzufallen, aber ein solcher Schlag würde ihn nicht bremsen. Er brachte die Kraft auf, wieder aufzustehen. Dann ertönte ein Laut über dem Lärm der Menge.

»Nein, Graeme!«

Catherine.

Catherine und Issy waren genau an der Stelle geblieben, an der Jabari sie verlassen hatte. Catherine hatte ein stilles Gebet gesprochen, dass Graeme sie finden würde, obwohl der seltsame Mann sie so gut versteckt hatte, dass sie keine Ahnung hatte, wie überhaupt jemand sie finden sollte. Zuerst verhielt sie sich ruhig und lauschte auf Henry oder andere Wesen, die sich dort draußen aufhalten könnten, aber der Wald war still, bis auf den Schrei einer Eule oder die leisen Geräusche einer Brise, die die Blätter der Bäume bewegte. Nach einer Weile tat sie das Einzige, was sie tun konnte. Sie legte sich auf die Seite, kuschelte Issy an sich und schloss die Augen in der Hoffnung, die wilden Tiere würden sie in Ruhe lassen.

Issy hatte ihr die Wange gestreichelt und gesagt: »Ich hab dich lieb, Mama.« Dann waren ihr die Augen zugefallen und sie war schnell eingeschlafen, bevor Catherine ihrer süßen Tochter erklären konnte, wie sehr sie sie liebte.

Einige Zeit später rief eine Stimme ihren Namen, und sie setzte sich mit der Absicht aufrecht hin, ihre Tochter zu schützen. Ihr Verstand war verworren, aber sie blickte um den Felsen herum und sah Jabari dort stehen, der ihr die Hand hinhielt. »Kommt, Mylady. Ich bringe Euch zu MacGregor.«

Die Sonne war aufgegangen, aber nicht sehr weit. Bevor Catherine ihre Arme fester um ihre Tochter schließen konnte, löste sich Issy von ihr und lief geradewegs in Jabaris Arme. »Schau, Mama. Er spricht.«

Catherine schaute den Mann verwirrt an. »Nein, Jabari. Ich werde nicht zu Henry zurückkehren. Ich werde warten, bis jemand anderes kommt.« Tränen füllten ihre Augen, als sie an die Brutalität ihres Mannes dachte. »Nicht mehr. Wir werden nicht mit dir gehen.«

Issy fragte: »Warum, Mama? Ich mag Jabari.«

Jabari lachte und erklärte: »Ich arbeite nicht für Euren Mann. Ich gehöre zum MacGregor Clan und Graeme hat mich geschickt, um Euch zu holen. Ich bringe Euch zu seiner Burg.«

»Was? Aber du warst bei meinem Mann. Du warst mein Bewacher. Wie kann das sein?«

»Graeme schickte mich, um auf Euch aufzupassen, nachdem er geflohen war. Er stellte mich ein, um Euch vor Eurem dummen

Ehemann zu schützen. Merrill hat mich als
Diener angeheuert, da die MacGregors einen
Eingeweihten unter Merrills Männern hatten,
der als Vermittler fungierte. Es war einfach, denn
Euer Mann war verzweifelt und ihm gefiel der
Gedanke an einen Diener, der stumm war. Er
hatte schon viele Männer verloren.« Er hielt ihr
die Hand hin und sagte: »Ich habe versprochen,
Euch gut zu verstecken, während ich Merrill
geradewegs in die Arme der MacGregors führte.
Und ein innerer Frieden sagte mir, dass Ihr dort
bleiben würdet, wo ich Euch gelassen hatte.«

»Aber was wäre, wenn wir gegangen *wären*?«

Er zwinkerte ihr zu. »Ich habe ein besonderes
Talent dafür, Menschen zu finden, denen ich
zugewiesen bin. Ich hätte Euch gefunden.
Kommt, ich bringe Euch zu Graeme.«

»Mein Mann?«

»Ich bezweifle, dass Euer Mann noch am Leben
ist. Der Laird und ich haben ihn zu MacGregor
Castle gebracht. Sie waren gerade im Begriff,
einen Kampf auszutragen, als ich ging.«

»Kampf?«

»Ja. MacGregor hat so viel Ehre, dass er selbst
seinen ärgsten Feind nicht kaltblütig töten
konnte. Er zog es vor, ihn im Kampf zu töten,
und bei meinem Aufbruch waren sie gerade
dabei, im Hof zu kämpfen. Ich bin sicher, dass es
jetzt erledigt ist.«

Sie legte ihre Hand in Jabaris, und er half ihr von
dem Felsvorsprung herunter, wobei ihr Knöchel
allerdings schmerzte. Er hatte ein Pferd für sie
mitgebracht und half ihr und Issy aufzusitzen,

ehe er sein eigenes Reittier bestieg. Wenig später waren sie außerhalb der Ringmauer. Die Luft war von den Rufen der aufgebrachten Menge erfüllt, die ganz wild von dem Kampf war. Die Tore öffneten sich für sie und dann ritten sie schnell über die Brücke.

Jabari führte sie zu den Stallungen und war ihr dann beim Absitzen behilflich. »Mylady, MacGregor wollte nicht, dass Ihr Zeuge des Kampfes werdet. Warum wartet Ihr nicht unter dem schönen schattigen Baum in der Ecke? Ich werde Issy hinüberbringen, denn sie soll nichts sehen.«

Sie befand sich auf einem erhöhten Punkt, der ihr gerade erlaubte, das Chaos zu überblicken, das sich unter ihr entfaltete. Mitten im Hof kämpfte Graeme gegen ihren Ehemann und Reihen um Reihen von Kriegern verfolgten den Schwertkampf, während sie MacGregor anfeuerten. Sie drehte sich um und gab dem sanften Riesen ihre Tochter. »Nimm sie bitte, Jabari. Ich muss bleiben.« Sobald sie sich zu dem schattigen Baum aufgemacht hatten, drehte sie sich zum Hof um.

Als die Kämpfer endlich in ihrem Blickfeld auftauchten, sah sie, wie ihr Mann Graeme in die Seite schnitt und Blut aus seinem Körper strömte, das auf den Boden tropfte.

»Nein, Graeme!«, schrie sie. Sie wollte und konnte nicht zusehen, wie der Mann, den sie liebte, vor ihren Augen starb. Sie stürmte mitten in das Handgemenge, wurde aber zum Stehenbleiben gezwungen, als der Schmerz durch die Anstrengung des Laufens in ihrem Bein hochschoss. Egal – sie würde ihre Schmerzen ignorieren müssen.

Sie stieß alle Krieger beiseite, die sich zwischen sie und ihren Geliebten drängten, und bahnte sich humpelnd ihren Weg durch die Menge. Sie musste nach vorne kommen.

Wenn es sein musste, würde sie selbst Henry Merrill einen Dolch in sein schwarzes Herz stoßen.

KAPITEL NEUNZEHN

———⟋⟍———

AUS DEN AUGENWINKELN sah er
Catherine in der Ferne, und das war genau
der Antrieb, den er brauchte. Er ignorierte den
leichten Schmerz in seiner Seite.

»Schwach!«, spottete Merrill. »Genau wie ich
vorhin gesagt habe.« Er schwang sein Schwert
erneut nach Graeme, zielte auf ihn, als dieser den
Kopf drehte, und rannte geradewegs auf ihn zu.
»Du nutzlose Kreatur. Du verdienst es zu sterben!
Wenn ich mit dir fertig bin, bringe ich auch
meine Hurenfrau um!«

Die Welt verlangsamte sich vor Graeme. Ein
schwachsinniger Mann rannte geradewegs auf ihn
zu, der sein Schwert auf Graemes Herz gerichtet
hielt. Er hörte die Stimme seiner Mutter, die ihm
zurief: »Graeme, sei stark. Du bist so ein guter
Junge.«

Catherines süßes Lächeln erschien vor ihm,
sie streckte die Hand aus, um seine Wange zu
streicheln. Dann sah er alle seine Brüder, lebende
und tote, in einer Traube zusammenstehen.
»Bring es zu Ende, Graeme. Bitte?«, flehte Boyd.

Er wusste nicht, was Realität und was

seine Erinnerung war, denn seine gesamte Wahrnehmung konzentrierte sich auf den Mann, der geradewegs auf ihn zukam. Er blinzelte einmal, dann schlug er mit seinem Schwert, das er mit beiden Händen hielt, von der Seite gegen Merrills Hände. Das Schwert des Schurken flog in die Luft und seine Augen weiteten sich vor plötzlicher Angst über diesen Wandel der Ereignisse. Dann fuhr Graemes Schwertspitze geradewegs in Merrills Bauch.

Graeme packte sein Schwert mit beiden Händen und brüllte mit einem Grunzen über die Menge hinweg: »Das ist für meinen Vater, William MacGregor.« Er trat einen Schritt näher an seinen Feind heran und drehte ihm das Schwert im Bauch, sodass der Unhold die Augen verdrehte, als er versuchte, das Schwert aus seinen Eingeweiden zu ziehen. »Das ist für Ailis MacGregor.« Er drehte sein Schwert erneut. »Und das ist für meinen Bruder, Alpin.«

Er packte Merrill an der Schulter, um mehr Hebelkraft zu haben, mit der er die Klinge herausziehen konnte. Die Menge brach in Jubel und Sprechchöre aus: »MacGregor, MacGregor, MacGregor.«

Dann stieß er das Schwert direkt in das Herz des Scheusals und verkündete: »Und das ist für Catherine.«

Seine Hände lösten sich von der Klinge, und er sah zu, wie sein Feind zu Boden ging und endlich tot war. Er hörte Rory und Conn schreien, und Tomag hatte sich bereits durch die Menge gedrängt und schlug ihm auf den Rücken, wobei er ihm etwas die Hände drückte. Graeme blickte nach unten und sah einen Stein mit Schnitzereien darauf. Er blickte verwirrt zu Tomag hoch.

»Der Glücksbringer deines Vaters. Er gehört dir, du hast ihn dir verdient.« Zu sehr von all den Geschehnissen schockiert, steckte er ihn weg und suchte in der Menge nach jemandem. Er freute sich, wie die Leute seinen Sieg feierten, aber das war es nicht, was er brauchte.

Er brauchte Catherine. Er musste sich versichern, dass sie ihn nicht zurückweisen würde, weil er ihren Mann getötet hatte. Er drehte sich in die Richtung ihrer Schreie und drängte sich durch die Menge, bis er sie tränenüberströmt fand. Sie warf sich ihm in die Arme, und er sprach ein kurzes Dankesgebet an den Herrn, dass sie akzeptiert hatte, was er hatte tun müssen.

Sie umfasste sein Gesicht und sagte: »Ich liebe dich.«

»Ich liebe dich auch.«

»Issy?«, flüsterte er. »Wo ist deine Tochter? Sie war doch bei dir, nicht wahr?«

Catherines Finger wanderten zu seinen Lippen, um ihn zum Schweigen zu bringen. »Sie ist bei Jabari. Sie betet ihn an.«

Er seufzte vor Erleichterung. »Jabari wird sie beschützen.«

Um sie herum wurde es still, aber Graeme wollte und konnte Catherine nicht loslassen. Er hielt sie fest und drehte sich um, um zu sehen, was die Menge so plötzlich zum Schweigen gebracht hatte.

Boyd. Sein jüngerer Bruder, der gerade begann,

aus sich herauszugehen, kam die Treppe herunter.
Es war ein langsamer, aber bedächtiger Gang, und
er tat es mit hoch erhobenem Kopf. Catherine
drehte den Kopf, um ihm zusammen mit den
anderen MacGregors zuzusehen, während sie das
Gesicht an Graemes Schulter bettete und ihr die
Tränen noch immer über die Wangen liefen. Er
legte ihr die Hand in den Nacken und liebkoste
ihren Haaransatz.

Boyd sah sie nicht einmal an, sondern schritt
mitten auf den Hof zur Leiche von Henry Merrill.
Graeme wollte ihn aufhalten, aber Tomag fing
seinen Blick auf und schüttelte den Kopf, um
zu signalisieren, dass sie Boyd diesen Moment
gewähren sollten. Einen Moment lang herrschte
Schweigen, und alle Blicke waren auf den Jungen
gerichtet, der noch immer zu niemandem
außerhalb des Wohnturms ein Wort gesagt hatte.
Als er Merrill erreichte, hielt er inne und blickte
auf die Leiche, die von einer Blutlache umgeben
war. Dann beugte er sich vor und zog Graemes
Schwert aus dem Herzen des Unholds.

Die Menge brach in Jubel aus und rief Boyds
Namen. Graeme konnte sehen, wie schwer es
ihm fiel, das schwere Schwert zu tragen, aber er
hob es hoch in die Luft und entfernte sich von
ihnen allen. Das Gedränge teilte sich, als Boyd
sich vom Wohnturm entfernte. Graeme hatte
keine Ahnung, wohin er wollte, bis er an den
Stallungen vorbeikam und nach links abbog.

Er hielt auf die Gräber ihrer Familie zu. Graeme
folgte ihm, unsicher, was er tun würde, und
brachte Catherine mit sich. Auch die anderen

kamen mit. Als sie an der Grabstätte ankamen, verfielen alle aus Respekt erneut in Schweigen.

Boyd kniete vor dem Grab ihrer Mutter nieder – ihr Vater zur Linken und Alpin zur Rechten.

Rory drängte sich durch die Menge und kniete an Boyds rechter Seite. Er legte seine Hand zusammen mit der seines Bruders auf den Griff des Schwertes, als wüsste er genau, was sein Bruder vorhatte. Die beiden legten das Schwert quer nieder, sodass es alle drei Gräber berührte, und verneigten sich einen Moment in stiller Einkehr, bevor sie sich aufrichteten.

Boyd sagte: »Für dich, Mama, und für dich, Papa, und für dich, Alpin.«

Graeme und Conn schlossen sich ihren Brüdern an und legten die Arme um deren Schultern. Conn rief: »Für die MacGregors, für uns alle.«

Die Gruppe brach erneut in Jubel aus, und Boyd drehte sich zu Graeme um und lächelte ihn an. »Geschafft«, sagte er. »Es ist endlich geschafft, Graeme.«

Die Menge folgte den Brüdern, als sie den Weg wieder hinaufgingen und den Hof überquerten, und sie erdrückten sie beinahe, aber Graeme beschützte Catherine und bahnte sich einen Weg zu den Stufen, die in die große Halle führten.

Den Arm um sie gelegt, stand er oben an der Treppe und hielt die Hand hoch, um die Menge um Ruhe zu bitten.

Als endlich Stille eingekehrt war, sah er Conn an und sagte: »Führt die Gefangenen in den Hof.«

Graeme spürte, wie sich Catherines Körper

in seinen Armen anspannte, aber er drückte sie einfach an sich und sah seine Brüder an.

Er wusste, was er zu tun hatte.

Es war gerecht und richtig, auch wenn er wusste, dass viele nicht mit ihm einverstanden sein würden.

Sobald Catherine das Wort »Gefangenen« hörte, wurden ihr die Knie weich, aber sie hielt sich an Graeme fest und betete noch einmal von Herzen, dass er das Richtige tun würde. Er hatte sie hierher gebracht, und das war ein gutes Zeichen. Würde er ihnen die Freiheit oder einen Platz im Clan anbieten? Oder hatte er die Absicht, die verbliebenen Krieger töten zu lassen? Wollte er Margaret und die anderen vor den Augen seines Clans töten? Ihren Schreien und Rufen nach zu urteilen, dürsteten die Männer immer noch nach Rache.

Tomag und Conn führten die erste Gruppe, die hinter dem Wohnturm festgehalten worden waren, mitten auf den Hof und drängten die Schar der Krieger zurück, um die Männer, Frauen und Kinder, die durch ihre Reihen marschierten, zu schützen.

Catherine wagte es, einen Blick auf die Gruppe zu werfen. Sie war von der großen Zahl der Menschen überrascht, die meisten waren Diener, die sie wiedererkannte. Die Angst in ihren Augen zerriss sie innerlich. Ihr Blick fand Dolag, die aussah, als würde sie gleich in Ohnmacht fallen. Sie riss ihren Blick von ihrer geliebten Magd los und entdeckte die Köchin ihres Mannes, zwei Mägde, die ihr oft geholfen hatten, die Töchter der Mägde und schließlich Benneit. Sie hatte sich Sorgen gemacht, was aus ihm werden würde, nachdem Henry seine Rolle als Mittäter bei Graemes Flucht entdeckt hatte. Er sah aus, als sei er übel zugerichtet worden, aber er *lebte*. Sie alle standen Graeme gegenüber, zusammen mit vielen anderen, und warteten darauf, das Urteil über ihr Schicksal zu erfahren.

Graeme hob seine Hand, um die Menge zum Schweigen zu bringen. »Sind da noch mehr, Conn?«

»Ja. Zwei weitere Gruppen.«

Graeme sagte: »Bringt die Krieger heraus.«

Augenblicke später tauchte eine kleine Gruppe von Kriegern auf, zusammen mit einigen Familien, die sich aneinander festhielten.

Graeme warf einen Blick auf die Familien. »Bestellt ihr das Land?«

Die Männer in der Menge nickten, und einer bot an: »Es wäre uns eine Ehre, Euer Land zu bestellen, mein Laird.«

Graeme blickte wieder zu Conn. »Und die letzte Gruppe? Bringt sie her.«

Conn nickte und ging, um zu tun, was ihm aufgetragen wurde. Catherine wagte es, einen Blick auf die große Gruppe vor ihr zu werfen, viele Menschen, die sie nicht kannte, obwohl sie ihre Herrin war. Und warum? Weil ihr Mann sie fast wie eine Gefangene gehalten hatte, eingesperrt in ihrer Kammer oben. Sie bedauerte seinen Tod nicht.

Als die letzte Gruppe den Hof betrat, konnte Catherine nicht anders, als Graeme fester an sich zu drücken. Sie bestand aus zwei Personen.

Margaret und Wesley. Kaum standen sie vor ihr, sagte Wesley: »Sei gegrüßt, Tante Catherine. Wo ist Isbeil?« Er grinste sie an, ein zahnloses Grinsen, weil er seine beiden Vorderzähne verloren hatte.

Graeme fragte: »Ihr seid die Schwester von Merrill?«

Margaret begegnete seinem Blick, ohne mit der Wimper zu zucken, und antwortete: »Ja, ich bin seine Schwester, aber ich lehne sein Verhalten ab. Er war ein grausamer Mann, besonders zu seiner Frau.« Sie nickte in Catherines Richtung.

Die Menge der MacGregors brach bei ihrer Erklärung, dass sie Merrills Schwester sei, in Unruhe aus und einige forderten lautstark ihren Tod, während andere verlangten, dass sie verschont würde. Catherine gab sich alle Mühe, stehen zu bleiben, aber die Erschöpfung der letzten beiden Wochen forderte endlich ihren Tribut. Sie lehnte ihren Kopf noch immer an Graemes bloße Brust, und fühlte sich in diesem Chaos von seiner Berührung, mit der er sie umhüllte, getröstet. Sie hatte die Arme fest um seine Taille geschlungen, und als ihre Angst überhandnahm, entschied sie sich, ihr Gesicht an seiner Brust zu vergraben und niemanden mehr anzuschauen. Was würde er über Margaret und den armen Wes entscheiden?

Graeme flüsterte etwas in ihr Ohr. »Vertraust du mir, Catherine?«

Sie antwortete nicht gleich. Das konnte sie nicht.

Vertraute sie ihm?

Er hatte das Leben ihres Ehemannes ausgelöscht und mit dieser Tat ihrem Leben voller Prügel, Erniedrigung und Hass ein Ende gemacht. Es war das größte Geschenk, das sie sich vorstellen konnte. Nie wieder würde sie sich darüber sorgen müssen, wie Henry ihre Tochter behandeln würde, wenn sie größer wäre.

Er hatte sie gelehrt, dass die Berührung eines Mannes zärtlich und liebevoll sein konnte und er hatte sie berührt, als ob sie eine zarte Blume wäre. Aber er hatte ihr auch erlaubt, sie selbst zu sein, und ihr zugehört, wie kein anderer ihr je zugehört hatte. Und er hatte ihr einen flüchtigen Ausblick darauf gewährt, wie es wäre, einen guten Mann zu lieben.

Vertraute sie ihm? Oder musste sie auf die Knie sinken und ihn um Gnade für Margaret und Wesley anflehen, weil sie mit einem schlechten Mann verwandt waren? Er hatte versprochen, die anderen Frauen und Kinder zu verschonen, aber was war mit dem Rest? Die Männer, die auf den Feldern ihres Ehemannes gearbeitet hatten? Die Krieger, die sich entschieden hatten, ihre Schwerter niederzulegen, anstatt für Merrill zu kämpfen?

Sie trat einen Schritt zurück und blickte ihm in die Augen – in diese wunderschönen blauen Augen, die sie ansahen, als wäre sie das kostbarste Wesen in diesem Land und sagte: »Aye, ich vertraue dir von ganzem Herzen, Graeme.«

Er küsste sie auf die Stirn und drehte sich zu der Menge, wobei er Conns Schwert ergriff und es über seinen Kopf hielt, als die Menge johlte. Er wartete auf Stille, ehe er seine Ankündigung machte, wenn auch das Schluchzen einiger Frauen zu hören war.

Dann erhob er das Schwert so hoch es ging und verkündete: »Das Töten hat hier ein Ende. Ihr könnt euch entscheiden, dem MacGregor Clan beizutreten, wenn ihr gewillt seid, mir eure Treue zu schwören, oder wir werden euch zu einem weit entfernten Land eskortieren. Ihr habt eine Woche, um euch zu entscheiden.« Die Menge jubelte über seine Entscheidung. Selbst die Andersgläubigen, die den Tod von Henrys Familie verlangt hatten, ließen sich von der Freude dieses Augenblicks anstecken. Oder sie wurden zumindest von den anderen Jubelnden zum Schweigen gebracht, und die Gefangenen umarmten sich erleichtert. Tränen rannen Margaret über die Wange und sie küsste den kleinen Wesley. Graemes Brüder strahlten beinahe vor Stolz – Boyd lächelte ihn an und Conn schlug ihm freundschaftlich auf den Rücken.

Catherine, die sich noch immer an ihn klammerte, sprang auf und nieder, während ihr die Freudentränen über die Wangen rannen. Sie küsste seine Wange, als er wieder um Stille bat.

»Es gibt noch eine letzte Sache, die ich erledigen muss.« Er beugte sich hinüber und flüsterte Tomag etwas zu, während die anderen wieder in Schweigen verfielen.

Catherine hatte keine Ahnung, was passieren würde, doch sie würde diesem Mann, den sie so liebte, alles geben, was er sich wünschte. Sie vertraute ihm.

Sobald wieder Stille eingetreten war, sank Graeme vor Catherine auf ein Knie. Ihre eigenen Knie begannen, weich zu werden, sobald er zu ihr aufschaute und dieses wunderschöne Lächeln lächelte, das sie so liebte. Was hatte er vor? War es, was er im Kerker versprochen hatte? Sie betastete die wunderschöne Kette, die er ihr als Treuegelöbnis gegeben hatte.

Er nahm ihre Hand in seine und sagte mit einer Stimme, die für alle laut genug war, um sie zu hören: »Catherine, du hast mir ein Leben gezeigt, von dem ich nicht gewusst hatte, dass es existierte – ein Leben von Liebe, Lachen, Teilen und von Geben.« Er verneigte sich einen Augenblick, als ob er sich sammeln müsste, doch als er den Blick wieder zu ihrem hob, bemerkte sie, dass seine Augen feucht geworden waren.

»Ich liebe dich von ganzem Herzen und wenn andere mir auch raten würden, zu warten, stelle ich fest, dass ich das nicht kann. Ich bitte dich, mich zu heiraten, meine Frau zu werden, mir Kinder zu schenken und mir weiter diese bedingungslose Liebe und das Vertrauen zu schenken, mit dem du mich heute beglückt hast. Ich gelobe, dich zu lieben und für immer an deiner Seite zu bleiben, dich zu beschützen und zu ehren, wie du es verdient hast.«

Catherine kicherte, und sie konnte nicht glauben, dass all dies gerade passiert war, aber nichts vermochte, sie daran zu hindern zu geloben, ihr Leben mit diesem geliebten Mann

zu verbringen. Mit heller Stimme rief sie: »Aye!«
Dann warf sie sich ihm entgegen und schlang
die Arme um seinen Nacken, womit sie ihn sehr
zur Freude ihres Publikums beinahe umwarf. Als
er sich mit Catherine in seinen Armen wieder
aufrichtete, sah er über die Menge hinweg und
nickte jemandem in der Ferne zu.

Während sie warteten, legte er die Hände um
ihr Gesicht und gestand ihr. »Ich liebe dich.«

»Graeme, ich verspreche, dass ich dich für
immer lieben werde.«

Die Menge teilte sich erneut und alle
drehten die Köpfe, um zu sehen, wen Graeme
herbeigewunken hatte. Vier Menschen kamen
mit Tomag heran, die aber vor Catherines Blicken
verborgen waren.

KAPITEL ZWANZIG

———— ∿ ————

GRAEME HATTE TOMAG gebeten, einige ganz besondere Menschen herzubringen, nachdem er den Leichnam aus dem Hof entfernt hatte. Graeme nahm Catherine an der Hand, und drehte sich, um zuzusehen, wie Jabari auf sie zukam. Er trug ein ganz besonderes Geschenk – ein kleines Mädchen, das Graeme unbedingt kennenlernen wollte. Als das Paar sich der Treppe näherte, war seine Kehle von etwas verstopft, obwohl er nicht wusste, was es war.

In Jabaris Armen lag eine Miniaturausgabe von Catherine, eine kleine Puppe, ein wunderschönes Kind. Er sah Catherine an, deren Gesicht sich beim Anblick ihrer Tochter vor Freude und Stolz aufhellte.

Issy bezauberte die Menge, als Jabari sie jetzt auf seinen großen, dunklen Schultern sitzend und die Hände um sein Kinn gelegt, hindurchtrug. Sie rief: »Mama, sei gegrüßt«, und winkte mit ihrer winzigen Hand zu ihrer Mutter. »Ich liebe Jabari. Es macht so Spaß, mit ihm zu spielen.« Jabaris Lächeln war breiter als Graeme es je gesehen hatte. Ganz eindeutig war er von Isbeil ebenso entzückt wie sie von ihm.

Catherine kicherte angesichts der Verspieltheit ihrer Tochter und drückte Graemes Hand. Als Issy näher kam, hob sie die Hand zu jemandem im Hof. »Seid gegrüßt, Dolag und Tante Margaret. Ich habe euch alle vermisst, aber ich freue mich, euch wiederzusehen, insbesondere Wesley.«

Dann winkte das Mädchen allen in der Menge mit ihrer winzigen Hand zu und kicherte. Es dauerte nicht lange, bis alle mit ihr lachten. »Mama, ich liebe die Sonne. Liebt ihr nicht alle die Sonne? Es ist so warm heute. Mama, Jabari hat ein Spiel mit mir gespielt, bei dem ich mich verstecke und er mich finden muss. Er konnte mich nicht finden.« Dann beugte sie ihren Kopf nach vorne, um zu sehen, ob sie Jabari in die Augen schauen konnte, wobei ihr Gesicht fast auf dem Kopf stand. »Stimmt es nicht, Jabari? Ich bin sehr gut im Verstecken. Du konntest mich nicht finden.«

Jabari brach in das lauteste Lachen aus, das Graeme je von jemandem gehört hatte, und sein ganzer Körper zitterte vor Freude über die Kleine auf seinen Schultern. Ein Echo des Lachens breitete sich in der Menge der MacGregors aus, und das hatte Graeme seit Jahren nicht mehr gehört. Als Jabari endlich die Treppe erreichte, blieb er auf halber Höhe stehen, sodass Issy auf gleicher Augenhöhe mit Graeme war. »Seid gegrüßt, Mylord«, sagte sie. »Mein Name ist Isbeil. Sei gegrüßt, Mama. Siehst du, wie groß ich bin? Ich bin größer als du.«

Graeme lachte und genoss die Freude, die er in den Gesichtern seiner Lieben sah. Aber er hatte noch etwas Wichtiges zu erledigen.

»Ich grüße dich, Isbeil.« Wieder herrschte Stille. »Ich muss dich um etwas Wichtiges bitten. Willst du mir einen Moment zuhören?«

»Aye«, antwortete sie mit einem Nicken. Mit den Händen tätschelte sie Jabaris kahlgeschorenen Schädel.

»Issy, ich habe deine Mama gefragt, ob sie mich heiraten will, und sie hat zugestimmt, aber ich hätte auch gerne deine Erlaubnis, deine Mama zu heiraten.«

Ein verwirrter Ausdruck stahl sich auf Issys Gesicht, und sie sah ihre Mutter um Rat flehend an. Mit einem Mal erkannte Graeme das Problem. Hatte sie verstanden, dass ihr Vater tot war?

Catherine streckte ihre Arme nach ihrer Tochter aus, und Jabari beugte sich hinunter, damit Graeme Issy von seinen Schultern in Catherines Arme heben konnte. »Issy, Papa ist fortgegangen und wird nie wiederkommen. Ich möchte Graeme MacGregor heiraten, damit wir hier bei ihm leben können. Wie findest du das?«

Das Mädchen führte ihre Finger an die Lippen und drehte ihren Kopf herum, um all die glücklichen Menschen um sie herum zu betrachten. Graeme bemerkte, wie Boyd und Rory ihr aufmunternd zunickten, sogar Dolag und andere in der Menge, die sie nicht kannte, lächelten ihr zu.

Sie drehte sich wieder zu Graeme um und legte dann ihre kleine Hand an die Wange ihrer

Mutter. »Aye, Mama. Weißt du, warum?«

»Warum?«

»Weil Graeme lächelt, und Papa hat das nie getan. Keiner hat zuhause gelächelt.« Sie drehte sich zu dem Schweigen um, das sich über alle gelegt hatte. »Sogar Dolag lächelt hier. Dürfen wir bleiben, Mylord?«

Graeme nickte und küsste sie auf den Kopf mit den dichten roten Locken. »Nichts würde mich mehr erfreuen.«

»Darf ich hier draußen spielen?«

»Aye, du darfst draußen spielen, wann immer ...« Er warf einen Blick auf Catherine und änderte, was er gerade sagen wollte. »Wann immer deine Mutter es dir erlaubt.«

Alle lachten, Jabari trat zurück und entfernte sich, um einer dritten Person Platz zu machen, die sich der neuen Familie näherte – Pater MacLean.

Graeme fragte: »Pater, würdet Ihr mir die Ehre erweisen, mich mit dieser reizenden Lady, Catherine, zu verheiraten?«

»Ihr wollt jetzt heiraten, ihr beide?«

Catherine nickte, ehe sie hinüberging und Issy an Dolag weiterreichte, bevor sie zu ihnen zurückkehrte.

Graeme hielt dem Priester die Hand hin. »Wartet, bitte. Wir brauchen noch eine weitere Person.« Er wies auf Tomag, der an der Seite stand. Nachdem Tomag ihn darüber informiert hatte, wie unglücklich Catherines Schwester in ihrem Haus war, hatte er eine Wache zu Beaton geschickt, um sie herzuholen.

Tomag trat vor und führte jemanden hinter

sich her. Als er die Treppe erreichte, trat er zur Seite und Catherine schrie auf. Dort stand ihre

Schwester Anna, die die Treppe hinauflief, um sie zu umarmen.

»Anna? Wie kommst du denn hierher?«

Ihre Schwester, die sie abgöttisch liebte, zeigte auf Graeme und sagte: »Er hat mich zum Glück hierher bringen lassen. Du hast so ein Glück, Catherine.« Sie küsste ihre Schwester auf die Wange. »Heirate ihn, ihr werdet so glücklich zusammen sein.«

Graeme winkte Vater MacLean zu sich, der vor sie trat und Anna anwies, sich neben Catherine aufzustellen, während Conn, Boyd und Rory, sich neben ihren Bruder stellten. Dolag reichte Issy an Catherine zurück.

Pater MacLean legte Catherines Hand in Graemes und wickelte einen Abschnitt des blau-roten MacGregor-Plaids um ihre verschränkten Hände. Er machte das Zeichen des Kreuzes und dann ergriff er das Wort.

»Dies ist ein höchst ungewöhnlicher Tag und mir fehlen die Worte, daher wird dies nicht meine normale Hochzeitspredigt werden. Vor einigen Tagen erhielt ich die Aufforderung, in das Land der MacGregors zu kommen, und mir war vor der Reise bange. Ich habe den Schmerz Eures Clans viele Jahre lang gespürt, Graeme MacGregor. Ich fürchtete, ich sei dazu berufen, ein Blutbad zu segnen, obwohl Euch niemand einen Vorwurf machen kann, dass Ihr nach Rache gedürstet habt. Ich betete um die Kraft, um das zu tun, was der Herr von mir verlangte, wenn ich ankäme, betete, dass ein besonderes Licht hier erscheinen möge, um diesem Clan zu helfen, seine tragische Vergangenheit hinter sich zu lassen.«

Graeme hörte, wie die Menge einige Male den Atem anhielt und nach Luft schnappte. Hatte er das Richtige getan, indem er Catherines Volk in seinen Clan aufnahm, ihnen verzieh und sie für die Verfehlungen einiger weniger nicht zur Rechenschaft zog? Oder glaubte sein Clan, er hätte ihnen Unrecht getan? Die Zeit würde es erweisen, aber was glaubte Pater MacLean?

Pater MacLean fuhr fort. »Ich könnte nicht zufriedener mit den hiesigen Geschehnissen sein. Ja, Ihr habt Rache genommen, an einer bösen, verdorbenen Seele, wie es sich gehört. Aber Ihr habt Euer Herz für eine entzückende Frau geöffnet und Euren Clan für einige gute Menschen. Ich glaube, sie werden Euch gut dienen, mein Laird, und euch allen Liebe und Glück erstatten. Ich segne diese Verbindung mit meinem Segen und dem Segen des Herrn, der dieses Licht zu einem bedürftigen Clan gesendet hat. Lasst den Hass hinter euch. Ich bete, dass der Lord Euch und Euren Clan mit vielen Kindern, viel Glück, Kraft und Weisheit segnen wird, um Euch auf Eurem Weg zu führen.«

Er holte ein Leinentuch hervor und tupfte sich die Augen, ehe er fortfuhr. »Catherine, liebst du diesen Mann und willst du ihn zum Ehemann nehmen?« Catherine schaute zu Graeme auf und antwortete. »Aye.«

»Und Graeme MacGregor, liebst du diese Frau und nimmst du sie zu deiner Ehefrau?«

»Aye, das tue ich mit Vergnügen.« Er lachte und so auch Catherine.

Pater MacLean hielt inne und dann blickte er über seine Schulter. »Und … er beugte sich vor, um Catherine etwas zuzuflüstern, die leise antwortete. »Und Isbeil, akzeptierst du Graeme MacGregor und seinen Clan als deine Familie?«

»Aye«, schrie Issy und winkte mit ihren kleinen Händen durch die Luft.

»Graeme MacGregor, küsst nun Eure neue Ehefrau.«

Graeme beugte sich zu seiner Frau hinunter und küsste sie. Er tat sein Bestes, um sie wissen zu lassen, wie viel sie ihm bedeutete. Als er den Kuss beendete, sprach die Liebe in ihren Augen zu ihm, wie nichts anderes je zuvor. Sie schlang eine Hand um seinen Hals und blickte ihm in die Augen. »Ich liebe dich. Verzeih mir, je an dir gezweifelt zu haben. Ich danke dir aus tiefstem Herzen.«

Es dauerte nicht lange, bis seine sanftmütige Frau gleichzeitig schluchzte und lachte, während sie von all den besonderen Menschen in ihrem Leben umgeben war.

Aber sie ließ ihn nicht los, worüber er sehr froh war.

Denn er konnte nie und nimmer von ihr lassen. Das wusste er ganz genau.

KAPITEL EINUNDZWANZIG

Sechs Monate später ...

CATHERINE UND GRAEME standen Arm in Arm in der Nähe der Stallungen, wobei Graeme seinen Arm schützend um Catherines Schultern gelegt hatte, um sie gegen den kalten Winterwind in den Highlands abzuschirmen.

»Musst du fort, Jabari?«, fragte Catherine und warf einen Seitenblick zu Issy, die derzeit um die drei Erwachsenen herumlief und mit ihren Füßen im Gras die Blätter aufwirbelte.

»Aye, Mylady, ich muss. Ich vermisse die Wärme meines Landes. Es ist Zeit für mich, zu meiner Familie zurückzukehren, mir eine gute Frau zu suchen, wie Graeme sie hat, und ein paar Kinder in die Welt zu setzen.«

»Warum bist du überhaupt jemals fortgegangen?«, fragte Catherine.

Er packte ein paar Sachen in seine Satteltasche. »Etwas ist mir in meinem Land passiert, das so anders ist als dieses hier mit seinem üppigen Pflanzenwuchs. Wir haben Bananen und Früchte, die Ihr noch nie gesehen habt. Ich machte mich auf den Weg, um ein paar süße Früchte für ein Mädchen zu holen, das ich bewunderte, und fand mich nach einem Schlag auf den Kopf und gefesselt wieder. Man verfrachtete mich auf ein Schiff und schickte mich über das Meer nach England. Die Männer auf dem Schiff wollten mich verscherbeln, als wäre ich nichts weiter als ein Stoffballen. Ich hatte Glück. Graeme hier kaufte mich, aber er behandelte mich nicht wie einen Leibeigenen. Er bot mir Arbeit an.«

»Warum warst du dort, Graeme?« Catherine blickte zu ihrem Mann auf, den sie jeden Tag mehr liebte.

»Wir waren in London und haben versucht, den König von Merrills Schuld zu überzeugen. Oft schlenderten wir durch die Straßen auf der Suche nach Waren, die wir mit nach Hause nehmen konnten – Kleidung, Waffen, Lederwaren. In einer Seitenstraße stießen wir auf diese Gruppe widerwärtiger Engländer, die Männer feilboten, die sie aus einem fernen Land verschleppt hatten. Ich weiß nicht, warum, aber ein Blick auf Jabari sagte mir, dass er ein guter Mann war. Ich habe ihn gekauft, damit er ein Krieger würde und nicht, um ihn zu besitzen. Ich hatte gehofft, er würde sich bereit erklären, für Geld mit uns gegen Merrill, diesen Mistkerl, zu kämpfen.«

»Das hatten wir in meinem Land schon oft gehört«, sagte Jabari und starrte in die Berge. »Vor Jahrhunderten haben viele Schiffe unser Volk verschleppt, um sie in anderen Länder zu verkaufen, aber diese Praxis ist nicht mehr so verbreitet. Diese Gruppe von Männern? Niemand weiß, was sie dazu getrieben hat. Sie gaben sich alle Mühe, uns zu verstecken, als sie London erreichten, also wusste ich, dass es nicht üblich war, mein Volk wie Vieh zu behandeln, aber wenn man in Ketten gelegt ist, hat man keine Wahl. Ich hätte Graeme am liebsten zu Brei geschlagen, aber«, er fasste Graemes Schulter, »er hat sich meine Loyalität und meinen Respekt verdient. Er hatte das Feuer der Rache in sich, und so willigte ich ein, ihm zu helfen.« Dann richtete Jabari den Blick in den grauen Himmel über ihnen, an dem die Wolken vorbeizogen. »Ich bin nun schon seit vielen Wintern in den Highlands, und auch wenn ich die Aussicht auf eure Berge und die kühle Sommerbrise vermissen werde, so werde ich eure Winter nicht vermissen. Ich gehe, bevor mir ein weiterer davon aufgebürdet wird.«

»Wir werden dich schrecklich vermissen.« Catherine umarmte Graeme und stützte ihren Kopf auf ihn.

»Aye, Ihr müsst euch gut um den Jungen in Eurem Bauch kümmern«, sagte er und zeigte auf ihren offensichtlich gerundeten Bauch. »Eines Tages werde ich vielleicht selbst einen Jungen haben.«

Graeme fasste ihn an der Schulter: »Vielen Dank für alles, was du für uns getan hast, Jabari.«

»Gern geschehen. Und ich danke Euch für das Geschenk der Goldmünzen, mit denen ich mir die Heimreise erkaufen kann.«

»Muss ich dich daran erinnern, wer die Goldmünzen versteckt und mir gebracht hat, nachdem ich meine schöne Frau geheiratet hatte?«

»Ich wusste, dass Merrill keine Verwendung für diese Münzen haben würde.« Er seufzte, während er von Graeme zu Catherine und schließlich zu der süßen Issy blickte. »Die Wahrheit ist, dass Ihr mich nicht mehr braucht. Euer Clan ist stark, und Eure Frau ist nicht die Einzige, die bald ein Kind erwartet. Möge es den MacGregors für immer wohlergehen.«

Issy hielt in ihrem Springen inne. »Aber ich brauche dich, Jabari. Wie soll ich jemals wieder die besten Äpfel von den Bäumen pflücken?«

Jabari griff nach unten und schwang das Mädchen mit einem Schwupps und lautem Kichern in die Bäume, bevor er sie wieder absetzte.

»Du hattest recht mit dem Sonnenschein, Jabari. Ich hatte nie daran gedacht, wie schlimm es ist, jemanden im Keller zu lassen.« Catherine lachte über die Freude ihrer Tochter. Es war wunderbar, sie gesund und kräftig zu sehen.

»Es lag nicht in Eurer Hand, Mylady. Ich bin froh, dass ich Euch eine Hilfe sein konnte.«

»Das warst du, Jabari. Aus irgendeinem Grund habe ich dir vom ersten Moment an vertraut. Es war, als wärst du geschickt worden, um mir zu helfen. Vielen, vielen Dank an dich, und ich wünsche dir eine wunderbare und sichere Heimreise.« Sie küsste ihn auf die Wange und umarmte ihn.

Er bestieg sein Pferd und ritt mit einem Winken davon.

Catherine rief ihm nach: »Kommst du eines Tages wieder zu Besuch?«

Er lachte: »Macht Euch keine Sorgen. Ich werde Ausschau halten.«

EPILOG

Vierzig Jahre später, irgendwo im Himmel

CATHERINE LEHNTE MIT dem Kopf an der Schulter ihres Mannes und seufzte so tief, dass er schmunzeln musste. An diesem Ort waren sie wieder jung, und beide genossen die Erlösung von den Einschränkungen, die von ihren alternden Körpern genommen worden waren.

»Du magst mich wieder jung und hübsch, Süße?« Er blickte auf sie herab, die Mundwinkel nach oben gebogen.

»Du warst für mich immer der Schönste von allen, Graeme.«

Sie kuschelten sich ein wenig enger aneinander, während sie beide wie gebannt auf den großen klaren Bildschirm blickten, der die gesamte Wand vor ihnen einnahm. Sie beobachteten ihre Familie nun schon seit einiger Zeit. Ein leises Klopfen ertönte an der Tür, und Evangeline schritt in den Raum. Sie nickte ihnen zu und setzte sich auf den Sessel neben dem Sofa, auf dem das Paar beieinander saß.

Die drei sahen auf den Bildschirm. Da waren sie – die Highlands in ihrer ganzen Pracht, die Gipfel in der Ferne jetzt schneebedeckt, während die Kiefern im Wind rauschten. Es war ein schöner Wintertag zu Hause, und sie sahen zu, wie Boyd sich auf den neuen Hauptturm zubewegte, den sie vor zehn Jahren errichtet hatten, weil ihre Familie so zahlreich geworden war. Er trat durch die Tür und ging ein paar Stufen hinunter zur Mitte der großen Halle der MacGregors. Er brüllte wie ein Untier und schüttelte sich den Schnee von den Schultern, wobei er darauf achtete, ihn über die Kinderschar zu streuen, die vor ihm lachte und kicherte.

»Du hast das mit Boyd gut gemacht«, sagte Evangeline. »Ich war in großer Sorge um ihn, aber mit der Liebe von euch beiden ist er zu einem guten Ehemann und Vater geworden.«

Catherine blickte zu dem lächelnden Gesicht ihres Mannes auf. »Das haben wir, nicht wahr?«

Evangeline verschränkte die Arme, als sie sah, wie die anderen Boyd in der Halle begrüßten. »Issy auch. Sie entwickelte sich zu einem reizenden jungen Mädchen. Graeme, ich muss dir ein Lob dafür aussprechen, dass du sie als dein eigenes Kind in dein Herz geschlossen hast. Und was für eine schöne Familie ihr beide zusammen habt, vier Jungs und zwei weitere Mädchen.«

Graeme beugte sich vor und küsste Catherine auf die Stirn.

»Es hat mich nicht überrascht, dass ihr euch entschieden habt, gleichzeitig zu gehen. Es war für eure Kinder zwar schwierig, aber ich

denke, für den Rest eures Clans war es keine
Überraschung. Das Fieber hat euch beide geholt,
und ihr beide habt es so gut gehandhabt, wie ihr
konntet.«

Graeme sah Catherine an. »Keine Tränen, Frau,
nachdem wir unsere Kinder und Enkelkinder
verlassen haben?«

Evangeline lachte. »Du weißt, dass es hier keine
Tränen gibt, Graeme.«

»Warum nicht?« Er blickte zu ihrer Führerin
hinüber.

»Im Himmel gibt es keinen Schmerz, und
Weinen würde durch einen inneren Schmerz
verursacht werden. Das lassen wir nicht zu. Ihr
habt beide genug gelitten, meint ihr nicht auch?
Dies ist der Ort der Freude und des Feierns.«

»Es hat uns nur stärker gemacht«, flüsterte
Catherine, während sie die Hand ihres Mannes
drückte. Sie berührte die Halskette, die Graeme
ihr geschenkt hatte und die sie immer noch um
den Hals trug.

»Es hat uns dazu gebracht, nachher unsere
gemeinsame Zeit zu schätzen, jedes Neugeborene
und jedes Lächeln«, setzte Graeme hinzu.

»Das ist wahr, und ihr habt viele starke
MacGregors hinterlassen, die euer Erbe in die
Zukunft tragen, so wie wir es uns von euch erbeten
hatten.« Evangeline erhob sich aus ihrem Sessel
und blieb dann vor den beiden stehen. »Ich muss
sagen, dass ihr für eure erste Herausforderung
eine wunderbare Arbeit geleistet habt, die sogar
unsere Erwartungen übertroffen hat. Wollt ihr

erfahren, wo wir euch als Nächstes hinschicken werden?«

»Als Nächstes?« Graeme blickte Catherine an. »Jetzt schon?«

»Wir geben euch eine Woche Zeit, um euch zu amüsieren, eure Familienangehörigen zu besuchen, die vor euch gestorben sind, und euch ein wenig zu entspannen. Aber dann werden wir euch in euer nächstes Leben schicken.«

»Schottland, schon wieder?«, fragte Graeme.

»Bitte, dieses Mal keinen Krieg«, bat Catherine. Sie rieb sich die Stirn, die vage Erinnerung an Schlachten und Kriege aus früheren Leben drängte sich in ihre Gedanken.

»Das wäre sehr schwierig«, sagte Evangeline leise. Sie streckte ihre Hand aus und drückte Catherines Hand, bevor sie sie zurückzog. »Es mag dich überraschen, aber du wurdest hierher gebracht, Catherine, weil dein Umgang mit den Schwierigkeiten des Krieges eine deiner Stärken ist. Graeme ist einer unserer besten Kämpfer und Anführer. Wir Engel sind bestrebt, einen zukünftigen Tages Frieden für die gesamte Menschheit herbeizuführen, aber wir sind noch weit vom Erreichen unseres Ziels entfernt, und es liegt in der menschlichen Natur, Konflikte und Herausforderungen zu suchen.«

Graeme warf Evangeline einen verwirrten Blick zu. »Kommen wir also mit jedem Leben weiter? Werden wir nach dem Jahr 1500 geboren?«

Evangeline schüttelte den Kopf. »Nicht unbedingt. Catherines vorheriges Leben war auf dem amerikanischen Kontinent um 1800. Wir sehen uns an, wo wir glauben, dass ihr die beste Veränderung herbeiführen könnt. Der Himmel ist nicht so linear, wie er euch auf der Erde erscheint. Wenn wir beschließen, die Geschichte zu verändern, können wir das tun. Es braucht mächtige Seelen, um solche Veränderungen herbeizuführen, für die ihr vielleicht noch nicht bereit seid. Vielleicht eines Tages in einem anderen Leben.«

Catherine blickte zu Graeme auf. »Aber er wird mich finden, oder? Du wirst uns zueinander führen, richtig?«

Sie nickte. »Eure Engel, die für eure Führung und euren Schutz zuständig sind, werden euch zueinander führen, aber es obliegt euch, den menschlichen Geistern, ob ihr auf eure Intuition hört oder nicht. Ihr werdet auch eure Andenken bei euch tragen.« Sie deutete auf Catherines Halskette und nickte dann Graeme zu, der den Glücksbringer herauszog, den er von seinem Vater erhalten hatte. »Beide werden mit euch reisen. Wir benutzen die Andenken, um Erinnerungen auszulösen.«

»Wir werden uns also an unsere gemeinsame Zeit erinnern können?«

Evangeline lächelte. »Nein, das werdet ihr nicht. Ich fürchte, das würde für Aufsehen bei den Menschen sorgen. Wir verankern keine festen Erinnerungen an den Himmel, nur flüchtige Einblicke. Diese Andenken werden helfen, euch zu eurem Seelenverwandten hingezogen zu fühlen.«

Graeme küsste sie auf die Wange. »Ich werde dich wiederfinden, ich verspreche es.«

»Und Graeme?«, fügte Evangeline hinzu. »Dieses Mal wird Catherine diejenige sein, die deine Hilfe braucht, um das Licht zu erreichen.«

Graeme hob sie hoch, setzte sie auf seinen Schoß und schlang seine Arme um sie. »Ich freue mich auf die Herausforderung.«

L IEBE LESER UND Leserinnen,

Vielen Dank, dass Sie die Geschichte von Graeme und Catherine gelesen haben. Ich habe sie mit großer Freude erzählt. Es gibt zwei weitere Teile ihrer Abenteuer, die bald erscheinen werden.

Wie bereits im Prolog erwähnt, haben Graeme und Catherine jeweils ihren eigenen Schutzengel. Haben Sie erraten, wer zu wem gehörte?

Tomag war Graemes Schutzengel, und wer war Catherines Schutzengel? Ja, Jabari natürlich!

Jabari hatte absolut recht (er ist ein Engel, also hatte er natürlich recht), dass Issys einziges Problem darin bestand, die meiste Zeit ihres jungen Lebens in einem Keller eingesperrt gewesen zu sein. Sie hatte einen starken Vitamin-D-Mangel. Im Mittelalter herrschte Vitaminmangel, weil die Menschen nicht viel über Ernährung wussten, aber die meisten von ihnen bekamen genügend Sonnenlicht. Die Sonnenstrahlen auf unserer Haut sind unsere wichtigste Vitamin-D-Quelle. Auch Boyd litt an dieser Krankheit, und als er sich wieder im Freien bewegen konnte, kam er wieder zu Kräften.

Im 11. Jahrhundert und früher wurden Afrikaner häufig verkauft, aber diese grausame Praxis ließ nach bis zum 17. Jahrhundert und später. Da die Geschichte völlig fiktiv ist, hielt ich es nicht für abwegig, mir vorzustellen, dass es im

15. Jahrhundert noch immer Narren gab, die der Tätigkeit anhingen.
Sie verkauften Frauen, sie verkauften Männer.
Es waren harte Zeiten im Mittelalter.

Sehen Sie hier, was es Neues gibt:
www.keiramontclair.net
Meine Facebook-Seite:
www.facebook.com/KeiraMontclair
Meine Pinterest-Seite:
www.pinterest.com/KeiraMontclair

Wenn Ihnen meine Bücher gefallen, können Sie mich am besten unterstützen, indem Sie eine Rezension zu einem meiner Romane auf einer Verkaufswebsite schreiben und Ihren Freunden von meinen Büchern erzählen.

Viel Spaß beim Lesen!

Keira Montclair

Weitere Bücher von Keira Montclair

DIE PRÜFUNG DES SCHOTTEN
DIE TÄUSCHUNG DES SCHOTTEN
DER ENGEL DER SCHOTTEN

WEITERE BÜCHER
DIE VERBANNUNG DES HIGHLANDERS

TRILOGIE SHAWS UND MACROBS

Buch 1 Highland Fehde
Emma Prince

Buch 2 Highland Verführung
Cecelia Mecca

Buch 3 Highland Geheimnisse
Keira Montclair

ÜBER DIE AUTORIN

Keira Montclair ist das Pseudonym einer Autorin, die mit ihrem Ehemann in South Carolina lebt. Sie schreibt aufregende historische Romane, oft mit Kindern als Nebenfiguren.

Wenn sie nicht schreibt, verbringt sie gern Zeit mit ihren Enkelkindern. Sie hat als Highschool-Mathematiklehrerin, als Krankenschwester und als Büroleiterin gearbeitet. Sie liebt Ballett, Mathematik und Rätsel, lernt gern neue Dinge und hat Spaß am Erschaffen neuer Figuren, in die sich ihre Leser verlieben können.

Sie ist erst mit ihrem Werk zufrieden, wenn ihre Leser Tränen über ihre Geschichten vergießen, aber zum Schluss gibt es immer ein Happy End!

Ihre Bestseller-Reihe ist eine Familiensaga, die das Leben zweier mittelalterlicher schottischer Clans über drei Generationen hinweg verfolgt und mittlerweile über dreißig Bücher umfasst.

Kontaktieren Sie sie über ihre Website:
www.keiramontclair.net.